U0056886

瑞蘭國際

瑞蘭國際

新韓檢 初級聽力全攻略 新版

裴英姬
（배영희） 著

正確瞭解韓國，先從學習韓文著手

中韓文化基金會董事長 林秋山

韓國是指建立在朝鮮半島上的國家，古稱朝鮮或高麗，今則分裂為大韓民國（簡稱韓國或南韓）與朝鮮民主主義人民共和國（簡稱朝鮮或北韓）。在國際上，如果你說韓國，不但表示你說的是南韓，也表示你的政治立場是支持南韓；說朝鮮，則表示你說的是北韓，一樣表示你的政治立場是支持北韓，兩者不能混淆，不可不慎。

南韓是我們最鄰近的國家，長期以來，關係密切，過去一直互稱為兄弟之邦，自從一九九二年與我國斷交以來，雙方已無正式外交關係，但其重要性有增無減，關心其文化產業、經濟發展及政治制度的人越來越多。我覺得談論這些問題，如能懂得韓文，才能有更直接、更正確、更深入的瞭解。而今，國內正掀起學習韓國語文的熱潮，這種情況是我從一九五六年學習韓文以來難得一見的盛況，且有越來越旺之勢，不但各大學紛紛開設韓國語文課程以供選修，各補習班亦增設韓文課程以供社會需求。

說到韓國的文化產業，他們不但有政府有效的獎勵，還有各級學校積極培養的優秀人才，以及本來愛好文化活動的民族性，所以我們要加倍努力，才能迎頭趕上。

韓國的經濟成長雖較我們亮麗，但問題不少。韓國的自殺率高居世界第二位，幸福感則淪落到一百餘名之後，自己覺得生活快樂的只有百分之七。去年一年電費調漲兩次，大學生的註冊費是我們的二、三倍，汽油、水費的負擔都比我們重，可見生活壓力之大。我們與韓國，彼此各有長短利弊，誰好誰壞，一時難下定論。

我們的部分媒體及一些學者專家說，台灣的勞工待遇全世界最差，甚至不如韓國，這句話不一定對，講薪水我們也許真不如韓國，但你知道韓國每週法定工作時間可高達六十八小時，他們的薪水五十歲以後就逐年下降，到六十歲就得退休嗎？所以整體來說，其實並不比我們好。

說到政治，韓國是三權分立的國家，憲法規定：行政權屬於以總統為首之政府；總統對國家之獨立、領土之保全、國家之延續及守護憲法負有其責任；對祖國之和平統一負有誠實之義務。其任期五年，不得連選連任，權大而任期短。在選舉制度上，只有選舉而沒有罷免，他們認為當選者沒有做好，是選民的眼光不好，誰叫你選他，下次不選他就是了。這也是總統一上任就得全力以赴，二、三年後開始償還人情債，安排後路，卸任後都官司纏身的原因所在。

憲法還規定：國會議員有清廉之義務；應以國家利益為優先，隨良心遂行其職務；不得濫用其地位與國家、公共團體或企業簽訂契約，或依其處分取得財產上之權利、利益或地位，亦不得為他人取得而斡旋之。國會議員選舉，經過數年前各社會團體聯合抵制不適任者當選，大量培育菁英出頭後，現狀已較前改善許多，不適任者當選之情況已大為減少。

可見韓國的發展與進步是經過一番努力的，是有些犧牲小我去完成大我的意義，我們要台灣進步、發展，必須瞭解韓國的全貌，而其最好方法就是學習韓國語文，直接閱讀韓國書刊。

本書作者裴英姬女士二〇〇一年首爾女大史學與博物館系畢業後，隨姊夫一家來台，在逢甲大學語文中心修讀中國語文，二〇〇六年進入台灣大學史學研究所就讀，以「十八世紀初中、韓文人物品交流及對中國觀想——以金昌業老稼齋燕行日記為中心」取得碩士學位，二〇〇九年獲中韓文化基金會頒給獎學金五萬元，嗣於交通大學、東吳大學、東海大學推廣部及明志大學等校，講授韓國歷史、文化、戲劇、史蹟、韓語入門、會話、閱讀與聽寫等課程，甚受學生歡迎；曾擔任觀光局韓語導遊及教育部赴韓研習韓國語文交換獎學金考試委員，著有《愛上韓語閱讀》一書，頗獲好評。

裴碩士專心著作，再接再厲，鑒於國內參加韓國政府主辦韓語實力檢定考試青年學生日益增多，為協助學韓語朋友通過考試，特撰寫《新韓檢初級聽力全攻略》一書交由瑞蘭國際出版，其潛心研究精神令人敬佩，勤於寫作之努力態度更值得鼓勵，特綴數語推薦之，希望借助本書之出版，使參加韓語檢定考試的朋友們能有更好的成績與成就。

甲午年春於寓所

한국어능력시험 I 초급 듣기

듣기 시험을 어떻게 준비해야 하나요?

한국어 능력시험 초급 듣기 책의 개정판으로 독자 여러분께 안부를 전하게 되어 기쁩니다.

이 책은 한국어 학습자들이 초급 수준에서 듣기 능력을 향상시키고 시험에 합격하는데 도움을 주기 위해 기획되었습니다.

본 책은 기존 제 타이완에서의 한국어 수업 초급 듣기 교재의 내용을 바탕으로 개선하고 보강하여 보다 체계적이고 효율적인 학습 경험을 제공하기 위해 노력했습니다. 시험에 자주 출제되는 다양한 주제와 문체를 활용하여 학습자들이 실제 상황에서 들을 수 있는 다양한 대화를 제시하고 실제 시험과 가장 근접한 환경으로 직접 녹음한 내용도 함께 제공합니다. 또한 시험 기출 경향의 분석을 통해 7개의 문제유형을 나누어 각 단원마다 핵심 포인트를 익힌 후 기출문제를 통해 학습자들의 실력을 검증하고 더 나아가 보강할 수 있도록 구성하였습니다.

이 책은 한국어 능력시험 초급 영역에서 정한 단어 2000개와 이에 상응하는 문법과 기출문제를 수록하여 시험 준비에 관한 가장 구체적으로 실제적인 준비 방향을 제시해 줍니다. 특히 이 책에 그동안 공개된 기출문제 중의 어휘 및 문법을 선별하여 정리하였습니다. 기출문제에서 다루는 문법과 단어를 먼저 익힌 후 기출문제를 통해 이해하고, 모의 문제를 풀면서 앞에서 외운 내용을 제대로 이해하고 있는지 확인해 볼 수 있을 것입니다. 사실 듣기의 기본 역시 다름 아닌 언어의 기본 틀인 문법과 단어입니다. 각 단원에서 수차례 반복되는 단어를 완전히 수험생 자신의 것으로 만들기를 바랍니다. 여러분의 최종 목적이 한국인과의 능통한 대화, 혹은 드라마나 예능 프로그램의 이해라 하더라도 이 책에서 제시하는 초급 듣기 훈련은 꼭 필요한 단계라 하겠습니다.

저는 이 책이 한국어 학습자들, 특히 초급 한국어 능력시험을 준비하는 분들의 듣기 능력 향상에 큰 도움이 되기를 바랍니다. 본 책을 통해 학습자들이 보다 자신감 있게 한국어 듣기 시험에 임하고 성취감을 느끼기를 바랍니다.

많은 분들께서 이 책을 통해 효과적으로 학습하고 성공적인 결과를 이뤄내시기를 기대합니다.

끝으로 끊임없는 격려과 도움으로 오늘까지 이끌어준 출판사 가족 여러분, 늘 감사 드립니다.

배 영 희

2024.3.18.

該如何準備
新韓檢聽力測驗呢？

我很高興能以《新韓檢初級聽力全攻略　新版》的面貌再次向讀者們問好。本書旨在幫助韓語學習者提升初級聽力實力，並且通過韓國語文能力測驗。

本書是以我原先在臺灣的韓語課堂上所使用的初級聽力教材內容為基礎進行改善和補充，以提供更有系統和更有效率的學習經驗而努力撰寫。書中透過考試中常出現的各種主題與寫作風格，呈現了可以讓學習者們聽到各種實際情況中的對話，並提供以最接近實際考試的環境中直接錄音的內容。此外，在內容方面，我藉由考古題的趨勢加以分析，將考題分為7個類型，以期讀者能夠熟悉每個單元的核心重點（單字和文法）後，再利用考古題檢視實力，同時更進一步強化自身聽力技能。

本書收錄了初級韓語檢定範圍設定的2000個單字及相應的文法，至於考古題則提供具體且實際的準備方向。尤其本書嚴選並整理了公開考古題中的單字與文法，讓考生們先熟悉考古題的文法與單字，並透過考古題更了解考試，再將所學到的內容運用在模擬試題上解題，藉此確定是否有確實地理解前面所學習的內容。聽力的基礎即文句的結構，也就是文法與單字。希望考生們能夠熟悉反覆出現在每個單元的單字，並完全消化吸收成為自己的實力。即使考生們學韓語的最終目標只是希望能夠與韓國人流暢的對話，或是能聽懂連續劇及綜藝節目的內容，本書所提供的初級聽力訓練仍是學習韓語必經的階段。

我希望本書能對韓語學習者，特別是在準備初級韓語檢定的考生，可以在提升韓語聽力實力上有所幫助。也希望學習者透過本書，能夠更加有信心地面對韓語聽力考試，並從中得到成就感。

期盼許多人能夠利用本書有效地學習並取得成功的果實。

最後，我要感謝瑞蘭國際出版所有同仁，由於你們一直以來不斷的鼓勵與幫助，才能夠繼續走到今天，在此致上謝意。

裴英姬

2024.3.18.

韓國語能力測驗改制說明

韓國語文能力測驗TOPIK（Test of Proficiency in Korean）由「韓國國立國際教育院」主辦，是以母語非韓語的外國人及海外僑胞為對象，不只在韓國，更在全世界92個國家或地區實施的最客觀的韓國語能力評價測驗。此測驗不但能讓韓語學習者判斷自己目前的韓語實力，還可以用於在韓國求學或就業等用途。目前在臺灣每年舉辦2次（4月、10月），顯示其重要性與日俱增，甚至各大學也將韓國語文能力測驗反映在學業成績上，且學校也會在加分制度上有所考量。

韓國語文能力測驗在1997年第1回實施考試到2023年10月第90回考試為止，應考人數越來越多。從韓國語文能力測驗在近25年間反覆的變化與發展來看，2006年起考試分為初級、中級、高級，採3個級別來實施，但是從2014年7月的第35回考試開始，不但將現行基本的初級、中級、高級改制成「測驗 I」（初級）與「測驗 II」（中高級），在考試的科目上也有變動。

2014年新制的測驗，就「韓國語文能力測驗 I」來說，是將現行的4個領域（語彙、文法、寫作、聽力、閱讀），以能溝通韓語為評價的重點，將考試科目縮減為聽力與閱讀2個領域。再來，將現行的中級、高級考試統整為「韓國語文能力測驗 II」，考試科目從語彙、文法、寫作、聽力、閱讀縮減為聽力、閱讀、寫作3個領域，試題類型與現行科目考試方法沒有太大的更動。因此，這兩項考試成為現行所有語彙或文法科目上的一種間接評鑑方式。與現行考試相比，由於科目減少，相對的考生的負擔也隨之減輕，所以這種「初級」以及「中高級統合」語言評鑑，是更接近理想的考試方式。

2014年初「韓國國立國際教育院」公開了韓國語能力測驗改制的相關範例題型，這對考生在考試準備上有很大的幫助。不僅如此，從過往的第1回考試到第37回，所有的考試題目與答案都公開。2015年起改為每年公開1回的考試題目與答案，都可以自由的運用，充分幫助準備考試。目前，韓國國內一年舉辦6次考試，有關韓國語能力測驗報名與確認成績等細節，考生可以透過韓國語文能力測驗TOPIK官方網站（http://www.topik.go.kr/）做進一步了解。此外，為了讓學習韓語的外國人能夠更便利的操作，網站右側上端有5國語言能夠支援查看運用。

◆韓國語文能力測驗新、舊制之比較

	舊制	新制（2014.7.20起實施）	
考試種類	韓國語文能力測驗（TOPIK）	韓國語文能力測驗（TOPIK）	
考試等級	韓國語文能力測驗 初級（1~2級）	韓國語文能力測驗測驗 I（1~2級）	
	韓國語文能力測驗 中級（3~4級） 韓國語文能力測驗 高級（5~6級）	韓國語文能力測驗測驗 II（3~6級）	
考試內容	韓國語文能力測驗	韓國語文能力測驗 測驗 I	韓國語文能力測驗 測驗 II
	※初/中/高級皆同 - 語彙及文法（30題） - 寫作（非選擇題4~6題，選擇題10題） - 聽力（30題） - 閱讀（30題）	- 閱讀（40題） - 聽力（30題）	- 閱讀（50題） - 聽力（50題） - 寫作（4題）
總題數	初 / 中 / 高級各104~106題	70題	104題
	312~318題	174題	
總分 / 考試時間	初/中/高級各400分 （各180分鐘）	200分 （100分鐘）	300分 （180分鐘）
合格標準	◎依試前公告之各級標準分數認定級數 ◎單科不及格落榜制	◎依總得分判定級數 ◎廢除單科不及格落榜制	

如何使用本書

如何掃描 QR Code 下載音檔

1. 以手機內建的相機或是掃描 QR Code 的 App 掃描封面的 QR Code。
2. 點選「雲端硬碟」的連結之後，進入音檔清單畫面，接著點選畫面右上角的「三個點」。
3. 點選「新增至「已加星號」專區」一欄，星星即會變成黃色或黑色，代表加入成功。
4. 開啟電腦，打開您的「雲端硬碟」網頁，點選左側欄位的「已加星號」。
5. 選擇該音檔資料夾，點滑鼠右鍵，選擇「下載」，即可將音檔存入電腦。

因應新韓檢，您準備好了嗎？本書6大步驟，讓您高分考上！

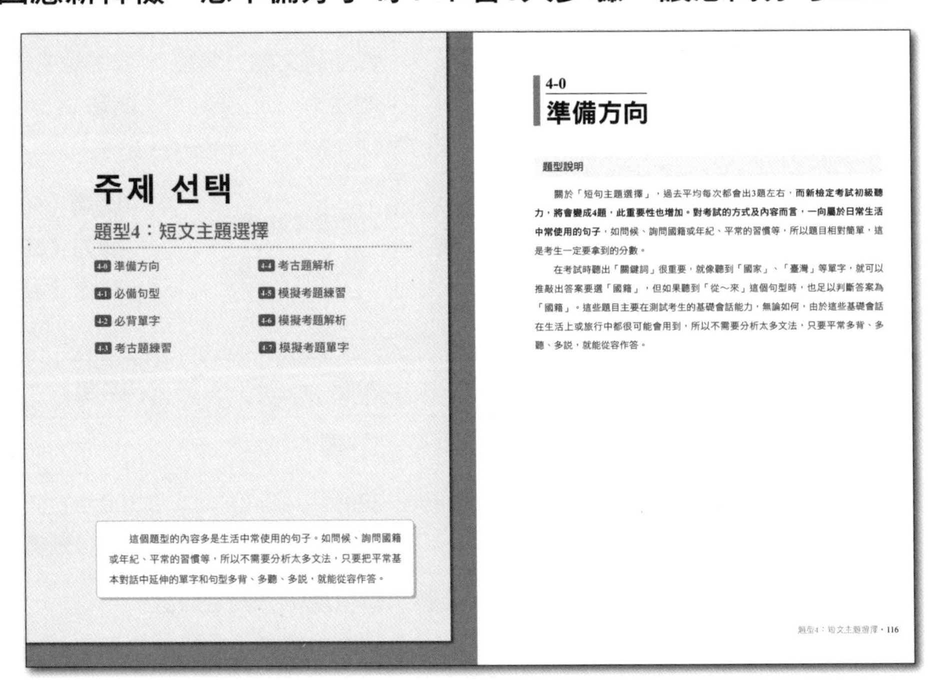

주제 선택

題型4：短文主題選擇

4-0 準備方向　4-4 考古題解析
4-1 必備句型　4-5 模擬考題練習
4-2 必背單字　4-6 模擬考題解析
4-3 考古題練習　4-7 模擬考題單字

這個題型的內容多是生活中常使用的句子。如問候、詢問國籍或年紀、平常的習慣等，所以不需要分析太多文法，只要把平常基本對話中延伸的單字和句型多背、多聽、多說，就能從容作答。

4-0

準備方向

題型說明

關於「短句主題選擇」，過去平均每次都會出3題左右，**而新檢定考試初級聽力，將會變成4題，此重要性也增加。對考試的方式及內容而言，一向屬於日常生活中常使用的句子**，如問候、詢問國籍或年紀、平常的習慣等，所以題目相對簡單，這是考生一定要拿到的分數。

在考試時聽出「關鍵詞」很重要，就像聽到「國家」、「臺灣」等單字，就可以推敲出答案要選「國籍」，但如果聽到「從～來」這個句型時，也足以判斷答案為「國籍」。這些題目主要在測試考生的基礎會話能力，無論如何，由於這些基礎會話在生活上或旅行中都很可能會用到，所以不需要分析太多文法，只要平常多背、多聽、多說，就能從容作答。

題型4：短文主題選擇・116

步驟 1　先了解新韓檢聽力七大必考題型，好安心！

本書按新韓語聽力測驗七大必考題型「回答」、「對話完成」、「場所／地點」、「短文主題選擇」、「圖案選擇」、「內容一致」、「一題兩答」分類，提供考生每種題型的說明、準備方向及應答技巧，好安心！

4-2

必背單字

1. 和生活物品相關的字彙

- □ 값 價錢
- □ 같다 一樣
- □ 경영학 經營學
- □ 계절 季節
- □ 계획 計劃
- □ 구두 皮鞋
- □ 그렇지만 然而
- □ 그림 畫作
- □ 꽃 花
- □ 눈 雪
- □ 대학교 大學
- □ 모양 樣貌
- □ 모임 聚會
- □ 모자 帽子
- □ 반 班
- □ 방학 放假
- □ 비 雨
- □ 비싸다 貴
- □ 사전 字典
- □ 서점 書店
- □ 소포 包裹
- □ 쇼핑 逛街
- □ 스물 二十
- □ 시험 考試
- □ 신발 鞋
- □ 아프다 痛
- □ 양말 襪子
- □ 어떻다 怎麼樣（어떠하다的縮語）
- □ 여행 旅遊
- □ 장갑 手套
- □ 재미있다 有趣
- □ 진짜 真的
- □ 초대 邀請
- □ 초등학교 小學
- □ 춤 舞
- □ 취미 興趣
- □ 탁구 桌球
- □ 테니스 網球

120・주제 선택

2. 和飲食相關的字彙

- □ 사과 蘋果
- □ 음식 飲食
- □ 포도 葡萄

3. 和場所、地點相關的字彙

- □ 나라 國家
- □ 은행 銀行
- □ 장소 地點、場所
- □ 저기 那裡
- □ 제주도 濟州島

4. 和動作相關的字彙

- □ 그리다 畫畫
- □ 되다 成為
- □ 맞다 對
- □ 사진 찍다 拍照
- □ 살다 住
- □ 신다 穿（鞋、襪子）
- □ 알다 知道
- □ 운동하다 運動
- □ 치다 打

5. 和時間相關的字彙

- □ 날짜 日子
- □ 며칠 幾天
- □ 어제 昨天
- □ 언제 什麼時候
- □ 오늘 今天
- □ 요일 星期
- □ 이번 這次
- □ 저녁 晚上
- □ 주말 週末
- □ 휴일 休日
- □ 봄 春
- □ 여름 夏
- □ 살 歲；肉

題型4：短文主題選擇・121

步驟 2 加強各題型必備句型和單字，好完整！

本書提供每一題型必備句型，並附上相關例句，讓您完全掌握可能出現的對話。另外，還將必背單字分成「生活物品」、「飲食」、「場所、地點」、「動作」、「時間」、「人」、「興趣」……，提供考生明確的準備內容，只要按部就班學習和複習，就能打好韓語基礎聽力基礎，好完整！

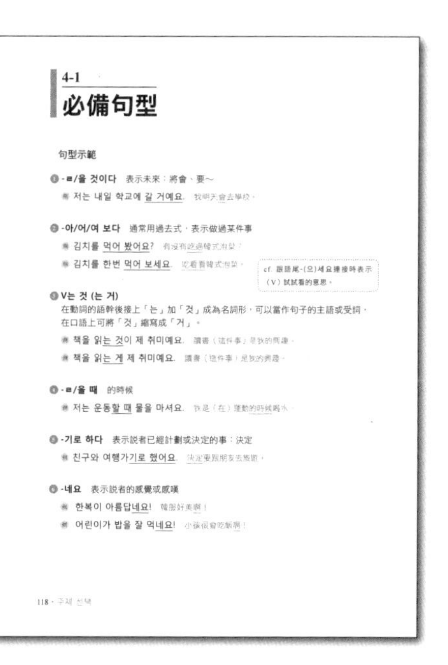
4-1

必備句型

句型示範

1. -ㄹ/을 것이다　表示未來：將會、要~
   - 저는 내일 학교에 갈 거예요. 我明天會去學校。
2. -아/어/여 보다　通常用過去式，表示做過某件事
   - 김치를 먹어 봤어요? 有沒有吃過韓式泡菜？
   - 김치를 한번 먹어 보세요. 吃看看韓式泡菜。

   cf. 跟語尾-(으)세요連接時表示（V）試試看的意思。
3. V는 것 (는 거)
   在動詞的語幹後接上「는」加「것」成為名詞形，可以當作句子的主語或受詞，在口語上可將「것」縮寫成「거」。
   - 책을 읽는 것이 제 취미예요. 讀書（這件事）是我的興趣。
   - 책을 읽는 게 제 취미예요. 讀書（這件事）是我的興趣。
4. -ㄹ/을 때　的時候
   - 저는 운동할 때 물을 마셔요. 我是（在）運動的時候喝水。
5. -기로 하다　表示說者已經計劃或決定的事：決定
   - 친구와 여행가기로 했어요. 決定要跟朋友去旅遊。
6. -네요　表示說者的感覺或感嘆
   - 한복이 아름답네요! 韓服好美啊！
   - 어린이가 밥을 잘 먹네요! 小孩很會吃飯啊！

118・주제 선택

4-3

考古題練習

老師提醒

本題目主題選擇，是從男女兩個人的對話中，要抓住共同提出或都一致的內容。選擇題通常都是兩三個字組合的單字，聽題目之前先看四個選項很重要。在新韓語檢定考試的單字，使用範圍越來越廣的趨勢之下，請各位考生務必熟記考古題。

歷屆考古題 MP3-08

※ [1~30] 다음은 무엇에 대해 말하고 있습니까? <보기>와 같이 알맞은 것을 고르십시오.

2013 (32)	1. ① 값	② 날짜	③ 생일	④ 요일
	2. ① 그림	② 음식	③ 손님	④ 나라
	3. ① 초대	② 공부	③ 모임	④ 취미
2013 (31)	4. ① 가족	② 나이	③ 직업	④ 이름
	5. ① 시간	② 계절	③ 여행	④ 약속
	6. ① 날씨	② 선물	③ 계획	④ 장소
2013 (30)	7. ① 집	② 일	③ 취미	④ 나라
	8. ① 영화	② 선물	③ 사진	④ 그림
	9. ① 장소	② 기분	③ 날씨	④ 약속

題型4：短文主題選擇・123

步驟 3

搭配MP3，熟練各題型歷屆考古題，好確實！

本書精選2009~2013年歷屆考古題共226題，按七大必考題型分類，若能配合老師貼心的提醒，並搭配情境錄音反覆練習，即使考題千變萬化，也完全不用擔心，好確實！

※書中標示的「2013 (32)」，即代表「2013年第32回」

4-4

考古題解析

※ [1~30] 下列正在說關於什麼樣的內容？請依照〈範例〉選出適合的答案。

2013 (32)

1. 여자 : 영진 씨가 언제 와요? 女子：榮振先生什麼時候來？
남자 : 십일월 구일에 올 거예요. 男子：十一月九日會來。
① 값 價錢 ❷ 날짜 日子 ③ 생일 生日 ④ 요일 星期

2. 남자 : 제인 씨, 불고기 먹어 봤어요? 男子：珍妮小姐，吃過韓式烤肉嗎？
여자 : 네, 먹어 봤어요. 정말 맛있었어요. 女子：是，有吃過。真的很好吃。
① 그림 畫作 ❷ 음식 飲食 ③ 손님 客人 ④ 나라 國家

3. 여자 : 저는 운동하는 것을 좋아해요. 女子：我喜歡做運動。
남자 : 저는 시간이 있을 때 사진을 찍어요. 男子：我有空時會拍照。
① 초대 邀請 ② 공부 唸書 ③ 모임 聚會 ❹ 취미 興趣

2013 (31)

4. 남자 : 저는 박영진입니다. 男子：我是朴榮振。
여자 : 저는 김수미입니다. 女子：我是金秀美。
① 가족 家人 ② 나이 年紀 ③ 직업 職業 ❹ 이름 名字

5. 여자 : 제주도에서 재미있었어요? 女子：在濟州島（玩得）好玩嗎？
남자 : 네, 날씨도 좋고 정말 재미있었어요. 男子：是，天氣也好，真的很有趣。
① 시간 時間 ② 계절 季節 ❸ 여행 旅遊 ④ 약속 約會

6. 남자 : 이번 주말에 뭐 할 거예요? 男子：這個週末要做什麼？
여자 : 친구하고 같이 쇼핑하기로 했어요. 女子：我打算跟朋友一起逛街。
① 날씨 天氣 ② 선물 禮物 ❸ 계획 計劃 ④ 장소 場所

126・주제 선택

步驟 4

對照歷屆考古題解析，好詳細！

本書提供考古題解析，將錄音內容完全翻譯，讓考生可以輕鬆從翻譯中選到對的答案，好詳細！

※本書人名統一翻譯如下：

영수 永洙
수미 秀美
민수 閔洙
영진 榮振
수연 素妍

步驟 5

搭配MP3，反覆練習模擬考題，好全面！

本書提供全新編寫的模擬考題200題，按七大必考題型分類，讓考生透過模擬考題加強練習，挑戰所有可能出現的問題，好全面！

※書中MP3的講話速度比考試的速度稍微快一些，比較接近韓國人一般的講話速度。還有題目和題目中間的等待時間，比實際考試短一點。

4-5

模擬考題練習

實戰模擬考題 MP3-09

※ [1~30] 다음은 무엇에 대해 말하고 있습니까? <보기>와 같이 알맞은 것을 고르십시오.

1. ① 장소 ② 교통 ③ 약속 ④ 요일
2. ① 나라 ② 날짜 ③ 가격 ④ 식당
3. ① 직업 ② 나라 ③ 생일 ④ 음식
4. ① 국가 ② 동생 ③ 친구 ④ 선생님
5. ① 동생 ② 나라 ③ 가족 ④ 친구
6. ① 취미 ② 주말 ③ 생일 ④ 약속
7. ① 값 ② 날짜 ③ 생일 ④ 과일
8. ① 이름 ② 국적 ③ 여행 ④ 직업
9. ① 계절 ② 친구 ③ 취미 ④ 계획
10. ① 식당 ② 음식 ③ 친구 ④ 약속
11. ① 약속 ② 여행 ③ 취미 ④ 날씨
12. ① 쇼핑 ② 선물 ③ 친구 ④ 케이크
13. ① 계획 ② 약속 ③ 취미 ④ 시간
14. ① 선물 ② 쇼핑 ③ 친구 ④ 취미

題型4：短文主題選擇・131

步驟 6

對照模擬考題解析，好扎實！

本書提供模擬考題解析，不但教考生如何從對話中選出正確的答案，還補充相關單字及句型並附上實用例句，考生可以透過詳盡的完全解析找出應考盲點、厚植實力，好扎實！

4-6

模擬考題解析

※ [1～30] 正在說關於什麼樣的內容？請依照〈範例〉選出適合的答案。

1. 남자 : 서울역까지 어떻게 가요? 男子：到首爾站怎麼去？
   여자 : 버스나 지하철을 타세요. 女子：請搭巴士或地下鐵。
   ① 장소 地點 ❷ 교통 交通 ③ 약속 約會 ④ 요일 星期
   ☆ 本題的關鍵單字為「어떻게 가요」（怎麼去）、「버스」（公車）、「지하철」（地下鐵）及「타세요」（請搭）。經由這些關鍵詞可以選出答案②交通。

2. 여자 : 여기에서 밥 먹어 봤어요? 女子：有在這裡吃過飯嗎？
   남자 : 네, 음식이 정말 맛있어요. 男子：是，菜真得很好吃。
   ① 나라 國家 ②날짜 日期 ③ 가격 價格 ❹ 식당 餐廳
   ☆ 本題的關鍵單字為「밥」（飯）、「먹어 봤어요」（吃過）、「음식」（飲食、菜）及「맛있어요」（好吃）等。用「-아/어 보다」（做過）的句形來問對方的經驗，答案是④餐廳。

3. 남자 : 미국에서 왔어요? 男子：（你是）從美國來嗎？
   여자 : 아니요, 저는 스페인에서 왔어요. 女子：不，我從西班牙來。
   ① 직업 職業 ❷ 나라 國家 ③ 생일 生日 ④ 음식 飲食
   ☆ 透過兩個國家名「미국」（美國）、「스페인」（西班牙）可知答案是②國家。「-에서 왔어요」（從～來）的句型考生也必須記起來。
   國家相關必背的單字：중국（中國）、미국（美國）、태국（泰國）、인도네시아（印尼）、홍콩（香港）、오스트레일리아（澳洲）、유럽（歐洲）、아프리카（非洲）、아랍（阿拉伯）、중동（中東）

4. 여자 : 이 분이 누구예요? 女子：這位是誰？
   남자 : 우리 반에서 한국어를 가르치세요. 男子：在我們班上教韓語。
   ① 국가 國家 ② 동생 弟弟或妹妹 ③ 친구 朋友 ❹ 선생님 老師
   ☆ 本題的關鍵單字「분」（位）、「누구예요」（是誰）、「우리 반」（我們班）及「한국어를 가르치세요」（教韓語）中，可以選出兩個朋友或老師。其中，「가르치다」（教）後面接「(으)세요」（請）表示尊重主語，可猜得出答案④老師。

題型4：短文主題選擇・133

目次

推薦序　正確瞭解韓國，先從學習韓文著手 …… 2
作者序　該如何準備新韓檢聽力測驗呢？ …… 4
韓國語文能力測驗改制說明 …… 8
如何使用本書 …… 10

題型1：回答　19

在新韓語初級檢定聽力考試中，考生一開始要面對的題目是從一段男女的對話中，聽其中一人提出的問題後，再選出合適的回答。總共有4題，問題十分簡單明瞭，是考生必須把握分數的考題。

1-0　準備方向 …… **20**
1-1　必備句型 …… **22**
1-2　必背單字 …… **24**
1-3　考古題練習 …… **26**
1-4　考古題解析 …… **32**
1-5　模擬考題練習 …… **41**
1-6　模擬考題解析 …… **47**
1-7　模擬考題單字 …… **57**

題型2：對話完成　59

初級聽力考試中，針對「對話完成」的部分，每次考試都會出2題。男女對話中，考生要在聽到其中一人說的內容後，選出適合的答案。此外，本題型問題內容比較短，都和基本會話有關，如問候、打招呼、與人家見面、問路、電話對話等等。

2-0　準備方向 …… **60**

2-1 必備對話 62
2-2 必背單字 66
2-3 考古題練習 67
2-4 考古題解析 70
2-5 模擬考題練習 75
2-6 模擬考題解析 78

題型3：場所 / 地點 85

本單元除了要熟悉「地點」的單字，考生也要多準備與該地點相關的延伸單字，請熟讀本書依考試趨勢所整理出的單字和句型，並配合模擬考試題練習。請仔細聆聽關鍵地點，也多挑戰聽懂整段對話。

3-0 準備方向 86
3-1 必備句型 88
3-2 必背單字 90
3-3 考古題練習 93
3-4 考古題解析 96
3-5 模擬考題練習 102
3-6 模擬考題解析 104
3-7 模擬考題單字 112

題型4：短文主題選擇 115

「短文主題選擇」題型的內容，多是生活中常使用的句子。如問候、詢問國籍或年紀、平常的習慣等，所以不需要分析太多文法，只要把平常基本對話中延伸的單字和句型，並多練習，就能從容作答。

4-0 準備方向 116

4-1 必備句型 118
4-2 必背單字 120
4-3 考古題練習 123
4-4 考古題解析 126
4-5 模擬考題練習 131
4-6 模擬考題解析 133
4-7 模擬考題單字 141

題型5：圖案選擇 143

「圖案選擇」題型的內容，是要從四個圖案選項中，選出最符合的答案。答題時，只要大概抓住圖案的異同處，依照對話內容，以刪去法來找到接近的答案即可。有時圖案的描繪差異並不大，因此要更注意聆聽對話內容裡的關鍵單字。

5-0 準備方向 144
5-1 必備句型 147
5-2 必背單字 149
5-3 考古題練習 151
5-4 考古題解析 163
5-5 模擬考題練習 166
5-6 模擬考題解析 177
5-7 模擬考題單字 181

題型6：內容一致 183

「內容一致」題型的內容通常與我們生活上常遇到的狀況有關，作答時不用太緊張，記住千萬別靠我們的生活習慣或經驗來推測，因為通常答案會和對話內容有直接的關係。

6-0 準備方向 184
6-1 必備句型 186
6-2 必背單字 190
6-3 考古題練習 193
6-4 考古題解析 202
6-5 模擬考題練習 218
6-6 模擬考題解析 224
6-7 模擬考題單字 241

題型7：一題兩答 245

「一題兩答」題型長度約五、六句以上，對話的範圍也比較廣，聽一段短文或對話後，回答2題的題型。此題型容易出現中級程度的單字或句型。平常準備得越充分越不用怕，可以用平常心從容作答！

7-0 準備方向 246
7-1 必備句型 249
7-2 必背單字 252
7-3 考古題練習 256
7-4 考古題解析 264
7-5 模擬考題練習 280
7-6 模擬考題解析 286
7-7 模擬考題單字 301

句型索引 306

대답

題型1：回答

1-0 準備方向

1-1 必備句型

1-2 必背單字

1-3 考古題練習

1-4 考古題解析

1-5 模擬考題練習

1-6 模擬考題解析

1-7 模擬考題單字

在新韓語檢定初級聽力考試中，考生一開始要面對的題目是從一段男女的對話中，聽其中一位提出的問題後，再選出合適的回答。總共有4題，問題十分簡單明瞭，是考生必須把握分數的考題。

1-0
準備方向

題型說明

新韓語檢定初級考試，將原本「發音」範圍的2題刪除不考。考生現在要面對的題目，是從一段男女的對話中，聽其中一位提出的問題後，選出合適的回答，就是**初級聽力考試第一關「回答」，共有4題**，問題十分簡單明瞭，是考生必須把握分數的考題。

考生應該要注意的地方共有三個：第一、對方問題的答案為「是」或「否」，還是具體的回答；第二、選項中的句子，不論是肯定句或是否定句都要看語尾形式是否和問題一致；第三、要注意問題的時態及回答時的語句時態。聽的時候，先要了解問題的內容，再來看回答的四個選項中，肯定句或否定句開頭和結尾時態是否一致。若不一致就先刪除，如此才能更容易接近正確答案。

問題範例

※ [1~4] 다음을 듣고<보기>와 같이 물음에 맞는 대답을 고르십시오.

<보기>

가 : 공부를 해요?

나 : ____________________.

① 네, 공부를 해요.　　　② 아니요, 공부예요.

③ 네, 공부가 아니에요.　　　④ 아니요, 공부를 좋아해요.

2013년 제 32회 초급 듣기

範例翻譯

※［1～4］如同〈範例〉，在聽過以下內容後，選出合適的回答。

〈範例〉

가：唸書嗎？

나：____________________。

❶ 是，唸書。　　　② 不，是唸書。

③ 是，不是唸書。　　　④ 不，喜歡唸書。

2013年第32回初級聽力

1-1

必備句型

老師提醒

本單元針對過去10年韓語檢定的考古題中，挑選整理出以下考生必須準備的句型。若考生能先熟悉這些句型，接著背誦相關單字，之後便能從考古題開始作題目。透過準備檢定考試，考生一方面可以習得基本「韓語溝通能力」，另一方面也可以打好往後進階中高級韓語的基礎。

句型示範

❶ **-지 않다** 不～（跟「안」可互相對換）

例 고기를 먹지 않아요. 不吃肉。=고기를 안 먹어요. 不吃肉。

❷ **-겠-** 表示未來、推測或意志

例 내일 학교에 가겠어요. （表示未來）明天要去學校。

例 오후에 비가 오겠어요. （表示推測）下午可能會下雨。

例 한국어능력시험을 보겠어요. （表示意志）我會考韓語檢定考試。

❸ **-고 있다** 表示現在進行：正在～

例 신문을 보고 있어요. 正在看報紙。

❹ **-ㄹ/을 것이다** 表示未來：將會、要～

例 텔레비전을 볼 거예요. 要看電視。

❺ -(으)세요 請～

例 여기를 보세요. 請看這裡。

❻ -이/가 아니다 不是～

例 한국어 책이 아니에요. 這不是韓文書。

❼ -에 가다 去～

例 백화점에 가요. 去百貨公司。

❽ -ㅂ/읍시다 （一起做）～吧

例 학교에 같이 갑시다. （一起）去學校吧。

1-2

必背單字

1. 和生活物品相關的字彙

- □ 가방 名 包包
- □ 공책 名 筆記本
- □ 따뜻하다 形 溫暖
- □ 모자 名 帽子
- □ 방학 名 放假
- □ 비싸다 形 貴
- □ 수업 名 課
- □ 시계 名 時鐘
- □ 예쁘다 形 漂亮
- □ 옷 名 衣服
- □ 우산 名 雨傘
- □ 정말 副 真的
- □ 책 名 書
- □ 크다 形 大
- □ 텔레비전 名 電視

2. 和飲食相關的字彙

- □ 과자 名 餅乾
- □ 많다 形 多
- □ 맛있다 形 好吃
- □ 물 名 水
- □ 없다 形 沒有
- □ 요리 名 料理
- □ 요리사 名 廚師
- □ 우유 名 牛奶
- □ 음식 名 飲食
- □ 적다 形 少
- □ 주스 名 果汁
- □ 초콜릿 名 巧克力

3. 和場所、地點相關的字彙

- □ 가게 名 商店
- □ 공원 名 公園
- □ 극장 名 劇場、電影院
- □ 도서관 名 圖書館

- □ 멀다 形 遠
- □ 식당 名 餐廳
- □ 약국 名 藥局
- □ 집 名 家
- □ 한국 名 韓國

4. 和動作相關的字彙

- □ 걷다 動 走
- □ 걸리다 動 需要、花費（時間或距離）
- □ 공부하다 動 唸書
- □ 끝나다 動 結束
- □ 마시다 動 喝
- □ 만나다 動 見面
- □ 받다 動 收、得到
- □ 보다 動 看
- □ 사다 動 買
- □ 수업하다 動 上課
- □ 알다 動 知道
- □ 오다 動 來
- □ 요리하다 動 烹飪、做料理
- □ 일하다 動 工作
- □ 좋아하다 動 喜歡

5. 和時間相關的字彙

- □ 3월 名 3月
- □ 다음 주 名 下週
- □ 매일 名 每天
- □ 빨리 副 快
- □ 아침 名 早上
- □ 어제 名 昨天
- □ 자주 副 常常
- □ 주말 名 週末
- □ 토요일 名 星期六

6. 和人相關的字彙

- □ 가족 名 家族、家人
- □ 같이 副 一起
- □ 남동생 名 弟弟
- □ 제 代 我的（저의的縮寫）
- □ 친구 名 朋友
- □ 혼자 名 一個人

1-3
考古題練習

老師提醒

考生聽到簡單的疑問句後，要先選「是」或「否」，再來找適合的答案。特別要注意聽疑問詞，如果問題中聽到「**언제**」（什麼時候），就要選擇和日期有關的答案；而聽到「**무엇**」（什麼），就要選具體的東西等。這些有疑問詞的問題，不需要以「是」或「否」的回應。另外，動詞的時態、肯定或否定詞，也是答題重要線索。像是如果聽到「**안 가요?**」（不去嗎？），就要選「**아니요, 가요**」（不，要去）或「**네, 안 가요**」（是，不去）。當然，多背動詞、形容詞及反義詞，會對這個範圍的作答十分有幫助。

歷屆考古題

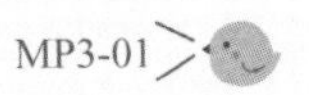

※ [1~40] 다음을 듣고<보기>와 같이 물음에 맞는 대답을 고르십시오.

2013 (32) 1. (3점)

① 네, 모자가 있어요.
② 아니요, 안 예뻐요.
③ 네, 예쁘지 않아요.
④ 아니요, 모자를 봐요.

2. (4점)

① 네, 알아요.
② 네, 알겠어요.
③ 아니요, 만났어요.
④ 아니요, 자주 만나요.

3. (3점)

① 하나예요.
② 한 개예요.
③ 만 원이에요.
④ 내 옷이에요.

4. (4점)

① 텔레비전을 봤어요.
② 텔레비전을 보세요.
③ 텔레비전을 볼 거예요.
④ 텔레비전을 보고 있어요.

2013 (31) 5. (3점)

① 네, 구두가 커요.
② 네, 구두가 없어요.
③ 아니오, 구두가 많아요.
④ 아니오, 구두가 아니에요.

6. (4점)

① 주말에 가요.
② 극장에 가요.
③ 친구가 가요.
④ 걸어서 가요.

7. (3점)

① 네, 과자가 있어요.
② 네, 과자가 비싸요.
③ 아니오, 과자를 샀어요.
④ 아니요, 과자를 안 좋아해요.

8. (4점)

① 두 명이에요.
② 남동생이에요.
③ 한국에 있어요.
④ 가족을 만나요.

2013 (30) 9. (3점)

① 네, 가방이에요.
② 아니요, 가방이 싸요.
③ 네, 가방이 많아요.
④ 아니요, 가방이 있어요.

10. (4점)

① 네, 친구가 있어요.
② 아니요, 집에서 만나요.
③ 네, 집에 안 갈 거예요.
④ 아니요, 공원에 갈 거예요.

11. (3점)

① 정말 많아요.
② 식당이 멀어요.
③ 음식이 있어요.
④ 아주 맛있어요.

12. (4점)

① 삼월에 왔어요.
② 친구가 왔어요.
③ 한국 사람이에요.
④ 한국에서 일해요.

2012 (28) 13. (3점)

① 네, 우유가 없어요.　② 네, 우유가 아니에요.

③ 아니요, 우유를 좋아해요.　④ 아니요, 우유를 안 마셔요.

14. (4점)

① 네, 제 책이에요.　② 아니요, 책을 봐요.

③ 아니요, 수미 씨예요.　④ 네, 수미 씨가 있어요.

15. (3점)

① 학교에 가요.　② 방학이 끝나요.

③ 다음 주에 끝나요.　④ 다음 주에 갑시다.

16. (4점)

① 가게에서 샀어요.　② 가게에 갈 거예요.

③ 초콜릿을 받았어요.　④ 초콜릿을 줄 거예요.

2012 (26) 17. (3점)

① 네, 요리예요.　② 아니요, 요리해요.

③ 네, 요리사가 있어요.　④ 아니요, 요리사가 아니에요.

18. (4점)

① 네, 물이 없어요.　② 네, 물이 적어요.

③ 아니요, 물이 따뜻해요.　④ 아니요, 물이 많지 않아요.

19. (3점)

① 혼자 했어요.　② 빨리 했어요.

③ 주말에 했어요.　④ 집에서 했어요.

20. (4점)

① 매일 가요.　② 버스로 가요.

③ 삼십 분 걸려요.　④ 친구하고 만나요.

2011 (23) 21. (3점)

① 네, 모자가 커요.
② 네, 모자가 작아요.
③ 아니요, 모자예요.
④ 아니요, 모자가 있어요.

22. (4점)

① 네, 친구가 없어요.
② 아니요, 친구예요.
③ 네, 친구가 아니에요.
④ 아니요, 친구를 안 만나요.

23. (3점)

① 버스로 가요.
② 집에서 가요.
③ 친구하고 가요.
④ 일곱 시에 가요.

24. (4점)

① 책이 없어요.
② 집에서 봐요.
③ 아주 재미있어요.
④ 한국어 책을 사요.

2011 (21) 25. (3점)

① 네, 연필이에요.
② 아니요, 연필이에요.
③ 네, 연필이 없어요.
④ 아니요, 연필이 있어요.

26. (3점)

① 네, 수업이에요.
② 네, 수업이 아니에요.
③ 아니요, 수업이 많아요.
④ 아니요, 수업이 없어요.

27. (3점)

① 텔레비전이에요.
② 텔레비전을 봐요.
③ 텔레비전이 좋아요.
④ 텔레비전이 있어요.

28. (3점)

① 어제 갔어요.
② 약국에 갔어요.
③ 동생이 갔어요.
④ 동생하고 갔어요.

2010 (20) 29. (3점)

① 네, 공책이 있어요.
② 아니요, 공책이에요.
③ 네, 공책이 아니에요.
④ 아니요, 공책이 있어요.

30. (3점)

① 네, 우산을 안 사요.
② 아니요, 우산이에요.
③ 네, 우산이 아니에요.
④ 아니요, 우산을 안 사요.

31. (3점)

① 많이 마셔요.
② 아침에 마셔요.
③ 물을 마셔요.
④ 식당에서 마셔요.

32. (3점)

① 집에 가요.
② 세 시에 갔어요.
③ 친구하고 가요.
④ 도서관에 갔어요.

2009 (18) 33. (3점)

① 네, 시계를 주세요.
② 아니요, 시계예요.
③ 네, 시계가 있어요.
④ 아니요, 시계가 많아요.

34. (3점)

① 네, 좋아해요.
② 아니요, 우유예요.
③ 우유가 있어요.
④ 우유가 아니에요.

35. (3점)

① 많이 만나요.
② 교실에서 만나요.
③ 친구하고 만나요.
④ 다섯 시에 만나요.

36. (3점)

① 어제 왔어요.
② 민수가 왔어요.
③ 도서관에 왔어요.
④ 민수하고 같이 왔어요.

2009 (16) 37. (3점)

① 네, 물을 마셔요.
② 아니요, 물이에요.
③ 네, 물이 없어요.
④ 아니요, 물을 마셔요.

38. (3점)

① 네, 가방이에요.
② 아니요, 가방이에요.
③ 네, 가방이 없어요.
④ 아니요, 가방이 많아요.

39. (3점)

① 집에서 해요.
② 공부를 해요.
③ 친구하고 해요.
④ 토요일에 해요.

40. (3점)

① 네, 샀어요.
② 친구가 사요.
③ 주스를 샀어요.
④ 가게에서 사요.

1. ②	2. ①	3. ③	4. ③	5. ①	6. ②	7. ④	8. ①	9. ②	10. ④
11. ④	12. ①	13. ④	14. ①	15. ③	16. ③	17. ④	18. ④	19. ③	20. ②
21. ②	22. ④	23. ④	24. ③	25. ①	26. ④	27. ②	28. ④	29. ①	30. ④
31. ③	32. ④	33. ③	34. ①	35. ②	36. ①	37. ①	38. ①	39. ①	40. ③

1-4
考古題解析

※［1～40］如同〈範例〉，在聽過以下內容後，選出合適的回答。

2013 (32)

1. 여자 : 모자가 예뻐요? 女子：帽子漂亮嗎？（3分）

남자 : ____________ 男子：____________

① 네, 모자가 있어요. 是，有帽子。

❷ 아니요, 안 예뻐요. 不，不漂亮。

③ 네, 예쁘지 않아요. 是，不漂亮。

④ 아니요, 모자를 봐요. 不，（我）看帽子。

2. 남자 : 영수 씨를 알아요? 男子：認識永洙先生嗎？（4分）

여자 : ____________ 女子：____________

❶ 네, 알아요. 是，（我）認識。

② 네, 알겠어요. 是，瞭解了。

③ 아니요, 만났어요. 不，我見過（他）。

④ 아니요, 자주 만나요. 不，（我和他）常見面。

3. 여자 : 이 옷은 얼마예요? 女子：這件衣服多少錢？（3分）

남자 : ____________ 男子：____________

① 하나예요. 是一個。

② 한 개예요. 是一個。

❸ 만 원이에요. 是一萬元。

④ 내 옷이에요. 是我的衣服。

4. 남자 : 내일 뭐 해요? 男子：明天做什麼呢？（4分）

여자 : ____________ 女子：____________

① 텔레비전을 봤어요. 看過電視了。

② 텔레비전을 보세요. 請看電視。

❸ 텔레비전을 볼 거예요. （我）會看電視。

④ 텔레비전을 보고 있어요. （我）正在看電視。

2013 (31)

5. 여자 : 구두가 커요? 女子：皮鞋很大嗎？（3分）

남자 : ____________________ 男子：____________________

❶ 네, 구두가 커요. 是，皮鞋很大。

② 네, 구두가 없어요. 是，沒有皮鞋。

③ 아니오, 구두가 많아요. 不，有很多皮鞋。

④ 아니오, 구두가 아니에요. 不，不是皮鞋。

6. 여자 : 지금 어디에 가요? 女子：現在去哪裡？（4分）

남자 : ____________________ 男子：____________________

① 주말에 가요. 週末去。

❷ 극장에 가요. 去電影院（劇場）。

③ 친구가 가요. 朋友去。

④ 걸어서 가요. 走路去。

7. 남자 : 과자를 좋아해요? 男生：喜歡餅乾嗎？（3分）

여자 : ____________________ 女子：____________________

① 네, 과자가 있어요. 是，有餅乾。

② 네, 과자가 비싸요. 是，餅乾很貴。

③ 아니오, 과자를 샀어요. 不，買了餅乾。

❹ 아니요, 과자를 안 좋아해요. 不，不喜歡餅乾。

8. 남자 : 동생이 몇 명이에요? 男生：有幾個弟弟或妹妹？（4分）

여자 : ____________________ 女子：____________________

❶ 두 명이에요. 是兩個。

② 남동생이에요. 是弟弟。

③ 한국에 있어요. 在韓國。

④ 가족을 만나요. 跟家人見面。

2013 (30)

9. 여자 : 가방이 비싸요? 女子：包包很貴嗎？（3分）

남자 : ____________________ 男子：____________________

① 네, 가방이에요. 對，是包包。

❷ 아니요, 가방이 싸요. 不，包包很便宜。

③ 네, 가방이 많아요.　對，有很多包包。

④ 아니요, 가방이 있어요.　不，有包包。

10. 남자 : 내일 집에 있을 거예요?　男子：明天會在家嗎？（4分）

여자 : ____________________　女子：____________________

① 네, 친구가 있어요.　是，有朋友。

② 아니요, 집에서 만나요.　不，在家見面。

③ 네, 집에 안 갈 거예요.　是，（我）不會回家。

❹ 아니요, 공원에 갈 거예요.　不，要去公園。

11. 여자 : 이거 맛이 어때요?　女子：這個味道如何？（3分）

남자 : ____________________　男子：____________________

① 정말 많아요.　真的很多。

② 식당이 멀어요.　餐廳很遠。

③ 음식이 있어요.　有食物。

❹ 아주 맛있어요.　非常好吃。

12. 남자 : 언제 한국에 왔어요?　男子：什麼時候來韓國？（4分）

여자 : ____________________　女子：____________________

❶ 삼월에 왔어요.　三月來的。

② 친구가 왔어요.　朋友來了。

③ 한국 사람이에요.　是韓國人。

④ 한국에서 일해요.　在韓國工作。

2012 (28)

13. 여자 : 우유를 마셔요?　女子：喝牛奶嗎？（3分）

남자 : ____________________　男子：____________________

① 네, 우유가 없어요.　是，沒有牛奶。

② 네, 우유가 아니에요.　是，不是牛奶。

③ 아니요, 우유를 좋아해요.　不，喜歡牛奶。

❹ 아니요, 우유를 안 마셔요.　不，不喝牛奶。

14. 남자 : 이거 수미 씨 책이에요?　男子：這是秀美小姐的書嗎?（4分）

여자 : ______________　女子：______________

❶ 네, 제 책이에요.　是，是我的書。

② 아니요, 책을 봐요.　不，（我）看書。

③ 아니요, 수미 씨예요.　不，是秀美小姐的書。

④ 네, 수미 씨가 있어요.　是，有秀美小姐。

15. 여자 : 방학이 언제 끝나요?　女子：什麼時候放假結束？（3分）

남자 : ______________　男子：______________

① 학교에 가요.　去學校。

② 방학이 끝나요.　放假結束。

❸ 다음 주에 끝나요.　下個星期結束。

④ 다음 주에 갑시다.　下星期（一起）去吧。

16. 여자 : 무슨 선물을 받았어요?　女子：收到了什麼禮物？（4分）

남자 : ______________　男子：______________

① 가게에서 샀어요.　在商店買的。

② 가게에 갈 거예요.　（我）要去商店。

❸ 초콜릿을 받았어요.　收到了巧克力。

④ 초콜릿을 줄 거예요.　我會給巧克力。

2012 (26)

17. 남자 : 언니가 요리사예요?　男子：你姐姐是廚師嗎？（3分）

여자 : ______________　女子：______________

① 네, 요리예요.　是，是料理。

② 아니요, 요리해요.　不，做烹飪。

③ 네, 요리사가 있어요.　是，有廚師。

❹ 아니요, 요리사가 아니에요.　不，不是廚師。

18. 여자 : 컵에 물이 많아요?　女子：杯子裡有很多水嗎？（4分）

남자 : ______________　男子：______________

① 네, 물이 없어요.　是，沒有水。

② 네, 물이 적어요.　是，水很少。

③ 아니요, 물이 따뜻해요. 不，是溫水。

❹ 아니요, 물이 많지 않아요. 不，水不多。

19. 남자 : 언제 청소를 했어요? 男子：什麼時候打掃過？（3分）

여자 : ______________ 女子：______________

① 혼자 했어요. 一個人掃了。

② 빨리 했어요. 很快掃了。

❸ 주말에 했어요. 週末掃了。

④ 집에서 했어요. 在家掃了。

20. 여자 : 학교까지 어떻게 가요? 女子：怎麼去學校？（4分）

남자 : ______________ 男子：______________

① 매일 가요. 天天去。

❷ 버스로 가요. 搭公車去。

③ 삼십 분 걸려요. 需要三十分鐘。

④ 친구하고 만나요. 跟朋友見面。

2011 (23)

21. 여자 : 모자가 작아요? 女子：帽子很小嗎？（3分）

남자 : ______________ 男子：______________

① 네, 모자가 커요. 是，帽子很大。

❷ 네, 모자가 작아요. 是，帽子很小。

③ 아니요, 모자예요. 不，是帽子。

④ 아니요, 모자가 있어요. 不，有帽子。

22. 남자 : 오늘 친구를 만나요? 男子：今天見朋友嗎？（4分）

여자 : ______________ 女子：______________

① 네, 친구가 없어요. 是，沒有朋友。

② 아니요, 친구예요. 不，是朋友。

③ 네, 친구가 아니에요. 是，不是朋友。

❹ 아니요, 친구를 안 만나요. 不，不見朋友。

23. 여자 : 몇 시에 가요?　女子：幾點去？（3分）

남자 : ____________________ 男子：____________________

① 버스로 가요.　搭公車去。

② 집에서 가요.　從家裡去。

③ 친구하고 가요.　和朋友去。

❹ 일곱 시에 가요.　七點去。

24. 남자 : 이 책 어때요?　男子：這本書如何？（4分）

여자 : ____________________ 女子：____________________

① 책이 없어요.　沒有書。

② 집에서 봐요.　在家看。

❸ 아주 재미있어요.　非常有趣。

④ 한국어 책을 사요.　買韓語書。

2011 (21)

25. 여자 : 연필이에요?　女子：是鉛筆嗎？（3分）

남자 : ____________________ 男子：____________________

❶ 네, 연필이에요.　是，是鉛筆。

② 아니요, 연필이에요.　不，是鉛筆。

③ 네, 연필이 없어요.　是，沒有鉛筆。

④ 아니요, 연필이 있어요.　不，有鉛筆。

26. 남자 : 오늘 수업이 많아요?　男子：今天有很多課嗎？（3分）

여자 : ____________________ 女子：____________________

① 네, 수업이에요.　是，是課。

② 네, 수업이 아니에요.　是，不是課。

③ 아니요, 수업이 많아요.　不，有很多課。

❹ 아니요, 수업이 없어요.　不，沒有課。

27. 여자 : 지금 뭐 해요?　女子：現在在做什麼？（3分）

남자 : ____________________ 男子：____________________

① 텔레비전이에요.　是電視。

❷ 텔레비전을 봐요.　看電視。

③ 텔레비전이 좋아요.　喜歡電視。

④ 텔레비전이 있어요.　有電視。

28. 남자 : 거기에 혼자 갔어요?　男子：一個人去了那裡嗎？（3分）

여자 : ______________________　女子：______________________

① 어제 갔어요.　昨天去了。

② 약국에 갔어요.　去了藥局。

③ 동생이 갔어요.　弟弟（或妹妹）去了。

❹ 동생하고 갔어요.　跟弟弟（或妹妹）去了。

2010 (20)

29. 여자 : 공책이 있어요?　女子：有筆記本嗎？（3分）

남자 : ______________________　男子：______________________

❶ 네, 공책이 있어요.　是，有筆記本。

② 아니요, 공책이에요.　不，是筆記本。

③ 네, 공책이 아니에요.　是，不是筆記本。

④ 아니요, 공책이 있어요.　不，有筆記本。

30. 남자 : 우산을 사요?　男子：買雨傘嗎？（3分）

여자 : ______________________　女子：______________________

① 네, 우산을 안 사요.　是，不買雨傘。

② 아니요, 우산이에요.　不，是雨傘。

③ 네, 우산이 아니에요.　是，不是雨傘。

❹ 아니요, 우산을 안 사요.　不，不買雨傘。

31. 여자 : 무엇을 마셔요?　女子：喝什麼？（3分）

남자 : ______________________　男子：______________________

① 많이 마셔요.　喝很多。

② 아침에 마셔요.　早上喝。

❸ 물을 마셔요.　喝水。

④ 식당에서 마셔요.　在餐廳喝。

32. 남자 : 어제 어디에 갔어요? 男子：昨天去了哪裡？（3分）

여자 : ____________ 女子：____________

① 집에 가요. 回家。

② 세 시에 갔어요. 三點去了。

③ 친구하고 가요. 和朋友去。

❹ 도서관에 갔어요. 去了圖書館。

2009 (18)

33. 남자 : 시계가 있어요? 男子：有時鐘嗎？（3分）

여자 : ____________ 女子：____________

① 네, 시계를 주세요. 是，給我時鐘。

② 아니요, 시계예요. 不，是時鐘。

❸ 네, 시계가 있어요. 是，有時鐘。

④ 아니요, 시계가 많아요. 不，有很多時鐘。

34. 여자 : 우유를 좋아해요? 女子：喜歡牛奶嗎？（3分）

남자 : ____________ 男子：____________

❶ 네, 좋아해요. 是，喜歡。

② 아니요, 우유예요. 不，是牛奶。

③ 우유가 있어요. 有牛奶。

④ 우유가 아니에요. 不是牛奶。

35. 남자 : 어디에서 친구를 만나요? 男生：在哪裡見朋友？（3分）

여자 : ____________ 女子：____________

① 많이 만나요. 見很多次。

❷ 교실에서 만나요. 在教室見面。

③ 친구하고 만나요. 和朋友見面。

④ 다섯 시에 만나요. 五點見面。

36. 여자 : 민수는 언제 왔어요? 女生：閔洙什麼時候來了？（3分）

남자 : ____________ 男子：____________

❶ 어제 왔어요. 昨天來了。

② 민수가 왔어요. 閔洙來了。

③ 도서관에 왔어요. 來到圖書館了。

④ 민수하고 같이 왔어요. 和閔洙一起來了。

2009 (16)

37. 남자 : 물을 마셔요? 男子：喝水嗎？（3分）

여자 : ____________ 女子：____________

❶ 네, 물을 마셔요. 是，喝水。

② 아니요, 물이에요. 不，是水。

③ 네, 물이 없어요. 是，沒有水。

④ 아니요, 물을 마셔요. 不，喝水。

38. 여자 : 이것은 가방이에요? 女子：這是包包嗎？（3分）

남자 : ____________ 男子：____________

❶ 네, 가방이에요. 是，是包包。

② 아니요, 가방이에요. 不，是包包。

③ 네, 가방이 없어요. 是，沒有包包。

④ 아니요, 가방이 많아요. 不，有很多包包。

39. 남자 : 어디에서 공부해요? 男子：在哪裡唸書？（3分）

여자 : ____________ 女子：____________

❶ 집에서 해요. 在家唸。

② 공부를 해요. 唸書。

③ 친구하고 해요. 和朋友唸。

④ 토요일에 해요. 星期六唸。

40. 여자 : 무엇을 샀어요? 女子：買了什麼？（3分）

남자 : ____________ 男子：____________

① 네, 샀어요. 是，買了。

② 친구가 사요. 朋友買。

❸ 주스를 샀어요. 買了果汁。

④ 가게에서 사요. 在商店買。

1-5 模擬考題練習

老師提醒

做完了歷屆試題，對於這個大題的出題方向，大家是不是更清楚了呢？接下來，讓我們多做一點練習，讓準備更充分吧！

實戰模擬考題

MP3-02

※ [1~40] 다음을 듣고<보기>와 같이 물음에 맞는 대답을 고르십시오.

1. (3점)

① 네, 신발이 아니에요.　② 아니요, 신발이 아니에요.
③ 네, 신발이 있어요.　④ 아니요, 신발이 없어요.

2. (4점)

① 네, 학교예요.　② 아니요, 학교가 아니에요.
③ 네, 학교에 안 가요.　④ 아니요, 학교에 가지 않아요.

3. (3점)

① 네, 지우개예요.　② 아니요, 지우개가 아니에요.
③ 네, 지우개가 없어요.　④ 아니요, 지우개가 없어요.

4. (4점)

① 집에 있어요.　② 집에서 만나요.
③ 오후에 집에 가요.　④ 친구하고 집에 가요.

5. (3점)

① 네, 휴지가 있어요.　② 아니요, 휴지가 아니에요.
③ 네, 휴지가 없어요.　④ 아니요, 휴지가 있어요.

6. (4점)

① 네, 돈이에요.
② 아니요, 돈이 아니에요.
③ 네, 돈이 있어요.
④ 아니요, 돈을 안 받아요.

7. (3점)

① 공부를 해요.
② 운동을 해요.
③ 공부를 했어요.
④ 운동을 할 거예요.

8. (4점)

① 친구가 갔어요.
② 친구하고 갔어요.
③ 친구에게 갔어요.
④ 친구만 갔어요.

9. (3점)

① 네, 안 쉬어요.
② 아니요, 쉬지 않아요.
③ 네, 쉬어요.
④ 네, 쉬고 있어요.

10. (4점)

① 친구하고 가요.
② 제 친구가 아니에요.
③ 네 명 있어요.
④ 아니요, 친구가 없어요.

11. (3점)

① 친구하고 갈 거예요.
② 가족하고 갈 거예요.
③ 주말에 갈 거예요.
④ 운동을 할 거예요.

12. (4점)

① 어제 책을 빌렸어요.
② 민수 씨한테 빌렸어요.
③ 신발을 신었어요.
④ 민수 씨가 책을 읽어요.

13. (4점)

① 네, 빵이에요.
② 아니요, 안 먹었어요.
③ 네, 빵을 먹고 있어요.
④ 아니요, 먹지 않을 거예요.

14. (4점)

① 민수 씨 차예요.

② 민수 씨가 도서관에 있어요.

③ 민수 씨 도서관에 갔어요.

④ 도서관 앞에 있어요.

15. (3점)

① 네, 휴대 전화예요.

② 아니요, 휴대 전화가 있어요.

③ 네, 휴대 전화가 있어요.

④ 아니요, 휴대 전화가 아니에요.

16. (4점)

① 어제 도와줬어요.

② 친구하고 도와줄 거예요.

③ 제가 도와줬어요.

④ 내일 도와줄 거예요.

17. (3점)

① 네, 수미씨가 아니에요.

② 아니요, 지갑이 없어요.

③ 네, 지갑이 있어요.

④ 아니요, 수미 씨 지갑이 아니에요.

18. (4점)

① 네, 방이 있어요.

② 아니요, 방에 창문이 아니에요.

③ 네, 방에 창문이 있어요.

④ 아니요, 방이 없어요.

19. (3점)

① 모두 오백 원이에요.

② 두 장 있어요.

③ 표를 살 거예요.

④ 표가 없어요.

20. (4점)

① 여기는 우체국이 아니에요.

② 친구하고 우체국에 가요.

③ 백화점 옆에 있어요.

④ 우체국에서 편지를 부쳐요.

21. (3점)

① 네, 두 명이에요.

② 네, 있어요.

③ 아니요, 두 명이 있어요.

④ 아니요, 아이가 아니에요.

22. (4점)

① 네, 대만이에요.
② 네, 대만 사람이에요.
③ 아니요, 대만에 살아요.
④ 아니요, 대만이 아니에요.

23. (3점)

① 친구하고 가요.
② 다음 주에 가요.
③ 미국에 가요.
④ 여행을 가요.

24. (4점)

① 수미 씨가 했어요.
② 수미 씨가 만났어요.
③ 수미 씨라고 해요.
④ 수미 씨를 만났어요.

25. (3점)

① 네, 비누를 샀어요.
② 아니요, 비누가 없어요.
③ 네, 비누가 있어요.
④ 아니요, 비누가 아니에요.

26. (4점)

① 아니요, 컴퓨터가 아니에요.
② 네, 민수 씨 컴퓨터예요.
③ 아니요, 친구한테 빌렸어요.
④ 네, 모자를 샀어요.

27. (3점)

① 민수 씨가 도서관에 가요.
② 한국어 공부를 해요.
③ 도서관에서 공부를 해요.
④ 내일 가요.

28. (4점)

① 오후에 끝나요.
② 수업이 끝날 거예요.
③ 수업이 끝나요.
④ 어제 끝날 거예요.

29. (3점)

① 아니요, 키가 커요.
② 아니요, 작아요.
③ 네, 크지 않아요.
④ 네, 작아요.

30. (4점)

① 네, 배가 불러요.
② 네, 많지 않아요.
③ 아니요, 배가 불러요.
④ 아니요, 많이 먹었어요.

31. (3점)

① 네, 바지예요.
② 네, 바지가 많아요.
③ 아니요, 바지가 길지 않아요.
④ 아니요, 바지가 싸요.

32. (4점)

① 청소를 했어요.
② 청소가 아니에요.
③ 청소를 할 거예요.
④ 청소가 재미있어요.

33. (3점)

① 아니요, 맵지 않아요.
② 아니요, 불고기를 안 먹어요.
③ 네, 불고기가 맛있어요.
④ 네, 맵지 않아요.

34. (4점)

① 편지를 부쳤어요.
② 친구가 보냈어요.
③ 선물을 받았어요.
④ 형이 갔어요.

35. (4점)

① 네, 어려울 거예요.
② 네, 시험이 있어요.
③ 아니요, 어려울 거예요.
④ 아니요, 어렵지 않았어요.

36. (4점)

① 네, 정말 많아요.
② 아니요, 집이 멀어요.
③ 네, 가구가 없어요.
④ 아니요, 아주 예뻐요.

37. (4점)

① 아니요, 재미있어요.
② 아니요, 어려워요.
③ 네, 선생님이 재미있어요.
④ 네, 재미있지 않아요.

38. (4점)

① 병원에 갔어요. ② 도와줬어요.

③ 친구에게 줬어요. ④ 친구가 줬어요.

39. (3점)

① 학생이에요. ② 회사원이에요.

③ 학교에 가요. ④ 한국에서 일해요.

40. (4점)

① 아니요, 가까워요. ② 아니요, 집이 있어요.

③ 네, 가까워요. ④ 네, 안 멀어요.

答案

1. ②	2. ④	3. ③	4. ③	5. ①	6. ④	7. ③	8. ②	9. ①	10. ③
11. ③	12. ②	13. ②	14. ④	15. ③	16. ③	17. ④	18. ③	19. ②	20. ③
21. ②	22. ②	23. ②	24. ④	25. ④	26. ③	27. ④	28. ①	29. ②	30. ①
31. ③	32. ③	33. ①	34. ④	35. ④	36. ①	37. ②	38. ③	39. ④	40. ①

1-6
模擬考題解析

※［1～40］如同〈範例〉，在聽過以下內容後，選出合適的回答。

1. 여자：신발이에요?　女子：是鞋嗎？（3分）

   남자：＿＿＿＿＿＿＿＿　男子：＿＿＿＿＿＿＿＿

   ① 네, 신발이 아니에요.　是，不是鞋。

   ❷ 아니요, 신발이 아니에요.　不，不是鞋。

   ③ 네, 신발이 있어요.　是，有鞋。

   ④ 아니요, 신발이 없어요.　不，沒有鞋。

☆ 這一題是需要以「是」或「否」來回答的題目。問題用動詞「이에요」（是）來問，因此要用肯定句或否定句「이/가 아니에요」（不）來回答才對。選項①和②的回答都「신발이 아니에요」（不是鞋），所以要看「是」接表示肯定句動詞，或「否」接表示否定句動詞。因此這一題的答案是②。

2. 남자：학교에 가요?　男子：去學校嗎？（4分）

   여자：＿＿＿＿＿＿＿＿　女子：＿＿＿＿＿＿＿＿

   ① 네, 학교예요.　是，是學校。

   ② 아니요, 학교가 아니에요.　不，不是學校。

   ③ 네, 학교에 안 가요.　是，不去學校。

   ❹ 아니요, 학교에 가지 않아요.　不，不去學校。

3. 여자：지우개가 없어요?　女子：沒有橡皮擦嗎？（3分）

   남자：＿＿＿＿＿＿＿＿　男子：＿＿＿＿＿＿＿＿

   ① 네, 지우개예요.　是，是橡皮擦。

   ② 아니요, 지우개가 아니에요.　不，不是橡皮擦。

   ❸ 네, 지우개가 없어요.　是，沒有橡皮擦。

   ④ 아니요, 지우개가 없어요.　不，沒有橡皮擦。

☆ 與上前1、2題一樣，是需要用「是」或「否」來回答的題目。問題用了「없어요」（沒有），因此選答案時要注意看語尾是「있어요」（有）或「없어요」（沒有）。肯定句的回答為「네, 없어요」（是，沒有），否定句的回答為「아니요, 있어요」（不是，有）。因此答案是③。以下第5題亦同。

4. 남자 : 언제 집에 가요?　男子：什麼時候回家？（4分）

여자 : ____________　女子：____________

① 집에 있어요.　在家。

② 집에서 만나요.　在家見。

❸ 오후에 집에 가요.　下午回家。

④ 친구하고 집에 가요.　和朋友回家。

☆ 本題看到疑問詞「**언제**」（什麼時候），因此回答時要提到時間相關的內容，四個選項中關於時間的詞是「**오후**」（下午），因此可以找到答案是③。另外，助詞「**에**」是表示地點或時間，在選項③跟「**오후**」（下午）接在一起表示時間；在選項①跟「**집**」（家）接在一起表示地點。以下第7、第8、第10題亦同。

5. 여자 : 휴지가 있어요?　女子：有面紙嗎？（3分）

남자 : ____________　男子：____________

❶ 네, 휴지가 있어요.　是，有面紙。

② 아니요, 휴지가 아니에요.　不，不是面紙。

③ 네, 휴지가 없어요.　是，沒有面紙。

④ 아니요, 휴지가 있어요.　不，有面紙。

6. 남자 : 돈을 받아요?　男子：拿錢嗎？（4分）

여자 : ____________　女子：____________

① 네, 돈이에요.　是，是錢。

② 아니요, 돈이 아니에요.　不，不是錢。

③ 네, 돈이 있어요.　是，有錢。

❹ 아니요, 돈을 안 받아요.　不，不拿錢。

7. 여자 : 무엇을 했어요?　女子：做了什麼？（3分）

남자 : ____________　男子：____________

① 공부를 해요.　唸書。

② 운동을 해요.　運動。

❸ 공부를 했어요.　唸了書。

④ 운동을 할 거예요.　要運動。

☆ 本題用了「**무엇**」（什麼）的疑問詞，所以要用具體的回答。另外，要注意動詞的時態，問問題用過去式，回答的時態也要一致，因此很容易就可以選出答案③。

8. 남자 : 누구하고 갔어요? 男子：和誰去了？（4分）

여자 : ____________________ 女子：____________________

① 친구가 갔어요. 朋友去了。

❷ 친구하고 갔어요. 和朋友去了。

③ 친구에게 갔어요. 向朋友去了。

④ 친구만 갔어요. 只有朋友去了。

☆ 本題的選項可看到主語和動詞都相同，考生只要掌握關鍵的助詞就可以作答，跟問題相符的助詞是②「에게」（對、向），也可以代換為「한테」或「와/과」。

9. 여자 : 오늘 안 쉬어요? 女子：今天不休息嗎？（3分）

남자 : ____________________ 男子：____________________

❶ 네, 안 쉬어요. 是，不休息。

② 아니요, 쉬지 않아요. 不，不休息。

③ 네, 쉬어요. 是，休息。

④ 네, 쉬고 있어요. 是，正在休息。

10. 남자 : 친구가 몇 명 있어요? 男子：有幾個朋友？（4分）

여자 : ____________________ 女子：____________________.

① 친구하고 가요. 和朋友去。

② 제 친구가 아니에요. 不是我的朋友。

❸ 네 명 있어요. 有四個。

④ 아니요, 친구가 없어요. 不，沒有朋友。

11. 여자 : 언제 운동장에 갈 거예요? 女子：什麼時候要去運動場？（3分）

남자 : ____________________ 男子：____________________

① 친구하고 갈 거예요. 要和朋友一起去。

② 가족하고 갈 거예요. 要和家人去。

❸ 주말에 갈 거예요. 要週末去。

④ 운동을 할 거예요. 要運動。

12. 남자 : 책을 누구한테 빌렸어요? 男子：跟誰借的書？（4分）

여자 : ____________________ 女子：____________________

① 어제 책을 빌렸어요. 昨天借了書。

❷ 민수 씨한테 빌렸어요. 向閔洙先生借的。

③ 신발을 신었어요. 穿了鞋。

④ 민수 씨가 책을 읽어요. 閔洙先生唸書。

13. 여자 : 빵을 먹었어요? 女子：吃過麵包了嗎？（4分）

남자 : ________________ 男子：________________

① 네, 빵이에요. 是，是麵包。

❷ 아니요, 안 먹었어요. 不，沒吃過。

③ 네, 빵을 먹고 있어요. 是，正在吃麵包。

④ 아니요, 먹지 않을 거예요. 不，不會吃。

14. 남자 : 민수 씨 차가 어디에 있어요? 男子：閔洙先生的車在哪裡？（4分）

여자 : ________________ 女子：________________

① 민수 씨 차예요. 是閔洙先生的車。

② 민수 씨가 도서관에 있어요. 閔洙先生在圖書館。

③ 민수 씨 도서관에 갔어요. 閔洙先生去了圖書館。

❹ 도서관 앞에 있어요. 在圖書館前面。

15. 여자 : 휴대 전화가 있어요? 女子：有手機嗎？（3分）

남자 : ________________ 男子：________________

① 네, 휴대 전화예요. 是，是手機。

② 아니요, 휴대 전화가 있어요. 不，有手機。

❸ 네, 휴대 전화가 있어요. 是，有手機。

④ 아니요, 휴대 전화가 아니에요. 不，不是手機。

16. 남자 : 누가 도와줬어요? 男子：誰幫了忙？（4分）

여자 : ________________ 女子：________________

① 어제 도와줬어요. 昨天幫忙。

② 친구하고 도와줄 거예요. 要跟朋友一起幫忙。

❸ 제가 도와줬어요. 我幫了忙。

④ 내일 도와줄 거예요. 明天要幫忙。

17. 여자 : 수미 씨 지갑이에요?　女子：是秀美小姐的錢包嗎？（3分）

남자 : ____________________　男子：____________________

① 네, 수미씨가 아니에요.　是，不是秀美小姐。

② 아니요, 지갑이 없어요.　不，沒有錢包。

③ 네, 지갑이 있어요.　是，有錢包。

❹ 아니요, 수미 씨 지갑이 아니에요.　不，不是秀美小姐的錢包。

18. 남자 : 방에 창문이 있어요?　男子：房間裡有窗戶嗎？（4分）

여자 : ____________________　女子：____________________

① 네, 방이 있어요.　是，有房間。

② 아니요, 방에 창문이 아니에요.　不，房間裡的不是窗戶。

❸ 네, 방에 창문이 있어요.　是，房間裡有窗戶。

④ 아니요, 방이 없어요.　不，沒有房間。

19. 여자 : 표가 몇 장 있어요?　女子：有幾張票？（3分）

남자 : ____________________　男子：____________________

① 모두 오백 원이에요.　一共五百元。

❷ 두 장 있어요.　有兩張。

③ 표를 살 거예요.　要買票。

④ 표가 없어요.　沒有票。

20. 남자 : 우체국이 어디에 있어요?　男子：哪裡有郵局？（4分）

여자 : ____________________　女子：____________________

① 여기는 우체국이 아니에요.　這裡不是郵局。

② 친구하고 우체국에 가요.　和朋友去郵局。

❸ 백화점 옆에 있어요.　在百貨公司旁。

④ 우체국에서 편지를 부쳐요.　在郵局寄信。

21. 여자 : 아이가 있어요?　女子：有孩子嗎？（3分）

남자 : ____________________　男子：____________________

① 네, 두 명이에요.　是，是兩名。

❷ 네, 있어요.　是，有。

③ 아니요, 두 명이 있어요. 不，有兩名。

④ 아니요, 아이가 아니에요. 不，不是孩子。

22. 남자 : 대만 사람이에요? 男子：是臺灣人嗎？（4分）

여자 : ____________ 女子：____________

① 네, 대만이에요. 是，是臺灣。

❷ 네, 대만 사람이에요. 是，是臺灣人。

③ 아니요, 대만에 살아요. 不，住在臺灣。

④ 아니요, 대만이 아니에요. 不，不是臺灣。

23. 여자 : 언제 여행을 가요? 女子：什麼時候去旅遊？（3分）

남자 : ____________ 男子：____________

① 친구하고 가요. 和朋友去。

❷ 다음 주에 가요. 下星期去。

③ 미국에 가요. 去美國。

④ 여행을 가요. 去旅遊。

24. 남자 : 어제 누구하고 만났어요? 男子：昨天跟誰見了面？（4分）

여자 : ____________ 女子：____________

① 수미 씨가 했어요. 秀美小姐做了。

② 수미 씨가 만났어요. 秀美小姐見面了。

③ 수미 씨라고 해요. （她）叫做秀美小姐。

❹ 수미 씨를 만났어요. 見了秀美小姐。

25. 여자 : 비누예요? 女子：是肥皂嗎？（3分）

남자 : ____________ 男子：____________

① 네, 비누를 샀어요. 是，買了肥皂。

② 아니요, 비누가 없어요. 不，沒有肥皂。

③ 네, 비누가 있어요. 是，有肥皂。

❹ 아니요, 비누가 아니에요. 不，不是肥皂。

26. 남자 : 컴퓨터를 샀어요? 男子：買電腦了嗎？（4分）

여자 : ____________ 女子：____________

① 아니요, 컴퓨터가 아니에요. 不，不是電腦。

② 네, 민수 씨 컴퓨터예요. 是，是閔洙先生的電腦。

❸ 아니요, 친구한테 빌렸어요. 不，跟朋友借了。

④ 네, 모자를 샀어요. 是，買了帽子。

27. 여자 : 언제 도서관에 가요? 女子：什麼時候去圖書館？（3分）

남자 : ____________ 男子：____________

① 민수 씨가 도서관에 가요. 閔洙先生去圖書館。

② 한국어 공부를 해요. 唸韓語。

③ 도서관에서 공부를 해요. 在圖書館唸書。

❹ 내일 가요. 明天去。

28. 남자 : 수업이 언제 끝나요? 男子：什麼時候下課？（4分）

여자 : ____________ 女子：____________

❶ 오후에 끝나요. 下午結束。

② 수업이 끝날 거예요. 要下課。

③ 수업이 끝나요. 下課。

④ 어제 끝날 거예요. 昨天會結束了。

29. 여자 : 동생이 키가 커요? 女子：弟弟或妹妹身高很高嗎？（3分）

남자 : ____________ 男子：____________

① 아니요, 키가 커요. 不，身高高。

❷ 아니요, 작아요. 不，矮。

③ 네, 크지 않아요. 是，不高。

④ 네, 작아요. 是，矮。

30. 남자 : 많이 먹었어요? 男子：吃了很多嗎？（4分）

여자 : ____________ 女子：____________

❶ 네, 배가 불러요. 是，吃飽了。

② 네, 많지 않아요. 是，不太多。

③ 아니요, 배가 불러요.　不，吃飽了。

④ 아니요, 많이 먹었어요.　不，吃很多。

31. 여자 : 바지가 길어요?　女子：褲子很長嗎？（3分）

남자 : ________________　男子：________________

① 네, 바지예요.　是，是褲子。

② 네, 바지가 많아요.　是，褲子很多。

❸ 아니요, 바지가 길지 않아요.　不，褲子不長。

④ 아니요, 바지가 싸요.　不，褲子很便宜。

☆ 本題的重點在句尾的形容詞「길다」（長）。如果要接否定詞時，形容詞的語幹後面接「지 않다」（不）或形容詞前面加「안」（不）。

32. 남자 : 내일 뭐 할 거예요?　男子：明天要做什麼？（4分）

여자 : ________________　女子：________________

① 청소를 했어요.　打掃了。

② 청소가 아니에요.　不是打掃。

❸ 청소를 할 거예요.　要打掃。

④ 청소가 재미있어요.　打掃很有趣。

33. 여자 : 불고기가 매워요?　女子：韓式烤肉很辣嗎？（3分）

남자 : ________________　男子：________________

❶ 아니요, 맵지 않아요.　不，不辣。

② 아니요, 불고기를 안 먹어요.　不，不吃韓式烤肉。

③ 네, 불고기가 맛있어요.　是，韓式烤肉很好吃。

④ 네, 맵지 않아요.　是，不辣。

34. 남자 : 누가 우체국에 갔어요?　男子：誰去了郵局？（4分）

여자 : ________________　女子：________________

① 편지를 부쳤어요.　寄信了。

② 친구가 보냈어요.　朋友寄了。

③ 선물을 받았어요.　收到了禮物。

❹ 형이 갔어요.　哥哥去了。

35. 여자 : 시험이 어려웠어요? 女子：考試很難嗎？（4分）

남자 : ______________ 男子：______________

① 네, 어려울 거예요. 是，會很難。

② 네, 시험이 있어요. 是，有考試。

③ 아니요, 어려울 거예요. 不，會很難。

❹ 아니요, 어렵지 않았어요. 不，不難。

36. 남자 : 가구가 많아요? 男子：有很多家具嗎？（4分）

여자 : ______________ 女子：______________

❶ 네, 정말 많아요. 是，真的很多。

② 아니요, 집이 멀어요. 不是，家很遠。

③ 네, 가구가 없어요. 是，沒有家具。

④ 아니요, 아주 예뻐요. 不是，非常漂亮。

37. 여자 : 한국어가 재미있어요? 女子：韓語有趣嗎？（4分）

남자 : ______________ 男子：______________

① 아니요, 재미있어요. 不，有趣。

❷ 아니요, 어려워요. 不，很難。

③ 네, 선생님이 재미있어요. 是，老師有趣。

④ 네, 재미있지 않아요. 是，不有趣。

38. 남자 : 누구한테 줬어요? 男子：給了誰？（4分）

여자 : ______________ 女子：______________

① 병원에 갔어요. 去了醫院。

② 도와줬어요. 幫忙了。

❸ 친구에게 줬어요. 給了朋友。

④ 친구가 줬어요. 朋友給了。

39. 여자 : 어디에서 일해요? 女子：在哪裡工作？（3分）

남자 : ______________ 男子：______________

① 학생이에요. 是學生。

② 회사원이에요. 是上班族。

③ 학교에 가요. 去學校。

❹ 한국에서 일해요. 在韓國工作。

40. 남자 : 집이 멀어요? 男子：家很遠嗎？（4分）

여자 : ____________________ 女子：____________________

❶ 아니요, 가까워요. 不，很近。

② 아니요, 집이 있어요. 不，有房子。

③ 네, 가까워요. 是，很近。

④ 네, 안 멀어요. 是，不遠。

1-7

模擬考題單字

1. 和生活物品相關的字彙

- □ 가구 名 家具
- □ 길다 形 長
- □ 돈 名 錢
- □ 만 助 只
- □ 몇 名 幾
- □ 바지 名 褲子
- □ 비누 名 肥皂
- □ 선물 名 禮物
- □ 시험 名 考試
- □ 신발 名 鞋
- □ 어렵다 形 難
- □ 작다 形 小
- □ 재미있다 形 有趣
- □ 지갑 名 錢包
- □ 지우개 名 橡皮擦
- □ 차 名 車、茶
- □ 창문 名 窗戶
- □ 컴퓨터 名 電腦
- □ 편지 名 信
- □ 표 名 票
- □ 휴대 전화 名 手機
- □ 휴지 名 面紙、衛生紙

2. 和飲食相關的字彙

- □ 맵다 形 辣
- □ 배 부르다 形 飽
- □ 불고기 名 韓式烤肉
- □ 빵 名 麵包

3. 和場所、地點相關的字彙

- □ 가깝다 形 近
- □ 미국 名 美國
- □ 방 名 房間
- □ 병원 名 醫院
- □ 앞 名 前
- □ 옆 名 旁

□ 우체국 名 郵局

□ 운동장 名 運動場

□ 한테 助 對、向（近似에게、(이)랑、하고）

4. 和動作相關的字彙

□ 도와주다 動 幫忙

□ 배우다 動 學、學習

□ 보내다 動 送、寄

□ 부치다 動 寄

□ 빌리다 動 借

□ 살다 動 住

□ 쉬다 動 休息

□ 신다 動 穿

□ 여행가다 (하다) 動 旅遊

□ 운동하다 動 運動

□ 읽다 動 讀

□ 주다 動 給

□ 청소하다 動 打掃

5. 和時間相關的字彙

□ 내일 名 明天

□ 언제 代 什麼時候

6. 和人相關的字彙

□ 누구 代 誰

□ 대만 사람 名 臺灣人

□ 동생 名 弟弟或妹妹

□ 아이 名 孩子

□ 키 名 身高

□ 학생 名 學生

□ 형 名 哥哥

□ 회사원 名 上班族

이어지는 말 고르기

題型2：對話完成

2-0 準備方向

2-1 必備對話

2-2 必背單字

2-3 考古題練習

2-4 考古題解析

2-5 模擬考題練習

2-6 模擬考題解析

初級聽力考試中，針對「對話完成」部分，每次考試都會出2題。男女對話中，考生要在聽到其中一個人說的內容後，選出適合的答案。此外，本題型問題內容比較短，都和基本會話有關，如問候、打招呼、與人家見面、問路、電話對話等等。

2-0
準備方向

題型說明

初級聽力考試中，針對「對話完成」的部分，每次考試都會出2題，新韓語檢定考試也一樣。尤其此部分配分比較高，考生必須要掌握。通常男女對話中，考生要在聽到其中一個人說的內容後，選出適合的應答答案。此題型問題內容比較短，都和基本會話有關，如問候、打招呼、與人見面、問路、電話對話等等。對於這些基本對話，盡量別分析文法，只要背好各種狀況中常見的對話內容，到韓語中高級時，以這些學過的例句為基礎，就更容易了解有難度的文法了。這些對於韓語口說也十分有益處，現在若能好好準備，將來跟韓國人見面時，一定可以流利地將這些常用到的句子說出來。

問題範例

※ [5~6] 다음을 듣고 <보기>와 같이 다음 말에 이어지는 것을 고르십시오.

<보기>

가 : 맛있게 드세요.

나 : ____________________.

① 좋겠습니다.　　② 잘 지냈습니다.

③ 모르겠습니다.　　④ 잘 먹겠습니다.

2013년 제 32회 초급 듣기

範例翻譯

※［5～6］如同〈範例〉，在聽過以下內容後，選出合適的回答。

〈範例〉

가：請慢用。

나：____________________。

① 會很好。　　② 過得好。

③ 不知道。　　❹ 開動。（我會好好吃的。）

2013年第32回初級聽力

2-1

必備對話

老師提醒

以下整理出近10年來考過的內容，建議聽MP3三十遍以上，開口跟著念也好，建議考生用心背起來。無論在準備考試或是在韓國用韓語溝通上，都有一定的幫助。

1. 初次見面

MP3-03

가 : 안녕하세요. 您好。

나 : 네, 안녕하세요. 您好。

가 : 처음 뵙겠습니다. 初次見面。

나 : 만나서 반갑습니다. 很高興認識你。 / 잘 부탁합니다. 請多多指教。

가 : 안녕하세요. 김민수입니다. 您好。我是金閔洙。

나 : 안녕하세요. 이수미라고 합니다. 您好。我叫李秀美。 /
네, 반갑습니다. 很高興（認識您）。

가 : 잘 부탁 드립니다. 請多多指教。

나 : 잘 부탁합니다. 請多多指教。

2. 歡迎、吃飯、道謝等

가 : 맛있게 드세요. 請慢用。

나 : 잘 먹겠습니다. 開動（我會好好吃的）。

가 : 미안합니다. 對不起。 / 죄송합니다. 很抱歉。

나 : 괜찮습니다. / 괜찮아요. 沒關係。

가 : 어서 오세요. 歡迎光臨。 / 환영합니다. 歡迎。 / 축하합니다. 恭喜。

나 : 감사합니다. 感謝。 / 고맙습니다. 謝謝。

가 : 고맙습니다. 謝謝。 / 감사합니다. 感謝。

나 : 아니에요. 不會。 / 별말씀을요. 別這麼說。 / 천만에요. 別客氣。

가 : 오늘이 내 생일이에요. 今天是我的生日。

나 : 축하합니다. 恭喜。

3. 問候

가 : 잘 지냈어요? 過得好嗎？

나 : 네, 잘 지냈어요. 過得好。 / 요즘 바빴어요. 最近忙。

가 : 오랜만입니다. 好久不見。

나 : 네, 오랜만이에요. 是，好久不見。 / 네, 잘 지냈어요? 是，過得好嗎？

4. 問路、幫忙、請求

가 : 실례지만 말씀 좀 묻겠습니다. 不好意思，請問一下。

나 : 네, 말씀하세요. 請説。

가 : 제가 도와 드릴까요? 需要我幫忙嗎？

나 : 감사합니다. 謝謝。

가 : (식당에서) 저기요, 메뉴 좀 보여 주세요. （在餐廳）不好意思，請拿菜單給我看。

나 : 여기 있습니다. 在這裡 / 請看。

가 : 여기 물 좀 주세요. 請給我水。

나 : 네, 알겠습니다. 知道了。

가 : (전화 통화) 김수미 씨 좀 바꿔 주세요. （講電話中）請幫我轉接金秀美小姐。

나 : 네, 저예요. 是，我是。/ 네, 전데요. 是，我就是。 /
지금 안 계시는데요. / 지금 없는데요. 現在不在。（現在不在位子上。）

가 : 실례합니다. 여기 김수미 씨 계세요? 不好意思，請問金秀美小姐在這裡嗎？ /
김수미 씨 만나러 왔는데요. 我來找金秀美小姐。

나 : 네, 저예요. 是，我是。/ 네, 전데요. 是，我就是。 /
지금 안 계세요. 現在不在位子上。/ 잠깐만 기다리세요. 請稍候。

가 : 전화 잘못 걸었습니다. 您打錯電話了。

나 : 죄송합니다. 抱歉。

5. 等候、再見

가 : 내일 다시 오세요. 請明天再來。

나 : 알겠습니다. 知道了。

가 : 잠깐만 기다리세요. 請稍候。

나 : 네, 알겠습니다. 是，知道了。

가 : 다녀오겠습니다. 我出門了。

나 : 잘 다녀오세요. 請慢走。 / 조심히 다녀오세요. 路上小心。

가 : 먼저 갈게요. 我先走囉。

나 : 조심히 가세요. 路上小心。 / 잘 다녀오세요. 請慢走。 /
안녕히 가세요. 再見。（請慢走）

가 : 안녕히 계세요. 再見。（請留步）

나 : 안녕히 가세요. 請慢走。 / 다음에 또 만나요. 下次見。 /
다음에 또 오세요. 下次再來。

가 : 먼저 잘게요. 잘 자요. 我先睡。晚安。

나 : 안녕히 주무세요. 晚安。

2-2
必背單字

以下為初級聽力考試中常看到的單字，包含相似詞、平常語及敬語（對長輩使用）的表現用詞。

□ 주다 動 給
드리다 動 給「주다」的敬語

□ 먹다 動 吃
드시다 動 吃「먹다」的敬語

□ 자다 動 睡
주무시다 動 睡「자다」的敬語

□ 있다 動 有、在
계시다 動 有（人）、（人）在「있다」的敬語

□ 말 名 話
말씀 名 話「말」的敬語

□ 돕다 動 幫忙
도와주다 動 幫（誰）的忙
도와 드리다 動 幫（長輩）的忙

□ 전화하다 動 打電話、講電話、接電話
전화 걸다 動 打（給誰）電話
전화 받다 動 接電話
전화 바꾸다 動 轉接（給誰）電話

□ 질문하다 動 提問
묻다 動 問
여쭙다 動 問「묻다」的敬語

□ 여기요 這邊、不好意思（引起別人的注意時）
저기요 那邊、不好意思（引起別人的注意時）
실례지만 失禮、不好意思（後面接句子）
실례합니다 失禮、不好意思

□ 다니다 動 去回來 / 往返（平常重複的習慣，如「학교에 다니다」為「我是學生」的意思。）
다녀오다 動 去回來 / 往返（跟時態的語尾連接：「다녀오겠습니다表示「出門了」的意思；「다녀왔습니다」表示「回來了」的意思。）
다녀가다 動 來了再回去

2-3

考古題練習

老師提醒

以下題目都是跟「2-1必備對話」列出的生活會話有關，比較常出的題目是問候（見面及再見）、講電話、請求或幫忙（餐廳、問路、要求等）及恭喜某件事情等。考生不但得多留意每本教材中出現的基礎生活對話，而且要習慣注意聽在電視節目或旅行時常用的會話等。作題前，先推測問題的狀況或場所再選答案，會有幫助。

歷屆考古題

MP3-04

※ [1～20] 다음을 듣고 <보기>와 같이 다음 말에 이어지는 것을 고르십시오.

2013 (32) 1. (4점)

① 환영합니다.　② 감사합니다.
③ 실례합니다.　④ 축하합니다.

2. (4점)

① 반갑습니다.　② 오랜만입니다.
③ 어서 오십시오.　④ 여기 있습니다.

2013 (31) 3. (4점)

① 괜찮습니다.　② 반갑습니다.
③ 고맙습니다.　④ 그렇습니다.

4. (4점)

① 다음에 올게요.　② 잘 다녀오세요.
③ 만나서 반가워요.　④ 잠깐만 기다리세요.

2013 (30) 5. (4점)

① 미안합니다. ② 괜찮습니다.
③ 잘 부탁합니다. ④ 여기 있습니다.

6. (4점)

① 잘 다녀오세요. ② 오랜만이에요.
③ 안녕히 주무세요. ④ 처음 뵙겠습니다.

2012 (28) 7. (4점)

① 네, 전데요. ② 실례합니다.
③ 반갑습니다. ④ 네, 다음에 봐요.

8. (4점)

① 감사합니다. ② 잘 부탁 드립니다.
③ 네, 말씀하세요. ④ 네, 어서 오세요.

2012 (26) 9. (4점)

① 아니에요. ② 미안해요.
③ 어서 오세요. ④ 오랜만이에요.

10. (4점)

① 들어오세요. ② 안녕히 계십시오.
③ 처음 뵙겠습니다. ④ 지금 안 계시는데요.

2011 (23) 11. (4점)

① 미안합니다. ② 감사합니다.
③ 반갑습니다. ④ 실례합니다.

12. (4점)

① 네, 괜찮습니다. ② 네, 알겠습니까?
③ 네, 잘 부탁합니다. ④ 네, 잘 지냈어요?

2011 (21) 13. (4점)

① 고맙습니다. ② 여기 있습니다.
③ 안녕히 가십시오. ④ 만나서 반갑습니다.

14. (4점)

① 네, 저예요.
② 네, 부탁합니다.
③ 네, 바꿔 주세요.
④ 네, 나중에 다시 할게요.

2010 (20) 15. (4점)

① 반갑습니다.
② 알겠습니다.
③ 어서 오세요.
④ 여기 있습니다.

16. (4점)

① 이거 받으세요.
② 다음에 봐요.
③ 네, 감사합니다.
④ 네, 그렇습니다.

2010 (18) 17. (4점)

① 얼마예요?
② 여기 있어요.
③ 그렇습니까?
④ 잘 부탁합니다.

18. (4점)

① 안녕히 가세요.
② 지금 안 계십니다.
③ 다음에 다시 오겠습니다.
④ 전화 잘못 거셨습니다.

2009 (16) 19. (4점)

① 어서 오세요.
② 오랜만이에요.
③ 여기 있어요.
④ 안녕히 가세요.

20. (4점)

① 네, 맞습니다.
② 네, 좋겠습니다.
③ 네, 알겠습니다.
④ 네, 그렇습니다.

答案

1. ② 2. ④ 3. ③ 4. ④ 5. ③ 6. ③ 7. ④ 8. ③ 9. ① 10. ④

11. ② 12. ④ 13. ④ 14. ① 15. ② 16. ③ 17. ② 18. ② 19. ④ 20. ③

2-4

考古題解析

※ [1～20] 聽以下內容，同〈範例〉，請選出適合接續的對話答案。

2013 (32)

1. 남자 : 제가 도와 드리겠습니다. 男子：我來幫你的忙。

   여자 : ________________ 女子：________________（4分）

   ① 환영합니다. 歡迎。

   ❷ 감사합니다. 感謝。

   ③ 실례합니다. 不好意思。

   ④ 축하합니다. 恭喜。

2. 여자 : 저기요. 메뉴 좀 보여 주세요. 女子：不好意思。請拿菜單給我看。

   남자 : ________________ 男子：________________（4分）

   ① 반갑습니다. 很高興（認識你）。

   ② 오랜만입니다. 好久不見。

   ③ 어서 오십시오. 歡迎光臨。

   ❹ 여기 있습니다. 在這裡 / 請看。

2013 (31)

3. 여자 : 결혼을 축하합니다. 女子：恭喜您結婚。

   남자 : ________________ 男子：________________（4分）

   ① 괜찮습니다. 沒關係。

   ② 반갑습니다. 很高興（認識你）。

   ❸ 고맙습니다. 謝謝。

   ④ 그렇습니다. 對。

4. 남자 :김민수 씨 좀 바꿔 주세요. 男子：請幫我轉接金閔洙先生。

   여자 : ________________ 女子：________________（4分）

   ① 다음에 올게요. 下次再來。

   ② 잘 다녀오세요. 路上小心。

③ 만나서 반가워요. 很高興見到你。

❹ 잠깐만 기다리세요. 請稍候。

2013 (30)

5. 남자 : 만나서 반갑습니다. 男子：很高興認識您。

여자 : ________________ 女子：________________（4分）

① 미안합니다. 對不起。

② 괜찮습니다. 沒關係。

❸ 잘 부탁합니다. 請多多指教。

④ 여기 있습니다. 在這裡 / 請。

6. 여자 : 먼저 잘게. 잘 자. 女子：我先睡囉。晚安。

남자 : ________________ 男子：________________（4分）

① 잘 다녀오세요. 路上小心。

② 오랜만이에요. 好久不見。

❸ 안녕히 주무세요. 晚安。

④ 처음 뵙겠습니다. 初次見面。

2012 (28)

7. 남자 : 안녕히 가세요. 男子：請慢走。

여자 : ________________ 女子：________________（4分）

① 네, 전데요. 是，我就是。

② 실례합니다. 不好意思。

③ 반갑습니다. 很高興（認識您）。

❹ 네, 다음에 봐요. 是，再見。

8. 남자 : 실례지만 말씀 좀 묻겠습니다. 男子：不好意思，請問一下。

여자 : ________________ 女子：________________（4分）

① 감사합니다. 感謝。

② 잘 부탁드립니다. 請多多指教。

❸ 네, 말씀하세요. 是，請說。

④ 네, 어서 오세요. 是，歡迎光臨。

2012 (26)

9. 남자 : 정말 고마워요. 男子：真謝謝。

여자 : ________________ 女子：________________（4分）

❶ 아니에요. 不會。

② 미안해요. 對不起。

③ 어서 오세요. 歡迎光臨。

④ 오랜만이에요. 好久不見。

10. 여자 : (전화벨 소리) 여보세요. 김수미 씨 좀 부탁합니다.

女子：（電話鈴聲）喂？請找金秀美小姐。

남자 : ________________ 男子：________________（4分）

① 들어오세요. 請進。

② 안녕히 계십시오. 再見（請留步）。

③ 처음 뵙겠습니다. 初次見面。

❹ 지금 안 계시는데요. 現在不在。

2011 (23)

11. 남자 : 생일 축하합니다. 男子：生日快樂。

여자 : ________________ 女子：________________（4分）

① 미안합니다. 對不起。

❷ 감사합니다. 感謝。

③ 반갑습니다. 很高興（認識您）。

④ 실례합니다. 不好意思。

12.여자 : 오랜만이에요. 女子：好久不見。

남자 : ________________ 男子：________________（4分）

① 네, 괜찮습니다. 是，沒有關係。

② 네, 알겠습니까? 是，知道嗎？

③ 네, 잘 부탁합니다. 是，請多多指教。

❹ 네, 잘 지냈어요? 是，過得好嗎？

2011 (21)

13. 여자 : 안녕하세요. 처음 뵙겠습니다.　女子：您好。初次見面。

남자 : ____________________ 男子：____________________（4分）

① 고맙습니다.　謝謝。

② 여기 있습니다.　在這裡 / 請。

③ 안녕히 가십시오.　請慢走。

❹ 만나서 반갑습니다.　很高興認識您。

14. 남자 : 김수미 씨 좀 바꿔 주십시오.　男子：請金秀美小姐接電話。

여자 : ____________________ 女子：____________________（4分）

❶ 네, 저예요.　是，我是。

② 네, 부탁합니다.　是，拜託了。

③ 네, 바꿔 주세요.　是，請幫忙轉接。

④ 네, 나중에 다시 할게요.　是，我下次再打。

2010 (20)

15. 여자 : 내일 다시 오세요.　女子：請您明天再來。

남자 : ____________________ 男子：____________________（4分）

① 반갑습니다.　很高興（認識您）。

❷ 알겠습니다.　知道了。

③ 어서 오세요.　歡迎光臨。

④ 여기 있습니다.　在這裡 / 請。

16. 남자 : 제가 도와 드릴까요?　男子：需要我幫忙嗎？

여자 : ____________________ 女子：____________________（4分）

① 이거 받으세요.　請收下這個。

② 다음에 봐요.　下次見。

❸ 네, 감사합니다.　是，謝謝。

④ 네, 그렇습니다.　對。

2010 (18)

17. 남자 : 물 좀 주세요. 男子：請給我水。

여자 : ________________ 女子：________________ （4分）

① 얼마예요? 多少錢？

❷ 여기 있어요. 在這裡／請。

③ 그렇습니까? 對嗎？

④ 잘 부탁합니다. 請多多指教。

18. 남자 : 실례합니다. 이수미 씨를 만나러 왔는데요.

男子：不好意思。我來找李秀美小姐。

여자 : ________________ 女子：________________ （4分）

① 안녕히 가세요. 請慢走。

❷ 지금 안 계십니다. 現在不在。

③ 다음에 다시 오겠습니다. 我下次再來。

④ 전화 잘못 거셨습니다. 您打錯電話了。

2009 (16)

19. 남자 : 안녕히 계세요. 男子：再見。（請留步）

여자 : ________________ 女子：________________ （4分）

① 어서 오세요. 歡迎光臨。

② 오랜만이에요. 好久不見。

③ 여기 있어요. 在這裡／請。

❹ 안녕히 가세요. 再見。（請慢走）

20. 여자 : 여기서 잠깐만 기다려 주세요. 男子：請在這裡稍候。

남자 : ________________ 女子：________________ （4分）

① 네, 맞습니다. 是，沒錯。

② 네, 좋겠습니다. 是，好。

❸ 네, 알겠습니다. 是，知道了。

④ 네, 그렇습니다. 是，對。

2-5
模擬考題練習

老師提醒

以下是依據新韓語初級聽力考試中「對話完成」的題型，以考試趨勢而編寫的模擬考試題。在準備這個領域時請考生別過於將焦點放在文法或單字，應該多記誦常用的句子。同時，也不妨參考後面的中譯及解釋，將相關的單字一起記起來，在應用上會更加熟練。

實戰模擬考題

MP3-05

※ [1~20] 다음을 듣고 <보기>와 같이 다음 말에 이어지는 것을 고르십시오.

1. (3점)

① 네, 맞습니다.　　② 네, 좋겠습니다.
③ 네, 알겠습니다.　　④ 네, 반가워요.

2. (4점)

① 반갑습니다.　　② 모르겠습니다.
③ 네, 좋습니다.　　④ 네, 맞습니다.

3. (3점)

① 네, 감사합니다.　　② 네, 천만에요.
③ 네, 잘 지냈습니다.　　④ 네, 맞습니다.

4. (4점)

① 안녕히 계세요.　　② 잘 지냈습니다.
③ 잘못 걸었습니다.　　④ 지금 자리에 안 계십니다.

5. (3점)

① 반갑습니다.
② 모르겠습니다.
③ 네, 좋습니다.
④ 네, 그렇습니다.

6. (4점)

① 반갑습니다.
② 아니에요.
③ 괜찮습니다.
④ 모르겠습니다.

7. (3점)

① 말씀하세요.
② 잘 먹겠습니다.
③ 네, 알겠습니다.
④ 어서 오세요.

8. (4점)

① 여기 있어요.
② 다음에 만나요.
③ 네, 실례지만 누구세요?
④ 네, 오랜만입니다.

9. (3점)

① 먼저 갈게요.
② 모르겠습니다.
③ 다음에 만나요.
④ 네, 좋아요.

10. (4점)

① 네, 말씀하세요.
② 네, 저예요.
③ 네, 좋겠습니다.
④ 네, 맞습니다.

11. (3점)

① 네, 우체국이 아닙니다.
② 네, 우체국입니다.
③ 네, 우체국이 있습니다.
④ 네, 우체국이 없습니다.

12. (4점)

① 네, 있습니다.
② 네, 샀습니다.
③ 네, 비쌉니다.
④ 네, 고맙습니다.

13. (3점)

① 잘 먹겠습니다.
② 별말씀을요.
③ 맛있습니다.
④ 좋겠습니다.

14. (4점)

① 네, 안녕하세요.
② 네, 미안합니다.
③ 네, 좋습니다.
④ 네, 감사합니다.

15. (3점)

① 조심히 가세요.
② 다녀오겠습니다.
③ 처음 뵙겠습니다.
④ 만나서 반갑습니다.

16. (4점)

① 네, 안녕히 계세요.
② 네, 여기 있어요.
③ 네, 반갑습니다.
④ 네, 말씀하세요.

17. (3점)

① 네, 알겠습니다.
② 네, 맞습니다.
③ 네, 좋겠습니다.
④ 네, 하나입니다.

18. (4점)

① 네, 반가워요.
② 네, 없어요.
③ 네, 모르겠습니다.
④ 네, 저예요.

19. (3점)

① 감사합니다.
② 미안해요.
③ 축하합니다.
④ 여기 있어요.

20. (4점)

① 안녕히 가세요.
② 잘 자요.
③ 잘 다녀오세요.
④ 맛있어요.

答案

1. ① 2. ③ 3. ① 4. ④ 5. ④ 6. ③ 7. ③ 8. ③ 9. ④ 10. ①
11. ② 12. ④ 13. ② 14. ① 15. ① 16. ③ 17. ① 18. ④ 19. ③ 20. ②

2-6

模擬考題解析

※［1～20］聽以下內容，同〈範例〉，請選出適合接續的對話答案。

1. 남자：김수미 씨입니까? 男子：是金秀美小姐嗎？

여자：________________ 女子：________________（3分）

❶ 네, 맞습니다. 是，沒錯。

② 네, 좋겠습니다. 是，好。

③ 네, 알겠습니다. 是，我知道了。

④ 네, 반가워요. 是，很高興（認識你）。

☆除此之外也可以選「그렇습니다.」（對。）

2. 여자：이거 먹을래요? 女子：要不要吃這個？

남자：________________ 男子：________________（4分）

① 반갑습니다. 很高興（認識您）。

② 모르겠습니다. 不知道。

❸ 네, 좋습니다. 是，好。

④ 네, 맞습니다. 是，對。

☆除此之外也可以選「알겠습니다.」（知道了。）

3. 남자：이사를 도와 드릴까요? 男子：需要幫忙（你）搬家嗎？

여자：________________ 女子：________________（3分）

❶ 네, 감사합니다. 是，謝謝。

② 네, 천만에요. 是，別這麼說。

③ 네, 잘 지냈습니다. 是，過得好。

④ 네, 맞습니다. 是，對。

☆除此之外，如果用「괜찮습니다.」（沒關係。）回答，表示客氣地拒絕對方的好意。

4. 여자 : 여기 김민수 씨 계십니까? 女子：請問金閔洙先生在這裡嗎？

남자 : ________________ 男子：________________（4分）

① 안녕히 계세요. 再見（請留步）。

② 잘 지냈습니다. 過得好。

③ 잘못 걸었습니다. （電話）打錯了。

❹ 지금 자리에 안 계십니다. 現在不在位子上。

☆除此之外也可以選「네, 저예요.」（是，我是。）；「아니요, 안 계세요.」（不，不在。）；「잠시만 기다리세요.」（請稍候。）等。聽到「여기」，便可以知道不是在通話中問問題，因此③不是答案。

5. 여자 : 여보세요? 김민수 씨 집 아니에요? 女子：喂？請問是金閔洙先生家嗎？

남자 : ________________ 男子：________________（3分）

① 반갑습니다. 很高興。

② 모르겠습니다. 不知道。

③ 네, 좋습니다. 是，很好。

❹ 네, 그렇습니다. 是，對。

☆除此之外也可以選「네, 저예요.」（是，我是。）；「네, 맞는데요.」（是，沒錯。）；「네, 전데요.」（是，我就是。）；「잘못 거셨습니다.」（您打錯電話了。）

6. 남자 : 정말 죄송합니다. 男子：真抱歉。

여자 : ________________ 女子：________________（4分）

① 반갑습니다. 很高興（認識您）。

② 아니에요. 不會。

❸ 괜찮습니다. 沒關係。

④ 모르겠습니다. 不知道。

7. 여자 : 제 컴퓨터 좀 고쳐 주세요. 女子：請幫我修我的電腦。

남자 : ________________ 男子：________________（3分）

① 말씀하세요. 請說。

② 잘 먹겠습니다. 開動。

❸ 네, 알겠습니다. 是，知道了。

④ 어서 오세요. 歡迎光臨。

☆ 除此之外也可以選「네, 도와줄게요.」（好，我來幫你。）；「네, 고쳐 줄게요.」（好，我幫你修。）等。考試的回答通常會出肯定句，但也可能出現否定句，如：「미안해요. 시간이 없어요.」（對不起，沒空。）；「미안하지만 지금은 안돼요.」（對不起，現在不行。）

8. 남자 : 거기 수미 씨 집이지요? 女子：那裡是秀美小姐家對嗎？

여자 : ________________ 男子：________________（4分）

① 여기 있어요. 在這裡 / 請。

② 다음에 만나요. 下次見。

❸ 네, 실례지만 누구세요? 是，不好意思請問是哪位？

④ 네, 오랜만입니다. 是，好久不見。

☆ 除此之外也可以選「네, 저예요.」（是，我是。）；「네, 제가 수미인데요.」（是，我是秀美。）；「네, 맞습니다.」（對，沒錯。）；「아니요, 잘못 걸었습니다.」（不，你打錯電話了。）等。

9. 여자 : 같이 식사할까요? 女子：一起吃飯如何？

남자 : ________________ 男子：________________（3分）

① 먼저 갈게요. 我先走了。

② 모르겠습니다. 不知道。

③ 다음에 만나요. 下次見。

❹ 네, 좋아요. 好。

10. 남자 : 선생님, 질문이 있는데요. 男子：老師，我有疑問。

여자 : ________________ 女子：________________（4分）

❶ 네, 말씀하세요. 是，請說。

② 네, 저예요. 是，是我。

③ 네, 좋겠습니다. 是，（會）很好。

④ 네, 맞습니다. 對。

11. 여자 : 여보세요, 거기 우체국입니까? 女子：喂，那裡是郵局嗎？

남자 : ________________ 男子：________________（3分）

① 네, 우체국이 아닙니다. 是，不是郵局。

❷ 네, 우체국입니다. 是，是郵局。

③ 네, 우체국이 있습니다. 是，有郵局。

④ 네, 우체국이 없습니다. 是，沒有郵局。

12. 남자 : 가방이 예쁩니다. 男子：包包漂亮。

여자 : ________________ 女子：________________（4分）

① 네, 있습니다. 是，有。

② 네, 샀습니다. 是，我買了。

③ 네, 비쌉니다. 是，很貴。

❹ 네, 고맙습니다. 謝謝。

☆ 除此之外也可以選「감사합니다.」（感謝。）等。

13. 여자 : 잘 먹었습니다. 정말 고맙습니다. 女子：吃飽了。真的謝謝。

남자 : ________________ 男子：________________（3分）

① 잘 먹겠습니다. 開動。

❷ 별말씀을요. 別客氣。

③ 맛있습니다. 很好吃。

④ 좋겠습니다. （會）很好。

☆ 除此之外也可以選與「아니에요.」（不會。）；「천만에요.」（不客氣。）等。

14. 남자 : 선생님, 처음 뵙겠습니다. 男子：老師，初次見面。

여자 : ________________ 女子：________________（4分）

❶ 네, 안녕하세요. 是，您好。

② 네, 미안합니다. 是，對不起。

③ 네, 좋습니다. 是，很好。

④ 네, 감사합니다. 是，感謝。

☆ 除此之外也可以選「처음 뵙겠습니다.」（初次見面。）；「만나서 반갑습니다」（很高興認識您。）；「반갑습니다」（很高興認識您。）；「안녕하세요. 저는 수미입니다.」（您好，我是秀美。）等。

15. 여자 : 먼저 가겠습니다. 女子：我先走了。

남자 : ________________ 男子：________________（3分）

❶ 조심히 가세요. 請慢走。

② 다녀오겠습니다. （我）要出門了。

③ 처음 뵙겠습니다. 初次見面。

④ 만나서 반갑습니다. 很高興認識您。

16. 남자：여러분, 반가워요. 男子：很高興認識大家。

여자：______________ 女子：______________（4分）

① 네, 안녕히 계세요. 是，再見（請留步）。

② 네, 여기 있어요. 是，在這裡／請。

❸ 네, 반갑습니다. 是，很高興認識您。

④ 네, 말씀하세요. 是，請說。

17. 여자：하나 더 주세요. 女子：請再給我一個。

남자：______________ 男子：______________（3分）

❶ 네, 알겠습니다. 好，知道了。

② 네, 맞습니다. 是，對。

③ 네, 좋겠습니다. 是，（會）很好。

④ 네, 하나입니다. 是，是一個。

☆ 除此之外，也可以選把東西拿給別人時使用的常用句「여기 있어요.」（在這裡／請。）等。

18. 남자：누가 김수미 씨입니까? 男子：請問哪位是金秀美小姐？

여자：______________ 女子：______________（4分）

① 네, 반가워요. 是，很高興（認識您）。

② 네, 없어요. 是，沒有。

③ 네, 모르겠습니다. 是，不知道。

❹ 네, 저예요. 是，我是。

☆ 除此之外也可以選「네, 전데요.」（是，我就是。）：是由「저」（我）和語尾「인데요」（是）結合而成。與「저 입니다.」及「저예요.」相比，多使用於口語，是一般在韓國生活上常用的語尾。

19. 여자：제가 다음 주에 결혼해요. 女子：我下個星期要結婚。

남자：______________ 男子：______________（3分）

① 감사합니다. 謝謝。

② 미안해요. 對不起。

❸ 축하합니다. 恭喜。

④ 여기 있어요. 在這裡 / 請。

20. 남자 : 안녕히 주무세요. 男子：晚安。

여자 : ____________ 女子：____________ （4分）

① 안녕히 가세요. 請慢走。

❷ 잘 자요. 晚安。

③ 잘 다녀오세요. 路上小心。

④ 맛있어요. 很好吃。

☆除此之外也可以選「안녕히 주무세요.」（晚安。）；「좋은 꿈 꾸세요.」（祝你有個好夢。）等。韓語「晚安」的說法有上述幾種。「주무시다」（睡）是「자다」（睡）的敬語用法，使用於長輩或不熟悉的人身上，感覺更客氣禮貌。另外，要留意「자다」（睡）不會跟「안녕히」結合使用。

장소/위치

題型3：場所 / 地點

3-0 準備方向

3-1 必備句型

3-2 必背單字

3-3 考古題練習

3-4 考古題解析

3-5 模擬考題練習

3-6 模擬考題解析

3-7 模擬考題單字

本單元除了要熟悉「地點」的單字，考生也要多準備與該地點相關的延伸單字，如與「醫院」相關的單字，有形容詞「아프다」（痛、不舒服）及動詞「입원하다」（住院）或名詞「의사」（醫生）等。請熟讀本書依考試趨勢而整理出的單字和句型，並配合模擬考試題練習。請仔細聆聽關鍵地點，也多挑戰聽懂整段對話。

3-0

準備方向

題型說明

初級聽力短句對話中，會有男女的對話，其中要考生選出「地點」，在過去佔10%（3題），但在**新韓語檢定考試中，此領域的重要性提高，考生要回答4題。**

在學習韓文的入門階段，就常遇到與地點相關的單字，為了準備檢定考試，需要多準備與該地點相關的單字，如與「醫院」相關的單字，有形容詞「**아프다**」（痛、不舒服）及動詞「**입원하다**」（住院）或名詞「**의사**」（醫生）等。因為聽到關鍵詞是能拿下該考題分數的關鍵，所以在正式聽到問題前，建議先把選擇題的四個選項看一遍，將更有助於答題時迅速作答。

以下整理在準備初級檢定考試時，有關「地點」非背不可的相關單字和句型，也多用模擬考題練習。考試的範圍和內容並不難，大家不妨挑戰一下，測試看看自己的實力喔！

問題範例

※ [7~10] 여기는 어디입니까? <보기>와 같이 알맞은 것을 고르십시오.

〈보기〉

가 : 돈을 바꾸러 왔습니다.

나 : 어느 나라 돈으로 바꾸세요?

① 은행　② 약국　③ 미술관　④ 기숙사

2013년 제 32회 초급 듣기

範例翻譯

※［7～10］這裡是哪裡？請依照〈範例〉選出適合的答案。

〈範例〉

가：（我）要來換錢。

나：請問要換哪國的錢？

❶ 銀行　② 藥局　③ 美術館　④ 宿舍

2013年第32回初級聽力

3-1
必備句型

句型示範

1 -ㄹ/을까요 表示提議或詢問對方意見：～如何？

例 백화점에 갈까요? 去百貨公司如何？

2 -아/어/여 주다(드리다) 幫（對方）做～（動作）

例 한국 요리를 만들어 주세요. 請你幫我做韓國料理。

例 손님, 뭘 도와 드릴까요? 客人，請問要幫忙什麼嗎？

3 -고 動詞或形容詞之間的連接詞

例 주말에 영화를 보고 점심을 먹읍시다. 週末一起看電影吃中餐吧。

4 V+는+N ～的

在動詞的語幹後面接「는」，再加「名詞或代名詞」成為名詞形，可以當作句子的主語或受詞

例 한국어를 배우는 학생이 몇 명이에요? 學韓語的學生有幾個人？

5 Ad+ㄴ/은+N ～的

在形容詞的語幹後面接「ㄴ/은」，再加「名詞或代名詞」成為名詞形，可以當作句子的主語或受詞；「있다/없다」結尾的形容詞則接「는」。

例 맛있는 음식을 먹읍시다. 一起吃好吃的菜。

例 예쁜 가방을 팔아요. 賣漂亮的包包。

6 -ㄴ/은 것이다 接動詞表示狀態的敘述

例 이 시계는 친구가 준 거예요. 這只手表是朋友給的。

⑦ -ㄹ/을 수 있다 表示能力或可能性：會、能～

例 한국어를 말할 수 있어요? 會說韓語嗎？

⑧ -ㄹ/을 것이다 表示①未來的計劃或行程；②說者的推測或斟酌

例 다음 달에 한국에 여행 갈 거예요. 下個月將會去韓國旅行。（未來）

例 내일 비가 올 것입니다. 明天會下雨。（推測或斟酌）

⑨ -(으)러 오다(가다, 다니다) 有什麼目的來（去、往返）：為了～而～

例 운동하러 운동장에 가요. 為了運動去運動場。（去運動場運動。）

⑩ -(으)로 往（方向）～

例 지하철 역으로 가요. 往地下鐵方向去。

⑪ -(으)세요 請～

例 집으로 돌아가세요. 請回家。

⑫ -고 싶다 表示願望或期待：想、想要～

例 외교관이 되고 싶어요. 我想成為外交官。

3-2

必背單字

1. 和生活物品相關的字彙

- □ 그림 名 畫作
- □ 다음 名 下
- □ 비행기 표 名 飛機票
- □ 사전 名 字典
- □ 소설책 名 小說
- □ 신문 名 報紙
- □ 영화 名 電影
- □ 옷 名 衣服
- □ 운동화 名 運動鞋
- □ 유명하다 形 有名
- □ 질문 名 問題
- □ 짜리 接 面額
- □ 책 名 書
- □ 편지 名 信
- □ 표 名 票
- □ 한국 돈 名 韓幣
- □ 한국말 名 韓語

2. 和飲食相關的字彙

- □ 바나나 名 香蕉
- □ 오이 名 小黃瓜
- □ 우유 名 牛奶
- □ 토마토 名 蕃茄
- □ 포도 名 葡萄

3. 和場所、地點相關的字彙

- □ 공원 名 公園
- □ 공항 名 機場
- □ 교실 名 教室
- □ 극장 名 電影院、劇場
- □ 기차 名 火車
- □ 꽃집 名 花店
- □ 도서관 名 圖書館
- □ 명동 名 明洞（地名）

□ 문구점 名 文具店（=문방구）
□ 미국 名 美國
□ 미술관 名 美術館
□ 미용실 名 美容院
□ 박물관 名 博物館
□ 방 名 房間
□ 병원 名 醫院
□ 부엌 名 廚房
□ 비행기 名 飛機
□ 빵집 名 麵包店
□ 사무실 名 辦公室
□ 서점 名 書店
□ 세탁소 名 洗衣店
□ 시장 名 市場
□ 식당 名 餐廳
□ 여행사 名 旅行社
□ 영화관 名 電影院
□ 우체국 名 郵局
□ 운동장 名 運動場
□ 은행 名 銀行
□ 버스 정류장 名 公車站
□ 주차장 名 停車場
□ 지하철역 名 地下鐵站
□ 집 名 家
□ 커피숍 名 咖啡廳
□ 택시 名 計程車
□ 편의점 名 便利商店
□ 호텔 名 飯店
□ 화장실 名 洗手間
□ 회사 名 公司

4. 和動作相關的字彙

□ 갈아타다 動 換車
□ 그리다 動 畫畫
□ 내다 動 拿出、交
□ 내리다 動 下車
□ 도착하다 動 抵達
□ 들어가다 動 進去
□ 바꾸다 動 換
□ 보내다 動 寄、送
□ 빌리다 動 借
□ 세우다 使 停車、建立
□ 어느 冠 哪
□ 오다 動 來
□ 이쪽 名 這邊
□ 자르다 動 剪
□ 짧다 形 短
□ 타다 動 搭

5. 和時間相關的字彙

- □ 내일 名 明天
- □ 며칠 名 幾天
- □ 빨리 副 快
- □ 언제 代 什麼時候
- □ 오늘 名 今天
- □ 일주일 名 一個星期

6. 和人相關的字彙

- □ 머리 名 頭、頭髮、頭腦
- □ 멋있다 形 帥
- □ 목 名 喉嚨
- □ 아프다 形 痛、不舒服
- □ 열 名 發燒

3-3
考古題練習

老師提醒

考生會聽到男女兩個人的短句對話，要選出該對話中適合的地點。常出現的考題範圍大致可分成三種：一、交通（公車、計程車、地鐵、飛機等）；二、賣場（百貨公司、餐廳、咖啡廳、旅行社、書店、飯店等）；三、公共場所（學校、教室、博物館、圖書館、銀行、公園）等。在考試時，要多注意聽關鍵單字，而在準備時，則要多練習句型及相關單字，才能更容易聽得懂整個對話。

歷屆考古題

MP3-06

※ [1~30] 여기는 어디입니까? <보기>와 같이 알맞은 것을 고르십시오.

2013 (32) 1. (3점)
① 극장 ② 꽃집 ③ 서점 ④ 문구점

2. (3점)
① 세탁소 ② 사무실 ③ 백화점 ④ 미용실

3. (4점)
① 공항 ② 공원 ③ 주차장 ④ 지하철역

2013 (31) 4. (3점)
① 교실 ② 시장 ③ 빵집 ④ 서점

5. (3점)
① 호텔 ② 극장 ③ 병원 ④ 회사

6. (4점)
① 학교 ② 공항 ③ 미술관 ④ 우체국

2013 (30) 7. (3점)

① 시장 ② 약국 ③ 극장 ④ 교실

8. (3점)

① 은행 ② 공항 ③ 도서관 ④ 우체국

9. (4점)

① 정류장 ② 운동장 ③ 박물관 ④ 백화점

2012 (28) 10. (3점)

① 호텔 ② 꽃집 ③ 백화점 ④ 사무실

11. (3점)

① 학교 ② 공원 ③ 우체국 ④ 지하철역

12. (4점)

① 은행 ② 시장 ③ 커피숍 ④ 편의점

2012 (26) 13. (3점)

① 서점 ② 가게 ③ 세탁소 ④ 박물관

14. (3점)

① 약국 ② 극장 ③ 은행 ④ 시장

15. (4점)

① 택시 ② 기차 ③ 회사 ④ 공원

2011 (23) 16. (3점)

① 식당 ② 약국 ③ 운동장 ④ 우체국

17. (3점)

① 서점 ② 공원 ③ 지하철역 ④ 신발 가게

18. (4점)

① 집 ② 시장 ③ 도서관 ④ 백화점

2011 (21) 19. (3점)

① 약국 ② 시장 ③ 공원 ④ 서점

20. (3점)
① 공항 ② 버스 ③ 박물관 ④ 여행사

21. (3점)
① 은행 ② 가게 ③ 커피숍 ④ 백화점

2010 (20) 22. (3점)
① 시장 ② 약국 ③ 은행 ④ 회사

23. (3점)
① 극장 ② 병원 ③ 백화점 ④ 우체국

24. (3점)
① 교실 ② 공항 ③ 미용실 ④ 도서관

2010 (18) 25. (3점)
① 집 ② 회사 ③ 영화관 ④ 도서관

26. (3점)
① 식당 ② 공원 ③ 미용실 ④ 우체국

27. (3점)
① 공항 ② 택시 ③ 버스 ④ 지하철

2009 (16) 28. (3점)
① 꽃 가게 ② 신발 가게 ③ 과일 가게 ④ 가방 가게

29. (3점)
① 회사 ② 교실 ③ 백화점 ④ 커피숍

30. (3점)
① 택시 ② 버스 ③ 도서관 ④ 여행사

答案

1. ①	2. ④	3. ①	4. ②	5. ③	6. ③	7. ④	8. ③	9. ①	10. ③
11. ④	12. ①	13. ②	14. ②	15. ①	16. ①	17. ④	18. ①	19. ④	20. ②
21. ①	22. ①	23. ②	24. ①	25. ③	26. ④	27. ④	28. ③	29. ②	30. ④

3-4

考古題解析

※ [1～30] 這裡是哪裡？請依照〈範例〉選出適合的答案。

2013 (32)

1. 남자 : 무슨 영화를 볼까요? 男子：要看什麼電影？

   여자 : 저 영화 어때요? 女子：那部電影如何？（3分）

   ❶ 극장 劇場、電影院　② 꽃집 花店

   ③ 서점 書店　④ 문구점 文具店

2. 여자 : 머리를 어떻게 해 드릴까요? 女子：要怎麼（幫您）弄頭髮？

   남자 : 짧게 잘라 주세요. 男子：請（您）幫我剪短。（3分）

   ① 세탁소 洗衣店　② 사무실 辦公室

   ③ 백화점 百貨公司　❹ 미용실 美容院

3. 남자 : 실례지만, 서울에서 오는 비행기는 언제 도착합니까?

   男子：不好意思，從首爾來的飛機是什麼時候會到？

   여자 : 세 시 사십 분에 옵니다.

   女子：三點四十分到。（4分）

   ❶ 공항 機場　② 공원 公園

   ③ 주차장 停車場　④ 지하철역 地下鐵站

2013 (31)

4. 여자 : 토마토하고 오이 주세요. 女子：請給我番茄和小黃瓜。

   남자 : 얼마나 드릴까요? 男子：給您多少（分量）？（3分）

   ① 교실 教室　❷ 시장 市場

   ③ 빵집 麵包店　④ 서점 書店

5. 남자 : 어떻게 오셨어요? 男子：需要幫忙嗎？

여자 : 목이 아프고 열이 나요. 女子：喉嚨痛發燒。（3分）

① 호텔 飯店　② 극장 劇場、電影院

❸ 병원 醫院　④ 회사 公司

6. 남자 : 여기 있는 그림들은 다 멋있네요. 男子：這裡（有）的畫作都很好看。

여자 : 네. 모두 유명한 사람들이 그린 거예요. 女子：是。都是很有名的人畫的。（4分）

① 학교 學校　② 공항 機場

❸ 미술관 美術館　④ 우체국 郵局

2013 (30)

7. 남자 : 선생님, 오늘 숙제 있어요? 男子：老師，今天有功課嗎？

여자 : 아니요, 오늘은 숙제가 없어요. 女子：不，今天沒有功課。（3分）

① 시장 市場　② 약국 藥局

③ 극장 劇場、電影院　❹ 교실 教室

8. 여자 : 이 책 며칠 동안 빌릴 수 있어요? 女子：這本書可以借幾天的時間？

남자 : 일주일입니다. 男子：是一個星期。（3分）

① 은행 銀行　② 공항 機場

❸ 도서관 圖書館　④ 우체국 郵局

9. 여자 : 실례합니다. 명동에 어떻게 가요? 女子：不好意思，明洞怎麼走？

남자 : 여기에서 백 번 버스를 타세요. 男子：在這裡請搭一百號公車。（4分）

❶ 정류장 公車站　② 운동장 運動場

③ 박물관 博物館　④ 백화점 百貨公司

2012 (28)

10. 여자 : 남자 옷은 몇 층에 있어요? 女子：男生衣服在幾樓？

남자 : 오층에 있어요. 男子：在5樓。（3分）

① 호텔 飯店　② 꽃집 花店

❸ 백화점 百貨公司　④ 사무실 辦公室

11. 여자 : 시청역에 갈 거예요. 표를 어디에서 사요?

女子：我要去市政府站。要在哪裡買票？

남자 : 표는 여기에서 사세요.

男子：請在這裡買票。（3分）

① 학교 學校 ② 공원 公園

③ 우체국 郵局 ❹ 지하철역 地下鐵站

12. 여자 : 돈을 바꾸러 왔습니다. 女子：我來換錢。

남자 : 어느 나라 돈으로 바꾸세요? 男子：換成哪個國家的錢？（4分）

❶ 은행 銀行 ② 시장 市場

③ 커피숍 咖啡廳 ④ 편의점 便利商店

2012 (26)

13 .여자 : 우유는 어디에 있어요? 女子：牛奶在哪裡？

남자 : 이쪽에 있습니다. 男子：在這邊。（3分）

① 서점 書店 ❷ 가게 商店

③ 세탁소 洗衣店 ④ 박물관 博物館

14. 남자 : 표를 샀어요? 男子：買票了嗎？

여자 : 표는 제가 샀어요. 빨리 들어가요. 女子：票我買了。趕快進去吧。（3分）

① 약국 藥局 ❷ 극장 劇場、電影院

③ 은행 銀行 ④ 시장 市場

15. 여자 : 아저씨, 저기에서 세워 주세요. 女子：大叔，請您停在那裡。

남자 : 네, 알겠습니다. 男子：是，知道了。（4分）

❶ 택시 計程車 ② 기차 火車

③ 회사 公司 ④ 공원 公園

2011 (23)

16. 남자 : 뭘 드릴까요? 男子：請問需要什麼？

여자 : 불고기 주세요. 女子：請給我韓式烤肉。（3分）

❶ 식당 餐廳 ② 약국 藥局

③ 운동장 運動場 ④ 우체국 郵局

17. 여자 : 이 운동화 얼마예요? 女子：這雙運動鞋多少錢？

남자 : 2만 원입니다. 男子：2萬元。（3分）

① 서점 書店 ② 공원 公園

③ 지하철역 地下鐵站 ❹ 신발 가게 鞋店

18. 남자 : 여기는 방이 몇 개예요?

男子：這裡有幾個房間？

여자 : 두 개예요. 그리고 부엌과 화장실도 있어요.

女子：有兩個。還有廚房和洗手間。（4分）

❶ 집 家 ② 시장 市場

③ 도서관 圖書館 ④ 백화점 百貨公司

2011 (21)

19. 남자 : 소설책은 어디에 있어요? 男子：小說在哪裡？

여자 : 사전 옆에 있어요. 女子：在字典旁。（3分）

① 약국 藥局 ② 시장 市場

③ 공원 公園 ❹ 서점 書店

20. 여자 : 박물관은 여기에서 내려요?

女子：博物館是在這裡下車嗎？

남자 : 아니요, 다음 정류장에서 내리세요.

男子：不，請在下一站下車。（3分）

① 공항 機場 ❷ 버스 公車

③ 박물관 博物館 ④ 여행사 旅行社

21. 남자 : 이걸 한국 돈으로 바꿔 주세요.

男子：請把這些錢換成韓幣。

여자 : 네. 한국 돈으로 십만 원입니다. 모두 만 원짜리로 드릴까요?

女子：是，換成韓幣共10萬元。全部一萬元面額嗎？（3分）

❶ 은행 銀行 ② 가게 商店

③ 커피숍 咖啡店 ④ 백화점 百貨公司

2010 (20)

22. 여자 : 어서 오세요. 女子：歡迎光臨。

남자 : 이 토마토 얼마예요? 男子：這顆番茄多少錢？（3分）

❶ 시장 市場　② 약국 藥局

③ 은행 銀行　④ 회사 公司

23. 남자 : 어디가 아프세요? 男子：哪裡不舒服？

여자 : 목이 아파요. 女子：喉嚨痛。（3分）

① 극장 劇場、電影院　❷ 병원 醫院

③ 백화점 百貨公司　④ 우체국 郵局

24. 여자 : 내일까지 숙제를 꼭 내세요. 女子：到明天一定要交功課。

남자 : 네, 선생님. 男子：是，老師。（3分）

❶ 교실 教室　② 공항 機場

③ 미용실 美容室　④ 도서관 圖書館

2010 (18)

25. 여자 : 세 시 표 두 장 주세요. 女子：請給我三點的票兩張。

남자 : 이만 원입니다. 男子：是兩萬元。（3分）

① 집 家　② 회사 公司

❸ 영화관 電影院　④ 도서관 圖書館

26. 남자 : 이 편지를 보내고 싶어요. 男子：我想寄這封信。

여자 : 어디로 보내세요? 女子：請問寄到哪裡？（3分）

① 식당 餐廳　② 공원 公園

③ 미용실 美容室　❹ 우체국 郵局

27. 여자 : 시청역에 어떻게 가요? 女子：市政府站怎麼走？

남자 : 다음 역에서 이호선으로 갈아타세요. 男子：請在下一站轉搭2號線。（3分）

① 공항 機場　② 택시 計程車

③ 버스 公車　❹ 지하철 地下鐵

2009 (16)

28. 남자 : 어서 오세요. 뭐 드릴까요? 男子：歡迎光臨。請問您需要什麼？

여자 : 바나나 주세요. 포도도 주세요. 女子：請給我香蕉。也請給我葡萄。（3分）

① 꽃 가게 花店　② 신발 가게 鞋店

❸ 과일 가게 水果店　④ 가방 가게 包包店

29. 여자 : 선생님, 질문이 있어요. 이거 한국말로 뭐예요?

女子：老師，我有疑問。這個用韓文怎麼說？

남자 : 신문이에요.

男子：是報紙。（3分）

① 회사 公司　❷ 교실 教室

③ 백화점 百貨公司　④ 커피숍 咖啡廳

30. 남자 : 미국에 가는 비행기 표를 사고 싶은데요. 男子：我想買去美國的機票。

여자 : 언제 가실 거예요? 女子：請問什麼時候要去？（3分）

① 택시 計程車　② 버스 公車

③ 도서관 圖書館　❹ 여행사 旅行社

3-5

模擬考題練習

實戰模擬考題

MP3-07 

※ [1~30] 여기는 어디입니까? <보기>와 같이 알맞은 것을 고르십시오. (각 3점)

1. ① 버스　② 택시　③ 지하철　④ 공항

2. ① 서점　② 슈퍼마켓　③ 커피숍　④ 문방구

3. ① 회사　② 여행사　③ 호텔　④ 백화점

4. ① 도서관　② 박물관　③ 공원　④ 극장

5. ① 집　② 병원　③ 우체국　④ 약국

6. ① 식당　② 시장　③ 학교　④ 꽃집

7. ① 호텔　② 슈퍼마켓　③ 문구점　④ 학교

8. ① 호텔　② 공항　③ 여행사　④ 식당

9. ① 공원　② 슈퍼마켓　③ 문구점　④ 학교

10. ① 학교　② 비행기　③ 여행사　④ 병원

11. ① 매표　② 백화점　③ 문구점　④ 병원

12. ① 우체국　② 교실　③ 병원　④ 커피숍

13. ① 식당　② 커피숍　③ 택시　④ 서점

14. ① 커피숍　② 수영장　③ 공원　④ 가게

15. ① 우체국　② 백화점　③ 택시　④ 지하철

16. ① 학교　② 운동장　③ 커피숍　④ 식당

17. ① 은행　② 빵집　③ 식당　④ 학교

18. ① 백화점　② 슈퍼마켓　③ 문구점　④ 우체국

19. ① 생선 가게　② 과일 가게　③ 꽃 가게　④ 화장품 가게

20. ① 가방 가게　② 빵 가게　③ 과일 가게　④ 옷 가게

21. ① 식당　② 극장　③ 우체국　④ 커피숍

22. ① 공항　② 영화관　③ 운동장　④ 서점

23. ① 우체국　② 서점　③ 극장　④ 학교

24. ① 꽃집　② 미용실　③ 우체국　④ 박물관

25. ① 시장　② 극장　③ 은행　④ 약국

26. ① 극장　② 기차역　③ 여행사　④ 버스 정류장

27. ① 교실　② 서점　③ 우체국　④ 커피숍

28. ① 박물관　② 극장　③ 커피숍　④ 꽃집

29. ① 백화점　② 슈퍼마켓　③ 우체국　④ 레스토랑

30. ① 편의점　② 극장　③ 공원　④ 공항

答案

1. ③	2. ③	3. ②	4. ①	5. ③	6. ④	7. ③	8. ①	9. ②	10. ④
11. ①	12. ②	13. ②	14. ③	15. ④	16. ④	17. ③	18. ④	19. ②	20. ④
21. ①	22. ②	23. ②	24. ②	25. ③	26. ③	27. ①	28. ③	29. ①	30. ③

3-6
模擬考題解析

※［1～30］這裡是哪裡？請依照〈範例〉選出適合的答案。（各3分）

1. 남자：안국역은 어디에서 내려요? 男子：安國站是在哪裡下車？

여자：다음 역에서 내리세요. 女子：請在下一站下車。

① 버스 公車 ② 택시 計程車

❸ 지하철 地下鐵 ④ 공항 機場

☆本題關鍵的單字為「역」（站）和「내리다」（下車）。但聽到兩個單字選項可以選①公車及③地下鐵。「公車站」在韓文是「버스 정류장」，「역」（站）則是針對火車站或地下鐵站，因此可推測這是兩個人在地下鐵裡的對話，正確的答案是③地下鐵。

2. 여자：뭘 드시겠어요? 女子：您要吃什麼？

남자：커피 한 잔하고 홍차 한 잔 주세요. 男子：請給我一杯咖啡和一杯紅茶。

① 서점 書店 ② 슈퍼마켓 超級市場

❸ 커피숍 咖啡廳 ④ 문구점 文具店

☆本題關鍵的單字為「뭘 드시겠어요」（您要吃什麼）和「커피」（咖啡）、「홍차」（紅茶）。第一句是我們在韓國時，無論是在餐廳或咖啡廳裡都會經常聽到的句子。適用於詢問對方要喝或要吃什麼東西時常使用的句子。因此答案是③咖啡廳。

3. 여자：무엇을 도와 드릴까요? 女子：請問需要幫什麼忙嗎？

남자：일본으로 가는 왕복 비행기표를 사고 싶어요. 男子：想買去日本的來回機票。

① 회사 公司 ❷ 여행사 旅行社

③ 호텔 飯店 ④ 백화점 百貨公司

☆本題關鍵句子和單字為「무엇을 도와 드릴까요」（請問需要幫什麼忙嗎）和「일본」（日本）、「비행기표」（機票）。其中第一句在旅行社、飯店、商店等都常會聽到。第二句則可透過「國家名」和「機票」推測出正確答案是②旅行社。

4. 남자 : 이 책을 빌릴 수 있어요? 男子：（我）可以借這本書嗎？

여자 : 네, 일주일 동안 세 권을 빌릴 수 있어요. 女子：是，一個星期內可以借三本書。

❶ 도서관 圖書館 ② 박물관 博物館

③ 공원 公園 ④ 영화관 電影院

☆ 本題關鍵單字為「책」（書）和「빌리다」（借）。再來，要記住這些句型「-ㄹ/을 수 있다」（能不能）、「일주일 동안 세 권」（一星期內三本）就更接近答案①圖書館。

5. 남자 : 미국으로 이 소포를 부치면 언제 도착합니까?

男子：如果這個包裹寄到美國，什麼時候會到？

여자 : 일주일 안에 도착할 거예요.

女子：一個星期以內會到。

① 집 家 ② 병원 醫院

❸ 우체국 郵局 ④ 약국 藥局

☆ 本題關鍵單字為「소포」（包裹）、「부치다」（寄）及「도착하다」（到達）。如果聽到了「미국」（美國）這個字，就更容易推測到答案了。在這要記住兩個重要的句型：「-(으)면」（如果～的話）和「-ㄹ/을 거예요」（將會）。答案是③郵局。

6. 남자 : 여자 친구에게 꽃을 선물하려고 해요. 男子：打算要送花給女朋友當禮物。

여자 : 이 꽃은 여자들이 아주 좋아해요. 女子：女生相當喜歡這花。

① 레스토랑 西餐廳 ② 시장 市場

③ 학교 學校 ❹ 꽃집 花店

☆ 本題關鍵單字為「꽃」（花）。但這個單字的發音有一點難度，也許考生不太容易聽得清楚。如果透過「여자 친구」（女朋友）及「여자들」（女生們）、「선물」（禮物）等這些單字反而可能比較容易推測出答案。

另外，在花店這個單字中可以看到「집」這個字。「집」通常會出現在生活中很常見的店，如「중국집」（中華料理店）、「피자집」（pizza店）、「치킨집」（炸雞店）等。「집」在韓國通常是指大眾性的「賣東西的商店」，但不見得每個地方都可以使用「집」，這點要個別記起來。答案④花店。

7. 남자 : 지우개 하나하고 연필 하나 주세요. 男子：請給我一塊橡皮擦和一枝鉛筆。

여자 : 네, 모두 천오백 원입니다. 女子：是，一共是1500元。

① 호텔 飯店 ② 슈퍼마켓 超級市場

❸ 문구점 文具店 ④ 학교 學校

☆ 本題關鍵單字為「지우개」（橡皮擦）、「연필」（鉛筆）及「모두 1500원」（共1500元）。透過這些關鍵詞可找出答案是③文具店。

8. 남자 : 비행기가 취소되었어요. 하루 더 묵을 수 있어요?

男子：我的飛機被取消了。可以多住一天嗎？

여자 : 네, 그럼 내일 체크아웃 하십니까?

女子：是，那麼請問是明天要退房嗎？

❶ 호텔 飯店　② 공항 機場

③ 여행사 旅行社　④ 식당 餐廳

☆ 本題關鍵單字為「비행기」（飛機）、「하루」（一天）及「체크아웃」（退房）等。透過這些關鍵詞可以推測餐廳以外的三個選擇題。如果考生知道「취소되다」（被取消）、「하루 더」（多一天）、「묵다」（留滯、歇宿），更接近答案①飯店。

9. 여자 : 이 라면 한 개에 얼마예요? 女子：這個泡麵一個多少錢？

남자 : 오백 원입니다. 男子：是500元。

① 공원 公園　❷ 슈퍼마켓 超級市場

③ 문구점 文具店　④ 학교 學校

☆ 本題關鍵單字為「라면」（泡麵）及「얼마예요」（多少錢）等。男生的回答也很簡單，考生應該容易找出答案②超級市場。

10. 남자 : 감기에 걸린 것 같은데요. 男子：我好像感冒了。

여자 : 의료보험증을 보여 주세요. 女子：請給我看健保卡。

① 학교 學校　② 비행기 飛機

③ 여행사 旅行社　❹ 병원 醫院

☆ 本題關鍵的單字為「감기」（感冒）及「의료보험증」（健保卡）等。即使「健保卡」的單字有難度，透過「感冒」可猜出答案④醫院。另外，重要句型「ㄴ/은 것 같다」（好像）以及「보여 주다」（給～看）希望考生能一併記起來。

11. 남자 : 어른 표 두 장하고 어린이 표 두 장 주세요.

男子：請給我兩張成人票和兩張兒童票。

여자 : 모두 오천 원입니다.

女子：一共5000元。

❶ 매표소 賣票處　② 백화점 百貨公司

③ 문구점 文具店　④ 병원 醫院

☆ 本題關鍵單字為「표」（票），如果知道「어른」（大人、成人）、「어린이」（兒童）、「두 장」（兩張）等的單字，可以知道答案是①賣票處。

12. 여자：오늘 수업은 여기까지입니다. 女子：今天上課到這裡。

남자：선생님 수고하셨습니다. 男子：老師辛苦了。

① 우체국 郵局　❷ 교실 教室

③ 병원 醫院　④ 커피숍 咖啡廳

☆ 本題關鍵單字為「수업」（上課）及「선생님」（老師），答案是②教室。

13. 남자：커피를 마실까요? 男子：要喝咖啡嗎？

여자：케이크도 먹고 싶어요. 女子：我也想吃蛋糕。

① 식당 餐廳　❷ 커피숍 咖啡廳

③ 택시 計程車　④ 서점 書店

☆ 本題關鍵單字為「커피」（咖啡）及「케이크」（蛋糕），答案是②咖啡廳。另外，重要句型「ㄹ/을까요」（詢問聽者的意見：如何）及「-고 싶다」（想要），可參考「3-1必備的句型」考生要多練習。

14. 여자：아침에 운동하는 사람들이 많이 있어요. 女子：早上做運動的人很多。

남자：여기에서 책을 읽거나 산책도 할 수 있어요. 男子：在這裡可以看書或散步。

① 커피숍 咖啡廳　② 수영장 游泳池

❸ 공원 公園　④ 가게 商店

☆ 本題關鍵的單字為「운동」（運動）、「책을 읽다」（讀書）及「산책하다」（散步）等，最符合的答案是③公園。

15. 여자：우리 어디에서 내려요?

女子：我們在哪裡下車？

남자：다음 역에서 내리면 3호선으로 갈아탈 수 있어요.

男子：下一站下車的話就可以轉搭3號線。

① 우체국 郵局　② 백화점 百貨公司

③ 택시 計程車　❹ 지하철 地下鐵

☆ 本題關鍵單字為「내리다」（下車）、「역」（站）、「3호선」（3號線）及「갈아타다」（轉車），交通工具有關地點兩個選項中，上述「역」（站）代表火車站或地下鐵站，因此考生可選出答案④地下鐵。另外，請考生多練習「(으)면」（如果～的話）的重要句型。

16. 남자 : 뭘 드릴까요? 男子：請問需要什麼？

여자 : 불고기하고 떡볶이 주세요. 女子：請給我韓式烤肉和辣炒年糕。

① 학교 學校　② 운동장 運動場

③ 커피숍 咖啡廳　❹ 식당 餐廳

☆ 本題關鍵單字為「뭘 드릴까요?」（請問要點什麼？）、「불고기」（韓式烤肉）及「떡볶이」（辣炒年糕）。在韓國的餐廳一定會聽到「뭘 드릴까요?」這個詢問句，加上餐點的名稱可知答案是④餐廳。

17. 여자 : 무슨 음식을 먹을까요? 女子：要吃什麼菜呢？

남자 : 오늘은 매운 음식을 먹고 싶어요. 男子：今天想吃辣的菜。

① 은행 銀行　② 빵집 麵包店

❸ 식당 餐廳　④ 학교 學校

☆ 本題關鍵單字為「음식」（飲食）、「먹다」（吃）及「맵다」（辣）等，答案是③餐廳。另外，形容詞加「ㄴ/은」接在名詞的用法，可參考「3-1必備句型」也請多練習。

18. 남자 : 오늘 이 편지를 부치면 언제 도착해요?

男子：今天把信寄出去的話什麼時候會收到？

여자 : 보통 열흘 안에 편지가 도착해요.

女子：通常十天之內收到信。

① 백화점 百貨公司　② 슈퍼마켓 超級市場

③ 문구점 文具店　❹ 우체국 郵局

☆ 本題關鍵單字為「편지」（信）、「부치다」（寄）及「도착하다」（抵達、收到）。跟信件有關的文具店及郵局中，關鍵動詞「부치다」（寄）來可得知答案是④郵局。另外，算天數的時候常用的另一說法，曾出現在初級考試中，從第一天至十天的韓語，請考生一起記起來：「하루 / 이틀 / 사흘 / 나흘 / 닷세 / 엿세 / 이레 / 여드레 / 아흐레 / 열흘」。

19. 여자 : 아저씨, 사과하고 배 주세요. 女子：老闆，請給我蘋果及梨子。

남자 : 토마토도 맛있어요. 男子：蕃茄也很好吃。

① 생선 가게 生魚店　❷ 과일 가게 水果店

③ 꽃 가게 花店　④ 화장품 가게 化妝品店

☆ 本題關鍵單字為各種水果的名稱，句型也很簡單，容易得知答案②水果店。

20. 남자 : 이 바지를 바꾸고 싶어요. 男子：我想換這件褲子。

여자 : 사이즈나 색깔이 마음에 안 들어요? 女子：不喜歡尺寸或顏色嗎？

① 가방 가게 包包店 ② 빵 가게 麵包店

③ 과일 가게 水果店 ❹ 옷 가게 服飾店

☆ 本題關鍵單字為「바지」（褲子）、「바꾸다」（換）、「사이즈」（尺寸）、「색깔」（顏色）及「마음에 안 들다」（不喜歡）等。透過這些關鍵詞中可選出包包店或衣服店，而對話中男生提到「바지」（褲子）及女生說的「사이즈」（尺寸），可選出答案④服飾店。

21. 여자 : 어서 오세요. 뭘 드릴까요? 女子：歡迎光臨。請問需要什麼？

남자 : 김치찌개 일 인분 주세요. 男子：請給我一份泡菜鍋。

❶ 식당 餐廳 ② 극장 電影院

③ 우체국 郵局 ④ 커피숍 咖啡廳

☆ 本題關鍵單字為「뭘 드릴까요」（請問需要什麼）及「김치 찌개」（泡菜鍋）。另外，對話中的「어서 오세요」（歡迎光臨）也在韓國常聽到看到的。答案是①餐廳。

22. 남자 : 오후 두 시 표가 있어요? 男子：有下午兩點的票嗎？

여자 : 오늘 오후 영화는 표가 모두 팔렸습니다. 女子：今天下午的電影票全賣完了。

① 공항 機場 ❷ 영화관 電影院

③ 운동장 運動場 ④ 서점 書店

☆ 本題關鍵單字為「표」（票）及「영화」（電影），透過男女的對話可以得到答案。再來，「팔리다」（被賣）也是選擇答案的重要詞彙，所以答案是②電影院。另外，「극장」（劇場或電影院）一詞，除了有劇場的意思也叫電影院，有兩個詞意。

23. 여자 : 한국 소설은 어디에 있어요? 女子：韓國小說在哪裡（找到）？

남자 : 오른쪽으로 돌아가세요. 男子：請您往右轉。

① 우체국 郵局 ❷ 서점 書店

③ 극장 電影院 ④ 학교 學校

☆ 本題關鍵單字為「한국 소설」（韓國小說），關鍵單字不多這點也許讓考生感覺到考題的難度，透過兩個人的對話得知女客人和男店員的是在書店。答案是②書店。

24. 남자 : 날씨가 더우니까 짧게 잘라 주세요. 男子：因為天氣熱，請幫我剪短。

여자 : 앞머리도 짧게 자를까요? 女子：前面的頭髮（瀏海）也要剪短嗎？

① 꽃집 花店 ❷ 미용실 美容院

③ 우체국 郵局 ④ 박물관 博物館

☆本題關鍵單字為「짧게」（短的）、「잘라 주세요」（請幫我剪）及「앞머리」（瀏海）等。另外，「더우니까」是「덥다」及「(으)니까」結合而成，表示「因為熱的關係」，不但要記住句型，連不規則也要一起練習。答案是②美容院。

25. 여자 : 무엇을 도와 드릴까요? 女子：需要幫忙嗎？

남자 : 달러를 한국 돈으로 바꿔 주세요. 男子：請幫我把美金換成韓幣。

① 시장 市場 ② 극장 劇場

❸ 은행 銀行 ④ 약국 藥局

☆本題關鍵單字為「달러」（美金）、「한국 돈」（韓幣）、及「바꾸다」（換），答案是③銀行。

26. 남자 : 언제 어디로 여행 가세요?

男子：請問什麼時候要去哪裡旅遊？

여자 : 이번 주 수요일에 미국으로 가는 비행기표 있어요?

女子：有沒有本週三往美國的飛機票？

① 극장 劇場 ② 기차역 火車站

❸ 여행사 旅行社 ④ 버스 정류장 公車站

☆本題關鍵單字為「여행 가다」（去旅行）、「미국으로」（往美國）、及「비행기표 있어요」（有機票），所以聽到這些內容便能得知答案為③旅行社。

27. 여자 : 선생님, 이 글자는 어떻게 읽는 거예요?

女子：老師，這個字要怎麼唸？

남자 : 어렵지 않아요. 한 글자씩 천천히 읽어 보세요.

男子：不難。請一個字一個字慢慢唸看看。

❶ 교실 教室 ② 서점 書店

③ 우체국 郵局 ④ 커피숍 咖啡廳

☆本題關鍵單字為「선생님」（老師）、「글자」（文字）、及「읽다」（讀），聽到「선생님」（老師）一詞就可以很快的知道進行對話的地點，「글자」（文字）與「읽다」（讀）兩個關鍵詞在此對話中出現兩次，所以答案是①教室。

28. 남자 : 어서 오세요. 뭘 드릴까요? 男子：歡迎光臨。請問需要什麼？

여자 : 커피 두 잔하고 녹차 한 잔 주세요. 女子：請給我兩杯咖啡和一杯綠茶。

① 박물관 博物館　② 극장 劇場

❸ 커피숍 咖啡廳　④ 꽃집 花店

☆本題關鍵單字為「커피」（咖啡）及「녹차」（綠茶），再加上「뭘 드릴까요」（要點什麼嗎）可知地點在賣場。答案是③咖啡廳。

29. 여자 : 실례지만 남자 옷은 몇 층에 있어요? 女子：不好意思，請問男裝在幾樓？

남자 : 오층으로 올라 가세요. 男子：請上5樓。

❶ 백화점 百貨公司　② 슈퍼마켓 超級市場

③ 우체국 郵局　④ 레스토랑 西餐廳

☆本題關鍵單字為「남자 옷」（男裝）、「몇 층」（幾樓）、及「오 층」（五樓）。答案是①百貨公司。

30. 남자 : 참 조용하고 아름다운 곳이에요.

男子：（這裡）真是安靜又漂亮的地方。

여자 : 운동도 하고 산책도 할 수 있어서 정말 좋아요.

女子：（在這裡）可以運動散步真的很好。

① 편의점 便利商店　② 극장 劇場

❸ 공원 公園　④ 공항 機場

☆本題關鍵的單字為「조용하다」（安靜）、「아름답다」（漂亮）、「운동」（運動）及「산책」（散步）這些形容詞、名詞都是過去初級考試中常出現的單字，一起記起來吧。答案是③公園。

3-7
模擬考題單字

1. 和生活物品相關的字彙

- □ 권 量 本
- □ 글자 名 文字
- □ 꽃 名 花
- □ 달러 名 美金
- □ 더 副 加、更
- □ 덥다 形 熱
- □ 매표소 名 賣票處
- □ 바지 名 褲子
- □ 보통 名 通常
- □ 사이즈 名 尺寸
- □ 산책 名 散步
- □ 색깔 名 顏色
- □ 선물 名 禮物
- □ 소포 名 包裹
- □ 수고하다 形 辛苦
- □ 수업 名 上課
- □ 씩 接 每、平均
- □ 안 名 內
- □ 어렵다 形 難
- □ 연필 名 鉛筆
- □ 왕복 名 來回
- □ 의료보험증 名 健康保險卡
- □ 잔 量 杯
- □ 지우개 名 橡皮擦
- □ 층 名 樓
- □ 하나 名 一

2. 和飲食相關的字彙

- □ 과일 名 水果
- □ 김치찌개 名 泡菜鍋
- □ 떡볶이 名 辣炒年糕
- □ 라면 名 泡麵
- □ 맵다 形 辣
- □ 배 名 梨子
- □ 불고기 名 韓式烤肉
- □ 사과 名 蘋果
- □ 생선 名 魚
- □ 커피 名 咖啡
- □ 케이크 名 蛋糕
- □ 홍차 名 紅茶

3. 和場所、地點相關的字彙

- ☐ 레스토랑 名 餐廳
- ☐ 백화점 名 百貨公司
- ☐ 아름답다 形 美
- ☐ 약국 名 藥局
- ☐ 오른쪽 名 右邊
- ☐ 조용하다 形 安靜
- ☐ 체크아웃 名 退房

4. 和動作相關的字彙

- ☐ 감기에 걸리다 動 感冒
- ☐ 돌아가다 動 轉
- ☐ 돕다 動 幫忙
- ☐ 드시다 動 吃（먹다的敬語）
- ☐ 마음에 들다 冠 喜歡上
- ☐ 묵다 動 留滯、歇宿
- ☐ 올라가다 動 上去
- ☐ 운동하다 動 運動
- ☐ 읽다 動 讀、唸
- ☐ 취소되다 動 被取消
- ☐ 팔(리)다 動（被）賣

5. 和時間相關的字彙

- ☐ 동안 名 期間
- ☐ 수요일 名 星期三
- ☐ 아침 名 早上
- ☐ 열흘 名 十天（=십일）
- ☐ 천천히 副 慢慢地
- ☐ 하루 名 一天

6. 和人相關的字彙

- ☐ 앞머리 名 瀏海
- ☐ 어른 名 大人
- ☐ 어린이 名 兒童、小孩
- ☐ 여자 친구 名 女朋友
- ☐ 인분 量 人份

주제 선택

題型4：短文主題選擇

4-0 準備方向

4-1 必備句型

4-2 必背單字

4-3 考古題練習

4-4 考古題解析

4-5 模擬考題練習

4-6 模擬考題解析

4-7 模擬考題單字

這個題型的內容多是生活中常使用的句子。如問候、詢問國籍或年紀、平常的習慣等，所以不需要分析太多文法，只要把平常基本對話中延伸的單字和句型，並多練習，就能從容作答。

4-0
準備方向

題型說明

關於「短句主題選擇」，過去平均每次都會出3題左右，**而新檢定考試初級聽力，將會變成4題，此重要性也增加。對考試的方式及內容而言，一向屬於日常生活中常使用的句子**，如問候、詢問國籍或年紀、平常的習慣等，所以題目相對簡單，這是考生一定要拿到的分數。

在考試時聽出「關鍵詞」很重要，就像聽到「國家」、「臺灣」等單字，就可以推敲出答案要選「國籍」，但如果聽到「從～來」這個句型時，也足以判斷答案為「國籍」。這些題目主要在測試考生的基礎會話能力，無論如何，由於這些基礎會話在生活上或旅行中都很可能會用到，所以不需要分析太多文法，只要平常多背、多聽、多說，就能從容作答。

問題範例

※ [11~14] 다음은 무엇에 대해 말하고 있습니까? <보기>와 같이 알맞은 것을 고르십시오.

<보기>

가 : 누구예요?

나 : 이 사람은 형이고, 이 사람은 동생이에요.

① 친구 ②가족 ③ 고향 ④ 학생

2013년 제 32회 초급 듣기

範例翻譯

※ [11～14] 下列正在說關於什麼樣的內容？請依照〈範例〉選出適合的答案。

〈範例〉

가：（這）是誰？

나：這個人是哥哥，這個人是弟弟（或妹妹）。

① 朋友 ❷ 家族 ③ 故鄉 ④ 學生

2013年第32回初級聽力

4-1
必備句型

句型示範

❶ **-ㄹ/을 것이다** 表示未來：將會、要～

例 저는 내일 학교에 갈 거예요. 我明天會去學校。

❷ **-아/어/여 보다** 通常用過去式，表示做過某件事

例 김치를 먹어 봤어요? 有沒有吃過韓式泡菜？

例 김치를 한번 먹어 보세요. 吃看看韓式泡菜。

cf. 跟語尾-(으)세요連接時表示（V）試試看的意思。

❸ **V는 것 (=는 거)**
在動詞的語幹後接上「는」加「것」成為名詞形，可以當作句子的主語或受詞，在口語上可將「것」縮寫成「거」。

例 책을 읽는 것이 제 취미예요. 讀書（這件事）是我的興趣。

例 책을 읽는 게 제 취미예요. 讀書（這件事）是我的興趣。

❹ **-ㄹ/을 때** 的時候

例 저는 운동할 때 물을 마셔요. 我是（在）運動的時候喝水。

❺ **-기로 하다** 表示說者已經計劃或決定的事：決定

例 친구와 여행가기로 했어요. 決定要跟朋友去旅遊。

❻ **-네요** 表示說者的感覺或感嘆

例 한복이 아름답네요! 韓服好美啊！

例 어린이가 밥을 잘 먹네요! 小孩很會吃飯啊！

⑦ **-지요** 表示和聽者確認對方也以經知道的事：～吧

例 다음 주에 한국어 시험이 있지요? 下週有韓語考試吧？

⑧ **-지만** 雖然～但是

例 겨울은 춥지만 스키를 탈 수 있어요. 그래서 좋아요.
雖然冬天很冷，但是可以滑雪。所以很好。

⑨ **-고 싶다** 表示願望或期待：想、想要

例 주말에 공원에 가서 산책을 하고 싶어요. 週末想要去公園散步。

4-2

必背單字

1. 和生活物品相關的字彙

- □ 값 名 價錢
- □ 같다 形 一樣
- □ 경영학 名 經營學（企業管理學）
- □ 계절 名 季節
- □ 계획 名 計劃
- □ 구두 名 皮鞋
- □ 그렇지만 副 然而
- □ 그림 名 畫作
- □ 꽃 名 花
- □ 눈 名 雪
- □ 대학교 名 大學
- □ 모양 名 樣貌
- □ 모임 名 聚會
- □ 모자 名 帽子
- □ 반 名 班
- □ 방학 名 放假
- □ 비 名 雨
- □ 비싸다 形 貴
- □ 사전 名 字典
- □ 서점 名 書店
- □ 소포 名 包裹
- □ 쇼핑 名 逛街
- □ 스물 數 二十（年紀、計算）
- □ 시험 名 考試
- □ 신발 名 鞋
- □ 아프다 形 痛
- □ 양말 名 襪子
- □ 어떻다 形 怎麼樣（어떠하다的縮語）
- □ 여행 名 旅遊
- □ 장갑 名 手套
- □ 재미있다 形 有趣
- □ 진짜 副 真的
- □ 초대 名 邀請
- □ 초등학교 名 小學
- □ 춤 名 舞
- □ 취미 名 興趣
- □ 탁구 名 桌球
- □ 테니스 名 網球

2. 和飲食相關的字彙

- □ 사과 名 蘋果
- □ 음식 名 飲食
- □ 포도 名 葡萄

3. 和場所、地點相關的字彙

- □ 나라 名 國家
- □ 은행 名 銀行
- □ 장소 名 地點、場所
- □ 저기 代 那裡
- □ 제주도 名 濟州島

4. 和動作相關的字彙

- □ 그리다 動 畫畫
- □ 되다 動 成為
- □ 맞다 動 對
- □ 사진 찍다 動 拍照
- □ 살다 動 住
- □ 신다 動 穿（鞋、襪子）
- □ 알다 動 知道
- □ 운동하다 動 運動
- □ 치다 動 打

5. 和時間相關的字彙

- □ 날짜 名 日子
- □ 며칠 名 幾天
- □ 어제 名 昨天
- □ 언제 代 什麼時候
- □ 오늘 名 今天
- □ 요일 名 星期
- □ 이번 名 這次
- □ 저녁 名 晚上
- □ 주말 名 週末
- □ 휴일 名 休日
- □ 봄 名 春
- □ 여름 名 夏
- □ 살 量 歲、名 肉

6. 和人相關的字彙

- □ 기분 名 心情
- □ 꿈 名 夢想
- □ 우리 名 我們
- □ 가수 名 歌手
- □ 가족 名 家人
- □ 다니다 動 來往
- □ 동생 名 弟弟或妹妹
- □ 여동생 名 妹妹
- □ 의사 名 醫生
- □ 발 名 腳
- □ 손님 名 客人
- □ 직업 名 職業

7. 與興趣相關的字彙

- □ 노래하다 動 唱歌
- □ 독서하다 動 閱讀
- □ 사진 찍다 動 拍照
- □ 쇼핑하다 動 逛街
- □ 여행하다 動 旅行
- □ 운동하다 動 運動
- □ 음악 듣다 動 聽音樂
- □ 조깅하다 動 慢跑
- □ 텔레비전 보다 動 看電視

8. 與四季相關的字彙

- □ 가을 名 秋
- □ 겨울 名 冬
- □ 봄 名 春
- □ 여름 名 夏

4-3
考古題練習

老師提醒

本題目主題選擇，是從男女兩個人的對話中，要抓住共同提出或都一致的內容。選擇題通常都是兩三個字組合的單字，聽題目之前先看四個選項很重要。在新韓語檢定考試的單字，使用範圍越來越廣的趨勢之下，請各位考生務必熟記考古題。

歷屆考古題

MP3-08 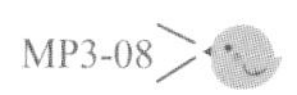

※ [1~30] 다음은 무엇에 대해 말하고 있습니까? <보기>와 같이 알맞은 것을 고르십시오.

2013 (32) 1. ① 값 ② 날짜 ③ 생일 ④ 요일

2. ① 그림 ② 음식 ③ 손님 ④ 나라

3. ① 초대 ② 공부 ③ 모임 ④ 취미

2013 (31) 4. ① 가족 ② 나이 ③ 직업 ④ 이름

5. ① 시간 ② 계절 ③ 여행 ④ 약속

6. ① 날씨 ② 선물 ③ 계획 ④ 장소

2013 (30) 7. ① 집 ② 일 ③ 취미 ④ 나라

8. ① 영화 ② 선물 ③ 사진 ④ 그림

9. ① 장소 ② 기분 ③ 날씨 ④ 약속

2012 (28) 10. ① 일 ② 값 ③ 모양 ④ 소포

11. ① 주말 ② 약속 ③ 취미 ④ 날씨

12. ① 양말 ② 신발 ③ 장갑 ④ 모자

2012 (26) 13. ① 요일 ② 휴일 ③ 날짜 ④ 계절

14. ① 공부 ② 날씨 ③ 음악 ④ 운동

15. ① 꿈 ② 춤 ③ 나이 ④ 방학

2011 (23) 16. ① 요일 ② 시간 ③ 이름 ④ 나이

17. ① 과일 ② 날씨 ③ 운동 ④ 취미

18. ① 약속 ② 계획 ③ 주말 ④ 장소

2011 (21) 19. ① 날짜 ② 요일 ③ 시간 ④ 약속

20. ① 음식 ② 과일 ③ 쇼핑 ④ 식당

21. ① 직업 ② 주말 ③ 계획 ④ 모임

2010 (20) 22. ① 시간 ② 날씨 ③ 날짜 ④ 요일

23. ① 동생 ② 친구 ③ 부모님 ④ 선생님

24. ① 계획 ② 약속 ③ 취미 ④ 여행

2010 (18) 25. ① 옷 ② 집 ③ 여행 ④ 음식

26. ① 가족 ② 약속 ③ 친구 ④ 나라

27. ① 계절 ② 주말 ③ 취미 ④ 운동

2009 (16) 28. ① 나라 ② 날씨 ③ 학교 ④ 계절

29. ① 공원 ② 음식 ③ 서점 ④ 친구

30. ① 주말 ② 날짜 ③ 시간 ④ 생일

答案

1. ② 2. ② 3. ④ 4. ④ 5. ③ 6. ③ 7. ② 8. ④ 9. ④ 10. ②

11. ① 12. ② 13. ③ 14. ④ 15. ① 16. ④ 17. ① 18. ③ 19. ③ 20. ①

21. ③ 22. ② 23. ② 24. ③ 25. ② 26. ① 27. ① 28. ② 29. ② 30. ②

4-4

考古題解析

※［1～30］下列正在說關於什麼樣的內容？請依照〈範例〉選出適合的答案。

2013 (32)

1. 여자 : 영진 씨가 언제 와요? 女子：榮振先生什麼時候來？
   남자 : 십일월 구일에 올 거예요. 男子：十一月九日會來。
   ① 값 價錢　❷ 날짜 日子　③ 생일 生日　④ 요일 星期

2. 남자 : 제인 씨, 불고기 먹어 봤어요? 男子：珍妮小姐，吃過韓式烤肉嗎？
   여자 : 네, 먹어 봤어요. 정말 맛있었어요. 女子：是，有吃過。真的很好吃。
   ① 그림 畫作　❷ 음식 飲食　③ 손님 客人　④ 나라 國家

3. 여자 : 저는 운동하는 것을 좋아해요. 女子：我喜歡做運動。
   남자 : 저는 시간이 있을 때 사진을 찍어요. 男子：我有空時會拍照。
   ① 초대 邀請　② 공부 唸書　③ 모임 聚會　❹ 취미 興趣

2013 (31)

4. 남자 : 저는 박영진입니다. 男子：我是朴榮振。
   여자 : 저는 김수미입니다. 女子：我是金秀美。
   ① 가족 家人　② 나이 年紀　③ 직업 職業　❹ 이름 名字

5. 여자 : 제주도에서 재미있었어요? 女子：在濟州島（玩得）好玩嗎？
   남자 : 네, 날씨도 좋고 정말 재미있었어요. 男子：是，天氣也好，真的很有趣。
   ① 시간 時間　② 계절 季節　❸ 여행 旅遊　④ 약속 約會

6. 남자 : 이번 주말에 뭐 할 거예요? 男子：這個週末要做什麼？
   여자 : 친구하고 같이 쇼핑하기로 했어요. 女子：我打算跟朋友一起逛街。
   ① 날씨 天氣　② 선물 禮物　❸ 계획 計劃　④ 장소 場所

2013 (30)

7. 남자 : 저는 의사예요. 男子：我是醫生。

   여자 : 저는 은행에 다녀요. 女子：我在銀行上班。

   ① 집 家 ❷ 일 工作 ③ 취미 興趣 ④ 나라 國家

8. 여자 : 와! 이 꽃 정말 잘 그렸네요. 女子：哇！這朵花畫得真的很好。

   남자 : 네, 진짜 꽃 같아요. 男子：是，跟真的花一樣。

   ① 영화 電影 ② 선물 禮物 ③ 사진 照片 ❹ 그림 畫作

9. 여자 : 우리 오늘 저녁에 만나는 거 맞지요? 女子：我們是今天晚上見面沒錯吧？

   남자 : 어? 그거 내일 아니었어요? 男子：喔？那不是明天嗎？

   ① 장소 場所 ② 기분 心情 ③ 날씨 天氣 ❹ 약속 約會

2012 (28)

10. 남자 : 그 사전 비싸요? 男子：那本字典很貴嗎？

    여자 : 아니요, 안 비싸요. 만원이에요. 女子：不，不貴。一萬元。

    ① 일 工作 ❷ 값 價錢 ③ 모양 樣貌 ④ 소포 包裏

11. 남자 : 토요일하고 일요일은 뭐 해요? 男子：星期六和星期日做什麼？

    여자 : 보통 집에서 쉬어요. 女子：通常在家休息。

    ❶ 주말 週末 ② 약속 約會 ③ 취미 興趣 ④ 날씨 天氣

12. 여자 : 어제 산 구두 신어 봤어요? 女子：有穿過昨天買的皮鞋嗎？

    남자 : 네, 그런데 발이 좀 아파요. 男子：有，但腳有一點痛。

    ① 양말 襪子 ❷ 신발 鞋 ③ 장갑 手套 ④ 모자 帽子

2012 (26)

13. 남자 : 시험이 언제예요?. 男子：什麼時候考試？

    여자 : 4월 5일이에요. 女子：是4月5日。

    ① 요일 星期 ② 휴일 假日 ❸ 날짜 日子 ④ 계절 季節

14. 여자 : 테니스 잘 쳐요? 女子：很會打網球嗎？

    남자 : 아니요, 탁구는 잘 치지만 테니스는 잘 못 쳐요.

    男子：不，雖然我很會打桌球，但不太會打網球。

    ① 공부 唸書 ② 날씨 天氣 ③ 음악 音樂 ❹ 운동 運動

15. 남자 : 수미 씨는 초등학교 때 뭐가 되고 싶었어요?

男子：請問秀美小姐在讀小學時想成為怎麼樣的人？

여자 : 가수가 되고 싶었어요.

女子：（那時）想當歌手。

❶ 꿈 夢想 ② 춤 舞 ③ 나이 年紀 ④ 방학 放假

2011 (23)

16. 남자 : 몇 살이에요? 男子：（妳）幾歲？

여자 : 스무 살이에요. 女子：二十歲。

① 요일 星期 ② 시간 時間 ③ 이름 名字 ❹ 나이 年紀

17. 여자 : 사과를 좋아해요? 女子：喜歡蘋果嗎？

남자 : 아니요, 저는 포도를 좋아해요. 男子：不，我喜歡葡萄。

❶ 과일 水果 ② 날씨 天氣 ③ 운동 運動 ④ 취미 興趣

18. 여자 : 토요일에 뭐 했어요? 女子：星期六做了什麼？

남자 : 친구를 만나서 쇼핑을 했어요. 男子：見朋友逛街。

① 약속 約會 ② 계획 計劃 ❸ 주말 週末 ④ 장소 場所

2011 (21)

19. 남자 : 지금 몇 시예요? 男子：現在幾點？

여자 : 한 시 이십 분이에요. 女子：一點二十分。

① 날짜 日期 ② 요일 星期 ❸ 시간 時間 ④ 약속 約會

20. 여자 : 비빔밥은 어때요? 女子：拌飯（的味道）如何？

남자 : 맛있어요. 그렇지만 조금 매워요. 男子：好吃。不過有一點辣。

❶ 음식 飲食 ② 과일 水果 ③ 쇼핑 逛街 ④ 식당 餐廳

21. 남자 : 대학교에서 무엇을 공부할 거예요? 男子：在大學要唸什麼？

여자 : 경영학을 공부하고 싶어요. 女子：想唸經營學（企業管理學）。

① 직업 職業 ② 주말 週末 ❸ 계획 計劃 ④ 모임 聚會

2010 (20)

22. 여자 : 지금 눈이 와요? 女子：現在下雪嗎？

남자 : 아니요, 안 와요. 男子：不，沒下雪。

① 시간 時間 ❷ 날씨 天氣 ③ 날짜 日期 ④ 요일 星期

23. 남자 : 저 사람 알아요?

男子：認識那個人嗎？

여자 : 네. 우리 반에서 같이 공부해요.

女子：是（認識）。在我們班一起唸書（的同學）。

① 동생 弟弟或妹妹 ❷ 친구 朋友

③ 부모님 父母 ④ 선생님 老師

24. 남자 : 보통 휴일에 뭐 해요?

男子：通常假日做什麼？

여자 : 저는 운동을 아주 좋아해요. 그래서 친구들하고 운동을 해요.

女子：我非常喜歡運動。所以和朋友們做運動。

① 계획 計劃 ② 약속 約會 ❸ 취미 興趣 ④ 여행 旅遊

2010 (18)

25. 남자 : 저기에 살아요? 男子：（妳）住那裡嗎？

여자 : 네. 저기 2층에 살아요. 女子：是。住那裡的2樓。

① 옷 衣服 ❷ 집 家 ③ 여행 旅遊 ④ 음식 飲食

26. 여자 : 동생이 있어요? 女子：（你）有弟弟或妹妹嗎？

남자 : 네, 여동생이 있어요. 男子：是，（我）有妹妹。

❶ 가족 家人 ② 약속 約會 ③ 친구 朋友 ④ 나라 國家

27. 남자 : 저는 봄이 좋아요. 男子：我喜歡春天。

여자 : 그래요? 저는 여름이 좋아요. 女子：這樣嗎？我喜歡夏天。

❶ 계절 季節 ② 주말 週末 ③ 취미 興趣 ④ 운동 運動

2009 (16)

28. 남자 : 오늘은 비가 왔어요? 男子：今天有下雨嗎？

여자 : 네, 비가 조금 왔어요. 女子：是，下了一點雨。

① 나라 國家 ❷ 날씨 天氣 ③ 학교 學校 ④ 계절 季節

29. 여자 : 불고기를 좋아해요?

女子：（你）喜歡韓式烤肉嗎？

남자 : 네, 좋아해요. 그리고 비빔밥도 좋아해요.

男子：是，喜歡。還有也喜歡拌飯。

① 공원 公園 ❷ 음식 飲食 ③ 서점 書店 ④ 친구 朋友

30. 남자 : 오늘이 며칠이에요? 男子：今天幾號？

여자 : 9월 25일이에요. 女子：是9月25日。

① 주말 週末 ❷ 날짜 日期 ③ 시간 時間 ④ 생일 生日

4-5
模擬考題練習

實戰模擬考題

MP3-09

※ [1~30] 다음은 무엇에 대해 말하고 있습니까? <보기>와 같이 알맞은 것을 고르십시오.

1. ① 장소 ② 교통 ③ 약속 ④ 요일

2. ① 나라 ② 날짜 ③ 가격 ④ 식당

3. ① 직업 ② 나라 ③ 생일 ④ 음식

4. ① 국가 ② 동생 ③ 친구 ④ 선생님

5. ① 동생 ② 나라 ③ 가족 ④ 친구

6. ① 취미 ② 주말 ③ 생일 ④ 약속

7. ① 값 ② 날짜 ③ 생일 ④ 과일

8. ① 이름 ② 국적 ③ 여행 ④ 직업

9. ① 계절 ② 친구 ③ 취미 ④ 계획

10. ① 식당 ② 음식 ③ 친구 ④ 약속

11. ① 약속 ② 여행 ③ 취미 ④ 날씨

12. ① 쇼핑 ② 선물 ③ 친구 ④ 케이크

13. ① 계획 ② 약속 ③ 취미 ④ 시간

14. ① 선물 ② 쇼핑 ③ 친구 ④ 취미

15. ① 가족 ② 생일 ③ 선물 ④ 가격

16. ① 시간 ② 장소 ③ 영화 ④ 약속

17. ① 운동 ② 취미 ③ 계절 ④ 여행

18. ① 시간 ② 위치 ③ 가격 ④ 약속

19. ① 가격 ② 선물 ③ 계절 ④ 취미

20. ① 장소 ② 취미 ③ 약속 ④ 여행

21. ① 계획 ② 계절 ③ 취미 ④ 고향

22. ① 쇼핑 ② 가격 ③ 약속 ④ 음식

23. ① 수업 ② 직업 ③ 나이 ④ 소개

24. ① 장소 ② 계획 ③ 취미 ④ 선물

25. ① 식당 ② 취미 ③ 음식 ④ 여행

26. ① 선물 ② 가족 ③ 사진 ④ 가게

27. ① 목적 ② 직업 ③ 나라 ④ 건강

28. ① 취미 ② 계획 ③ 계절 ④ 여행

29 ① 가족 ② 취미 ③ 목적 ④ 나이

30. ① 장소 ② 계획 ③ 음식 ④ 친구

答案

1. ② 2. ④ 3. ② 4. ④ 5. ③ 6. ① 7. ① 8. ② 9. ④ 10. ②

11. ① 12. ② 13. ① 14. ② 15. ② 16. ④ 17. ③ 18. ② 19. ④ 20. ①

21. ① 22. ② 23. ④ 24. ② 25. ③ 26. ① 27. ① 28. ② 29. ① 30. ①

4-6

模擬考題解析

※［1～30］正在說關於什麼樣的內容？請依照〈範例〉選出適合的答案。

1. 남자：서울역까지 어떻게 가요? 男子：到首爾站怎麼去？

 여자：버스나 지하철을 타세요. 女子：請搭巴士或地下鐵。

 ① 장소 地點 ❷ 교통 交通 ③ 약속 約會 ④ 요일 星期

 ☆本題的關鍵單字為「어떻게 가요」（怎麼去）、「버스」（公車）、「지하철」（地下鐵）及「타세요」（請搭）。經由這些關鍵詞可以選出答案②交通。

2. 여자：여기에서 밥 먹어 봤어요? 女子：有在這裡吃過飯嗎？

 남자：네, 음식이 정말 맛있어요. 男子：是，菜真得很好吃。

 ① 나라 國家 ②날짜 日期 ③ 가격 價格 ❹ 식당 餐廳

 ☆本題的關鍵單字為「밥」（飯）、「먹어 봤어요」（吃過）、「음식」（飲食、菜）及「맛있어요」（好吃）等。用「-아/어/여 보다」（做過）的句形來問對方的經驗，答案是④餐廳。

3. 남자：미국에서 왔어요? 男子：（你是）從美國來嗎？

 여자：아니요, 저는 스페인에서 왔어요. 女子：不，我從西班牙來。

 ① 직업 職業 ❷ 나라 國家 ③ 생일 生日 ④ 음식 飲食

 ☆透過兩個國家名「미국」（美國）、「스페인」（西班牙）可知答案是②國家。「-에서 왔어요」（從～來）的句型考生也必須記起來。

 國家相關必背的單字：중국（中國）、미국（美國）、태국（泰國）、인도네시아（印尼）、홍콩（香港）、오스트레일리아・호주（澳洲）、유럽（歐洲）、아프리카（非洲）、아랍（阿拉伯）、중동（中東）

4. 여자：이 분이 누구예요? 女子：這位是誰？

 남자：우리 반에서 한국어를 가르치세요. 男子：在我們班上教韓語。

 ① 국가 國家 ② 동생 弟弟或妹妹 ③ 친구 朋友 ❹ 선생님 老師

 ☆本題的關鍵單字「분」（位）、「누구예요」（是誰）、「우리 반」（我們班）及「한국어를 가르치세요」（教韓語）中，可以選出兩個朋友或老師。其中，「가르치다」（教）後面接「(으)세요」表示尊重主語的語尾，可猜得出答案④老師。

5. 남자 : 누구하고 살아요? 男子：跟誰一起住？

여자 : 부모님하고 같이 살아요. 女子：和父母一起住。

① 동생 弟弟或妹妹 ② 나라 國家 ❸ 가족 家族 ④ 친구 朋友

☆ 本題關鍵單字為「살아요」（住）、「부모님」（父母親），聽完整個內容考生可以輕易找出答案就是③家族。

6. 여자 : 시간이 있으면 뭐 해요? 女子：有空做些什麼？

남자 : 책을 읽고 운동을 해요. 男子：看書運動。

❶ 취미 興趣 ② 주말 週末 ③생일 生日 ④ 약속 約會

☆ 本題關鍵的單字為「뭐 해요」（做什麼）、「책을 읽다」（看書）、「운동을 하다」（運動）等，透過這些單字可以選出兩個興趣或週末。這些關鍵詞並沒有跟週末有關，如果但聽到了「시간이 있으면」（如果有空/有空的話）更容易找出答案①興趣。重要句型「-(으)면」（如果～的話）也要多練習。

例句） 내일 만약 비가 오면 산에 안 갑니다. 明天如果下雨的話，就不爬山。

7. 남자 : 사과 한 개에 얼마예요? 男子：一個蘋果多少錢？

여자 : 이천 원이에요. 女子：是兩千元。

❶ 값 價錢 ② 날짜 日期 ③ 생일 生日 ④ 과일 水果

☆ 本題關鍵單字為「사과」（蘋果）、「얼마예요」（多少錢），聽過整個內容考生可以輕易找出答案是①價錢。也一併將「값」跟「가격」這兩個相似詞記起來吧。

8. 남자 : 어느 나라에서 왔어요? 男子：（你）從哪個國家來？

여자 : 일본에서 왔어요. 女子：從日本來。

① 이름 名字 ❷ 국적 國籍 ③ 여행 旅遊 ④ 직업 職業

☆ 本題關鍵單字為「나라」（國家）及「일본」（日本）。因此透過這兩個單字可以選出答案②國籍。

9. 여자 : 주말에 뭐 할 거예요? 女子：週末要做什麼？

남자 : 영화를 볼 거예요. 男子：要看電影。

① 계절 季節 ② 친구 朋友 ③ 취미 興趣 ❹ 계획 計劃

☆ 本題關鍵單字為「주말」（週末），聽到「영화」（電影）也許會聯想「취미」（興趣），但「週末要看電影」不代表說話者的興趣，答案應該是④計劃。通常說興趣時，會用現在式的方式，表示常做的習慣。

興趣相關必背的單字：텔레비전 보다（看電視）、운동하다（運動）、조깅하다（慢跑）、쇼핑하다（逛街）、독서하다（閱讀）、음악 듣다（聽音樂）、사진 찍다（拍照）、여행하다（旅行）、노래하다（唱歌）

10. 여자：철수 씨, 이거 먹어 봤어요? 女子：哲洙先生，（你）吃過這個嗎？
남자：네, 조금 맵지만 맛있어요. 男子：是，雖然有一點辣，但是很好吃。
① 식당 餐廳 ❷ 음식 飲食 ③ 친구 朋友 ④ 약속 約會

☆本題關鍵單字為「먹다」（吃）、「맵다」（辣）及「맛있다」（好吃）。在初級考試中，經常會看到這些單字跟「-아/어/여 보다」（試試看）、「-지만」（雖然～但是）這兩個重要句型連在一起。
「-아/어/여 보다」表示試試看：使用보다的過去式봤어요時，表示「做過～」。另外，這句型常與「-(으)세요」連在一起，表示「請（你）試試看～」。
例句）한국에 가 봤어요? 去過韓國嗎？
例句）이 옷을 입어 보세요. 請你穿看看這件衣服。

11. 여자：토요일에 같이 등산 갈래요? 女子：星期六要不要一起去爬山？
남자：좋아요. 세 시에 지하철역에서 만나요. 男子：好。3點在地鐵站見面。
❶ 약속 約會 ② 여행 旅遊 ③ 취미 興趣 ④ 날씨 天氣

☆本題關鍵單字為「토요일」（星期六）、「3시」（3點）及「만나다」（見面），因此跟「約定」有關。也要留意「-ㄹ/을래요」（要不要、要～）的句型。
例句）뭐 먹을래요? 떡볶이를 먹을래요. （你）要吃什麼？（我）要吃炒年糕。

12. 남자：백화점에서 볼펜을 샀어요? 男子：（你）在百貨公司買了原子筆嗎？
여자：네, 내일이 내 동생 생일이에요. 女子：是，明天是我弟弟的生日。
① 쇼핑 逛街 ❷ 선물 禮物 ③ 친구 朋友 ④ 케이크 蛋糕

☆本題關鍵單字為「백화점」（百貨公司）、「볼펜」（原子筆）及「생일」（生日）。也許聽到「동생」（弟弟或妹妹）或「생일」（生日）會選錯，誤選成「가족」（家族）也不一定。
文具相關必背的單字：노트（筆記本）、연필（鉛筆）、색연필（色鉛筆）、크래용（蠟筆）、지우개（橡皮擦）、수첩（手冊）、일기장（日記本）、물감（顏料）、스케치북（素描簿）、붓（毛筆、畫筆）

13. 여자：다음 달 휴가에 제주도에 가려고 해요. 女子：下個月休假時，打算要到濟州島。
남자：그래요? 저는 친구하고 등산을 갈 거예요. 男子：是嗎？我是跟朋友一起去爬山。
❶ 계획 計劃 ② 약속 約會 ③ 취미 興趣 ④ 시간 時間

☆ 本題關鍵單字為「휴가」（休假）、「제주도」（濟州島）及「등산」（登山），但更重要的是動詞的部分：「제주도에 가려고 하다」（打算要去濟州島）及「등산을 갈 거예요」（要爬山）。而且已經有限定在休假時，因此可以選出答案①計劃。

14. 남자 : 오늘 어디에 갈 거예요?

男子：今天要去哪裡？

여자 : 친구하고 백화점에서 가방을 하나 사려고 해요.

女子：（我）打算和朋友到百貨公司買個包包。

① 선물 禮物　❷ 쇼핑 逛街　③ 친구 朋友　④ 취미 興趣

☆ 本題關鍵單字為「친구」（朋友）、「백화점」（百貨公司）及「가방」（包包）；如果聽到部分句「어디에 갈 거예요」及「가방을 하나 사려고 해요」可找出答案②逛街。一般來說，對話中出現的單字在選項中也出現，很可能不是答案。

15. 여자 : 영수 씨, 내일 바빠요?

女子：永洙先生，明天忙嗎？

남자: 내일이 우리 어머니 생신이에요. 그래서 오늘 고향에 가요.

男子：明天是我母親的生日。所以今天要回老家。

① 가족 家族　❷ 생일 生日　③ 선물 日子　④ 가격 價格

☆ 本題關鍵單字為「내일」（明天）、「어머니 생신」（母親的生日）及「고향」（故鄉、老家）等。特別要了解的是「생신」（生辰）是「생일」（生日）的敬語表現，使用於長輩的身上。其他選項在對話中並沒有提到。答案是②生日。

16. 남자: 영화표가 있는데 같이 볼래요?

男子：我有電影票，要不要一起去看？

여자: 좋아요. 서울극장 앞에서 세 시에 만나요.

女子：好。三點在首爾劇場（電影院）前面見。

① 시간 時間　② 장소 場所　③ 영화 電影　❹ 약속 約會

☆ 本題關鍵單字為「영화표」（電影票）及「극장 앞 세시」（在劇場 / 電影院前三點）等。對話中，有出現時間（三點）、場所（首爾劇場 / 電影院前面），也有提到電影，這些單字都符合的答案④約會。

17. 여자: 저는 수영을 좋아해요. 그래서 여름이 좋아요.

女子：我喜歡游泳。所以喜歡夏天。

남자: 저는 가을을 좋아해요.

男子：我喜歡秋天。

① 운동 運動　② 취미 興趣　❸ 계절 季節　④ 여행 旅遊

☆ 雖然可以聽到「수영」（游泳），但兩個人各有提到「여름」（夏天）和「가을」（秋天），答案是③季節。一起來記四季相關單字「봄」（春）、「여름」、「가을」、「겨울」（冬）。

18. 남자 : 실례지만 이 근처에 백화점이 있습니까?

男子：不好意思，請問這附近有百貨公司嗎？

여자 : 네, 길을 건너서 오분쯤 똑바로 걸어가세요.

女子：是，過馬路往前一直走約5分鐘。

① 시간 時間　❷ 위치 位置　③ 가격 價格　④ 약속 約會

☆ 本題關鍵單字為「이 근처」（這裡附近）、「백화점이 있습니까」（有百或貨公司嗎）及「똑바로 걸어 가세요」（往前直走）等。都是問路相關的對話，答案是②位置。

19. 여자 : 영수 씨는 시간이 있으면 무엇을 해요?

女子：永洙先生有空時做些什麼？

남자 : 저는 영화를 보거나 음악을 들어요.

男子：我會看電影或聽音樂。

① 가격 價格　② 선물 禮物　③ 계절 季節　❹ 취미 興趣

☆ 本題關鍵單字為「시간이 있으면」（如果有空的話）、「무엇을 해요」（做什麼）、「영화를 보다」（看電影）及「음악을 듣다」（聽音樂）等。透過這些單字可以選出答案④興趣。

20. 남자 : 내일 어디에서 만날까요? 男子：明天在哪裡見面好呢？

여자 : 집 근처 우체국 앞에서 만나요. 女子：在家附近的郵局前面見。

❶ 장소 場所　② 취미 興趣　③ 약속 約會　④ 여행 旅遊

☆ 本題關鍵的單字為「어디」（哪裡）、「만날까요」（見面好呢）及「우체국 앞에서」（在郵局前面）等。對話中，男生子詢問「在哪裡見面」應該兩個人已經有約好而在問「哪裡見面」，也沒有提到時間等，因此可知兩個人在説場所，答案①場所。

21. 여자 : 이번 여름 휴가에는 어디에 갈 거예요? 女子：今年暑期休假要去哪裡？

남자 : 제주도로 여행 갈 거예요. 男子：要到濟州島旅遊。

❶ 계획 計劃 ② 계절 季節 ③ 취미 興趣 ④ 고향 故鄉

☆ 本題關鍵單字為「여름 휴가」（暑期休假）、「어디에 갈 거예요」（要去哪裡）及「제주도」（濟州島）等。通常在韓國的上班族從六月至八月，在個人年假以外還可以放一個星期的暑期休假，本題的女生也問男生這段時間的計劃，因此答案是①計劃。

22. 남자 : 이건 한 개에 얼마예요? 男子：這個一個多少錢？

여자 : 지금은 반 값에 살 수 있어요. 女子：現在（你）可以用半價買到。

① 쇼핑 逛街 ❷ 가격 價格 ③ 약속 約會 ④ 음식 飲食

☆ 本題關鍵單字為「얼마예요」（多少錢）及「반 값」（半價）等。這兩個關鍵詞都出現在兩個人的對話中，可知答案是②價格。另外，「이건」是「이것은」的縮寫用法；看「지금은」的「은」表示強調（現在這個時段才）可以買到半價，其他時段不是半價的用法，請考生參考。

23. 여자 : 누구예요?

女子：那是哪位？

남자 : 이쪽은 반 친구이고 저분은 선생님이에요.

男子：這邊是同班同學，那位是老師。

① 수업 上課 ② 직업 職業 ③ 나이 年紀 ❹ 소개 介紹

☆ 本題關鍵單字為「누구예요」（是哪位）、「반 친구」（同學）及「선생님」（老師）等。都可以包含了同學和老師的介紹，答案是④介紹。另外，在男子的回答中用了「이쪽」（這邊），表示同學在男生旁邊，對老師用了「저분」（那位）表示，表示老師的位置與這些人有距離，「분」（位）也是比「사람」（人）還尊重對方的表現，適合用在長輩的身上。

24. 남자 : 이번 주말에 뭐 할 거예요?

男子：這個週末要做什麼？

여자 : 수미 씨하고 커피숍에 가서 커피를 마실 거예요.

女子：要和秀美小姐去咖啡廳喝咖啡。

① 장소 地點 ❷ 계획 計劃 ③ 취미 興趣 ④ 선물 禮物

☆ 本題關鍵單字為「주말」（週末）、「뭐 할 거예요」（要做什麼）及「커피를 마실 거예요」（要喝咖啡）等。男生在問女生的週末計劃，因此答案是②計劃。

25. 여자 : 비빔밥을 먹어 봤어요? 女子：吃過韓式拌飯嗎？

남자 : 네, 맵지만 맛이 있어요. 男子：是，雖然辣但很好吃。

① 식당 餐廳　② 취미 興趣　❸ 음식 飲食　④ 여행 旅遊

☆本題關鍵單字為「비빔밥」（拌飯）、「맵지만」（雖然辣）及「맛이 있어요」（很好吃）等。兩個人在說的是針對拌飯，因此答案是③飲食。另外，「-아/어/여 봤어요」表示有沒有做過某件動作，初級考試常出現的句型，考生要一起記起來。

26. 남자 : 이게 뭐예요?

男子：這是什麼？

여자 : 오늘이 남동생 생일이에요. 지갑을 샀어요.

女子：今天是弟弟的生日。買了錢包。

❶ 선물 禮物　② 가족 家族　③ 사진 寫真　④ 가게 商店

☆本題關鍵單字為「뭐예요」（是什麼）、「남동생 생일」（弟弟的生日）及「지갑」（錢包）等。或許考生會想到家族或寫真，但男生用了「이게」（這個）是「이것이」（這個）的縮寫法，表示東西錢包，因此答案是①禮物。

27. 여자 : 영수 씨는 왜 한국어를 배워요?

女子：永洙先生何為學韓語呢？

남자 : 한국 회사에서 일하고 싶어서 한국어를 배워요.

男子：因為想在韓國公司上班，所以學韓語。

❶ 목적 目的　② 직업 職業　③ 나라 國家　④ 건강 健康

☆本題關鍵單字為「왜」（為什麼）、「한국어를 배워요」（學韓語）、「한국 회사」（韓國公司）及「일하고 싶다」（想上班）等。聽到這裡也許除了④以外的都像答案，在「왜」與「일하고 싶어서」表示因果關係，所以要注意的地方是「한국어를 배워요」，因此答案是①學韓語的目的。

28. 남자 : 미나 씨는 이번 주말에 뭐 할 거예요? 男子：美娜小姐這個週末要做什麼？

여자 : 저는 한국 드라마를 보면서 쉴 거예요. 女子：我要看韓劇休息。

① 취미 興趣　❷ 계획 計劃　③ 계절 季節　④ 여행 旅遊

☆本題關鍵單字為「이번 주말」（本週週末）、「뭐 할 거예요」（要做什麼）、「드라마를 보다」（看連續劇）及「쉬다」（休息）等。前面所述，男生提到本週週末，因此不能選興趣，要選計劃，答案是②。考生也要注意「-(으)면서」」（一邊～一邊～）的句型。

例句）저는 매일 운동을 하면서 음악을 들어요. 我每天一邊運動一邊聽音樂。

29. 여자 : 누구한테 편지를 써요?

女子：寫信給誰？

남자 : 고향에 있는 아버지와 어머니 그리고 동생에게 써요.

男子：寫給在故鄉的父親及母親還有弟弟妹妹。

❶ 가족 家族　② 취미 興趣　③ 목적 目的　④ 나이 年紀

☆ 本題關鍵單字為「**누구**」（誰）、「**아버지와 어머니**」（父親及母親）及「**동생**」（弟弟或妹妹）等。對話中沒有提到寫信的目的，反而說出寫信的對象就是家人，所以要選①家族。

30. 남자 : 어디에서 점심을 먹었어요? 男子：你在哪裡吃了中餐？

여자 : 회사 식당에서 먹었어요. 女子：在公司餐廳吃了。

❶ 장소 場所　② 계획 計劃　③ 음식 飲食　④ 친구 朋友

☆ 本題關鍵單字為「**어디에서**」（在哪裡）及「**회사 식당에서**」（在公司餐廳）等。動詞的部分是過去式而不能選②計劃，同樣只聽「**먹었어요**」別誤解成③飲食。關鍵單字中的「**에서**」助詞表示地方，因此答案是①場所。

4-7
模擬考題單字

1. 和生活物品相關的字彙

- □ 건강 名 健康
- □ 교통 名 交通
- □ 길 名 路、馬路
- □ 날씨 名 天氣
- □ 드라마 名 連續劇
- □ 등산 名 登山
- □ 반 값 名 半價
- □ 생신 名 生日（생일的敬語）
- □ 소개 名 介紹
- □ 쇼핑 名 逛街
- □ 여름 휴가 名 暑期休假
- □ 영화표 名 電影票
- □ 위치 名 位子
- □ 이름 名 名字
- □ 지갑 名 錢包
- □ 휴가 名 休假

2. 和飲食相關的字彙

- □ 비빔밥 名 韓式拌飯
- □ 케이크 名 蛋糕

3. 和場所、地點相關的字彙

- □ 서울극장 名 首爾劇場（電影院）
- □ 서울역 名 首爾站

4. 和動作相關的字彙

- □ 가르치다 動 教
- □ 건너가다 動 過去
- □ 걸어가다 動 走過去
- □ 똑바로 副 一直、照直

5. 和人相關的字彙

- □ 남동생 名 弟弟
- □ 반 친구 名 同班同學

6. 和文具相關的字彙

- □ 노트 名 筆記本
- □ 물감 名 顏料
- □ 볼펜 名 原子筆
- □ 붓 名 毛筆、畫筆
- □ 색연필 名 色鉛筆
- □ 수첩 名 手冊
- □ 스케치북 名 素描簿
- □ 연필 名 鉛筆
- □ 일기장 名 日記本
- □ 지우개 名 橡皮擦
- □ 크레용 名 蠟筆

7. 和國家相關的字彙

- □ 미국 名 美國
- □ 스페인 名 西班牙
- □ 아랍 名 阿拉伯
- □ 아프리카 名 非洲
- □ 오스트레일리아 名 澳洲（=호주）
- □ 유럽 名 歐洲
- □ 인도네시아 名 印尼
- □ 중국 名 中國
- □ 중동 名 中東
- □ 태국 名 泰國
- □ 프랑스 名 法國
- □ 홍콩 名 香港

그림 고르기

題型5：圖案選擇

5-0 準備方向
5-1 必備句型
5-2 必背單字
5-3 考古題練習
5-4 考古題解析
5-5 模擬考題練習
5-6 模擬考題解析
5-7 模擬考題單字

這個題型的內容，要從四個圖案選項中，選出最符合的答案。答題時，只要大概抓住圖案的異同處，依照對話內容，以刪去法來找到接近的答案即可。有時圖案的描繪差異並不大，因此要更注意聆聽對話內容裡的關鍵單字。

5-0

準備方向

題型說明

韓語檢定考試「圖案選擇」的題型，考生要在聽過男女兩個人的對話後，從四個圖案選項中，選出最符合的答案。過去的考法會有男女各一句的2題，及三句以上的對話1題，共有3題。但**新韓語檢定考試改成共2題，對話內容也更接近於實際生活會話的兩句對話，這點將會減少考生負擔。新的考試配分則提高為各4分，是考生需要把握的重要題目了**。雖然考試時沒辦法迅速的看過四個圖案，卻仍可大概抓住圖案的異同處後，依照對話內容，以刪去法來找到接近的答案，會更容易選到正確答案。有時候圖案的描繪差異並不大，因此要更注意聆聽對話內容裡的關鍵單字。

問題範例

※ [15~16] 다음 대화를 듣고 알맞은 그림을 고르십시오.

①

②

③

④

2014년 초급 듣기 샘플문항

範例翻譯

※ [15～16] 聽以下對話內容，請選出適合的圖案。

남자 : 어떻게 오셨어요?

男子：請問需要幫忙嗎？

여자 : 수영을 배우려고 하는데요. 한 달에 얼마예요?

女子：（我）打算要學游泳。一個月多少錢？

2014年公布初級聽力示範題型

圖案解說：

四個圖案都與游泳有關。①一男一女正在游泳池游泳；②圖案上看到「접수」（接收）是臺灣的「服務台」意思。女生在問服務台的人；③女生拿著泳衣付錢的狀況；④圖案上看到「수영장」（游泳池）表示男女在游泳池的門口，指著游泳池聊天。男生和女生的角色可找出②或③，其中如果只聽到「多少錢」很可能會選③，但是要聽到「學游泳」及「一個月」因此答案是在服務台詢問學費的②。

5-1

必備句型

句型示範

❶ **-아/어/여 주다**　說者對聽者拜託或請求幫忙時：請幫我、給我、讓我

例 명동역 앞에서 내려 주세요.　請在明洞站前面讓我下車。

❷ **-(으)시-**　在動詞或形容詞後面接，表示對主語的敬意

例 아버지는 벌써 회사에 가셨어요. (가+시+었어요)　父親已經去了公司。

例 이분이 우리 반에서 한국어를 가르치세요. (=가르치셔요)
這位在我們班上教韓語。　(가르치+시+어요)

❸ **-ㄴ/은 것 같다**
動詞與表示過去式的「ㄴ/은」加「것 같다」表示推測、猜測：好像～

例 비행기가 벌써 도착한 것 같아요.（接動詞表示過去式）
飛機好像已經抵達。

例 수미 씨가 지금 바쁜 것 같아요.（接形容詞表示現在式）
秀美小姐現在好像很忙。

❹ **-(으)러 가다**　為了（目的）去（地方）

例 수영하러 수영장에 갈까요?　為了游泳去游泳池好不好？（=去游泳池游泳。）

❺ **-(으)니까**
接在動詞或形容詞後面；名詞後面接「(이)니까」時，表示原因、根據。
另外「아/어/여서」、「-기 때문에」用法使用時，後面無法接共動、命令、建議、提議式

例 오늘은 비가 오니까 내일 놀러 갑시다.（共動式）
今天下雨的關係，明天去玩吧。

例 잠 잘 시간이니까 정리를 해라.（命令式）
睡覺的時間到了，該整理了。

❻ **-ㄴ/는데요** 表示提示或說明的語尾：接名詞時用「ㄴ/인데」

例 오늘은 비가 오겠는데요. 우산을 가져가세요. 今天會下雨。請帶雨傘。

❼ **-겠-** 表示未來：要～

例 오후에 친구를 만나겠어요. 下午要跟朋友見面。

❽ **-게 하다**

某個主語使另一對象動作時，表示使動詞：使～、讓～。另外，與「도록 하다」可以互相代換

例 사진 찍을 때 배경이 나오게 했어요.
拍照的時候，把背景也拍進去（讓背景也拍出來）。

例 아침에 학교에 갈 때 학생이 아침을 꼭 먹게 하세요.
早上上學時，必須讓學生吃早餐。

❾ **-(으)면 되다** 只要～就可以

例 내일은 열 시까지 출근하면 돼요. 明天只要十點到（開始上班）就可以。

❿ **-거든요** 表示說者告訴聽者不知道的事或說明理由

例 오늘 눈이 와서 길이 미끄럽거든요.
因為今天下雪的關係所以路上很滑喔。（向對方說明）

例 내일 한국에 가거든요. 그래서 일찍 자야 해요.
因為明天去韓國。所以該早一點睡。（說明理由）

5-2
必背單字

1. 和生活物品相關的字彙

- □ 거울 名 鏡子
- □ 경치 名 風景
- □ 기타 名 吉他、其他
- □ 꽃병 名 花瓶
- □ 나무 名 樹
- □ 다르다 形 不同
- □ 다른 冠 別的、不同
- □ 동전 名 硬幣、銅幣
- □ 똑같다 形 一模一樣
- □ 모자 名 帽子
- □ 바다 名 海
- □ 방법 名 方法
- □ 상자 名 紙箱
- □ 선물 名 禮物
- □ 소리 名 聲音
- □ 시계 名 時鐘
- □ 양복 名 西裝
- □ 우산 名 雨傘
- □ 입학식 名 入學典禮
- □ 작다 形 小
- □ 잠깐 名 副 稍微、一會兒
- □ 장갑 名 手套
- □ 전시회 名 展示、展覽
- □ 졸업 名 畢業
- □ 짧다 形 短
- □ 크기 名 大小
- □ 크다 形 大

2. 和場所、地點相關的字彙

- □ 밑 名 （正）下
- □ 앞 名 前
- □ 옆 名 旁
- □ 오래가다 形 持久
- □ 주소 名 地址

3. 和人相關的字彙

□ 마음에 들다 冠 喜歡上

□ 손님 名 客人

□ 힘들다 形 累

4. 和動作相關的字彙

□ 걷다 動 走

□ 나오다 動 出來

□ 누르다 動 按

□ 들어가다 動 進去

□ 들어오다 動 進來

□ (옷이) 맞다 動 （適）合、配得上

□ 보이다 使 被 看得到

□ 쉬다 動 休息

□ 앉다 動 坐

□ 포장하다 動 包裝

5. 和飲食相關的字彙

□ 계란 名 雞蛋

□ 우유 名 牛奶

5-3
考古題練習

老師提醒

考生在聽題目前可以先瞄一下四個圖案，大概找出圖片中共同及差異點，如果圖案上出現文字最好要了解詞義。邊聽對話內容時邊看著圖案，以先刪除與對話內容不符合的圖案方式找出答案。對話中男女所扮演的角色也要注意。

歷屆考古題

※ [1~21] 다음 대화를 듣고 알맞은 그림을 고르십시오. (각 3점)

2013 (32)

1.

①

②

③

④

2.

①

②

③

④

3.

①

②

③

④

4.

①

②

③

④

5.

①

②

③

④

6.

③

2013 (30)

7.

③

8.

①

②

③

④

9.

①

②

③

④

10.

①

②

③

④

11.

①

②

③

④

12.

①

②

③

④

2012 (26)

13.

①

②

③

④

14.

①

②

③

④

15.

①

②

③

④

2011 (23)

16.

① 

② 

③ 

④ 

17.

① 

② 

③ 

④ 

18.

①

②

③

④

2011 (21)

19.

①

②

③

④

20.

①

②

③

④

21.

①

②

③

④

答案

1. ① 2. ② 3. ③ 4. ② 5. ① 6. ② 7. ① 8. ② 9. ② 10. ①

11. ② 12. ① 13. ② 14. ④ 15. ① 16. ② 17. ① 18. ④ 19. ① 20. ②

21. ④

5-4
考古題解析

※［1～20］聽以下對話內容，請選出適合的圖案。(各3分)

2013 (32)

1. 여자 : 어, 비가 와요.　女子：啊，下雨了。
   남자 : 그럼 이 우산을 가지고 가세요.　男子：那麼請帶這支雨傘去。

2. 남자 : 이 사과 맛있어요?　男子：這顆蘋果好吃嗎？
   여자 : 그럼요, 한번 드셔 보세요.　女子：當然喔，吃看看。

3. 여자 : 저 사람들이 연주하는 게 뭐예요?　女子：那些人演奏的是什麼？
   남자 : 기타 아니에요?　男子：不是吉他嗎？
   여자 : 기타는 아닌 것 같아요. 크기도 작고 소리도 다른데요.
   女子：好像不是吉他。（樂器的）體型較小聲音也不同。

2013 (31)

4. 남자 : 어서 오세요. 어디로 가세요?　男子：請上車。請問（您）要去哪裡？
   여자 : 명동으로 가 주세요.　女子：請您開往明洞去（請載我到明洞）。

5. 여자 : 저기 나무 밑에서 잠깐 쉴까요?　女子：在那棵樹下休息一下好嗎？
   남자 : 좋아요. 오래 걸으니까 좀 힘들죠?　男子：好啊。因為走很久所以有一點累吧？

6. 남자 : 여기까지 와 주셔서 감사해요.　男子：真感謝你能夠（抽空）到這裡來。
   여자 : 아니에요. 민호 씨 입학식인데 꼭 와야죠. 이건 입학 선물이에요.
   女子：哪裡。敏鎬先生的入學典禮一定要來啊。這是入學禮物。
   남자 : 정말 고마워요.　男子：真感謝。

2013 (30)

7. 남자 : 아주머니, 계란은 어디에 있어요?　男子：老闆娘，雞蛋在哪裡？
   여자 : 저기 우유 옆에 있어요.　女子：在牛奶的旁邊。

8. 여자 : 두 시에 하는 영화, 어른 표 세 장 주세요.

女子：兩點開始的電影，請給我三張成人票。

남자 : 네, 여기 있습니다. 男子：好的，（票）在這裡。

9. 여자 : 옷이 잘 맞으세요? 女子：衣服合適嗎？

남자 : 음……이건 좀 큰 것 같은데요. 男子：嗯……這件好像有一點大。

여자 : 그래요? 그럼 이게 더 작으니까 이걸 한번 입어 보세요.

女子：這樣嗎？那麼因為這件比較小，請試穿這件看看。

2012 (28)

10. 여자 : (똑똑) 민수 씨, 바빠요? 들어가도 돼요?

女子：（咚咚）（敲門聲音）閔洙先生，在忙嗎？可以進去嗎？

남자 : 네, 들어오세요. 男子：可以，請進。

11. 남자 : 손님, 거울을 한번 보세요. 짧은 머리가 잘 어울려요.

男子：客人（小姐），請看一下鏡子。短頭髮很適合您。

여자 : 네, 좋네요. 마음에 들어요. 女子：是，很好耶。我喜歡。

12. 여자 : 이 그림 멋있네요. 산하고 진짜 똑같아요.

女子：這幅畫很棒。與（真）山真的一模一樣。

남자 : 그렇지요? 이 그림을 보면 산이 눈 앞에 있는 것 같아요.

男子：是吧？看著這幅畫就像山真的在眼前一樣。

여자 : 다음에 다른 전시회도 또 보러 가요. 女子：下次再去看別的展覽會吧。

2012 (26)

13. 남자 : 할머니 여기 앉으세요. 男子：奶奶請坐這裡。

여자 : (할머니 목소리로) 고마워요. 女子：（奶奶的聲音）謝謝。

14. 여자 : 민수 씨, 양복을 입으니까 정말 멋지네요.

女子： 閔洙先生，穿上西裝真帥。

남자 : 졸업할 때 받은 건데, 괜찮아요?

男子：（這是）畢業時收到的（禮物），還可以嗎？

15. 남자 : 수미 씨, 돈을 왜 꽃병에 넣어요?

男子：秀美小姐，為什麼把錢幣放在花瓶裡面呢？

여자 : 꽃병 안에 동전을 몇 개 넣으면 꽃이 오래가거든요.

女子：如果在花瓶裡面放幾個錢幣的話，花會更持久的關係。

남자 : 아, 그런 방법이 있었어요? 男子：啊，（原來）有那種方法嗎？

2011 (23)

16. 여자 : 어서 오세요. 女子：歡迎光臨。

남자 : 시계 좀 보여 주세요. 男子：請讓我看看手錶。

17. 남자 : 한 시 표로 두 장 주세요. 男子：請給我兩張一點的票。

여자 : 지금 한 시 표는 없고 세 시 표만 있는데요.

女子：現在沒有一點的票，只有三點的票。

18. 여자 : 오랜만에 기차 여행을 하니까 정말 좋아요.

女子：好久沒有搭火車旅行，真好。

남자 : 기차에서 보는 경치도 멋있네요. 男子：在火車上看到的風景也很優美。

여자 : 저기 보이는 산도 참 예뻐요. 女子：那裡看得到的山也很漂亮。

2011 (21)

19. 남자 : 생일 축하해요. 男子：生日快樂。

여자 : 고마워요. 장갑이 정말 예쁘네요. 女子：謝謝。手套真漂亮。

20. 여자 : 이 모자를 중국으로 보내려고 하는데요. 어떻게 포장하면 될까요?

女子：（我）打算將這頂帽子寄到中國去。該怎麼包裝才好呢？

남자 : 이 상자에 넣고 주소를 써서 다시 저에게 주세요.

男子：放進這個紙箱，寫上地址後再交給我。

21. 여자 : 실례합니다. 사진 좀 찍어 주시겠어요? 女子：不好意思。請幫我拍照好嗎？

남자 : 네. 어떻게 찍으면 돼요? 男子：好。該怎麼幫你拍才好呢？

여자 : 이걸 누르시면 돼요. 바다도 나오게 해 주세요.

女子：按這個就可以了。請幫我連海一起拍到。

5-5
模擬考題練習

歷屆考古題

※ [1~20] 다음 대화를 듣고 알맞은 그림을 고르십시오. (각 4점)

1.

①

②

③

④

2.

①

②

③

④

3.

①

②

③

④

4.

①

②

③

④

5.

①

②

③

④

6.

①

②

③

④

7.

②

③

④

8.

①

②

③

④

9.

①

②

③

④

10.

①

②

③

④

11.

①

②

③

④

12.

①

②

③

④

13.

①

②

③

④

14.

① 

② 

③

④ 

15.

① 

② 

③ 

④ 

16.

①

②

③

④

17.

①

②

③

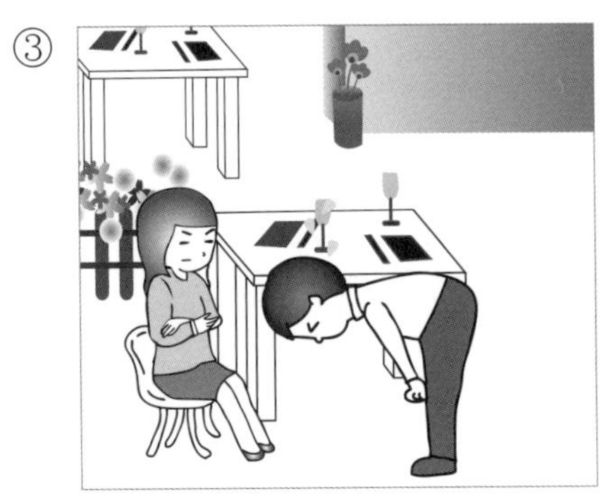

④

18.

①

②

③

④

19.

①

②

③

④

20.

①

②

③

④

答案

1. ② 2. ① 3. ③ 4. ② 5. ① 6. ④ 7. ② 8. ③ 9. ① 10. ②

11. ④ 12. ② 13. ① 14. ① 15. ④ 16. ① 17. ② 18. ④ 19. ③ 20. ③

5-6
模擬考題解析

※［1～20］聽以下對話內容，請選出適合的圖案。(各4分)

1. 남자：한국어 책은 어디에 있어요?　男子：韓語書在哪裡？
   여자：저쪽 텔레비전 옆에 있어요.　女子：在那邊電視的旁。
   ❷ 女生指著電視，電視旁邊有書

2. 여자：저 식당에 가 봤어요?
   女子：有去過那家餐廳嗎？
   남자：네. 지난번에 친구랑 갔었는데 음식이 맛있었어요.
   男子：有。上一次跟朋友去過，菜很好吃。
   ❶ 在路上，男女指著一家餐廳

3. 남자：수미 씨, 지금 무슨 노래 듣고 있어요?
   男子：秀美小姐，現在在聽什麼歌呢？
   여자：요즘 유행하는 노래인데 한번 들어 볼래요?
   女子：是最近流行的歌，要聽聽看嗎？
   ❸ 女生戴耳機，男生在問問題

4. 여자：저기 시계 아래 서 있는 사람이 누구예요?
   女子：那邊站在時鐘下面的人是誰？
   남자：아, 제 친구예요. 소개해 줄게요.
   男子：啊，是我的朋友。（我）介紹給你。
   ❷ 時鐘下面站著一位男生

5. 여자：아저씨, 경복궁은 어디에서 내려요?　女子：司機先生，景福宮在哪裡下車？
   남자：이번 정류장에서 내리세요.　男子：請（您）在這站下車。
   ❶ 公車裡面，女生問司機問題

6. 남자 : 여기 커피 두 잔 가져 왔어요. 男子：我帶來了兩杯咖啡。

여자 : 고맙습니다. 앉아서 같이 마셔요. 女子：謝謝。坐下來一起喝吧。

❹ 女生坐著，男生端來兩杯咖啡

7. 남자 : 이 상자는 어디에 놓을까요?

男子：這個紙箱要放在哪裡？

여자 : 책상 위에 올려 주세요. 무거우니까 조심하세요.

女子：（請幫我）放在桌上。因為很重，請小心。

❷ 男生搬著紙箱走到女生站的桌子邊

8. 여자 : 민수 씨, 테니스 정말 잘 치네요.

女子：閔洙先生，你網球真的打得很好耶。

남자 : 고마워요. 우리 좀 쉬었다가 다시 칠까요?

男子：謝謝，我們稍微休息一下再打好嗎？

❸ 男女在網球場中央，拿著球拍在聊天

9. 남자 : 아주머니, 빵 두 개하고 우유 하나 얼마예요?

男子：老闆娘，兩個麵包和一瓶牛奶要多少錢？

여자 : 모두 삼천 원이에요.

女子：總共三千元。

❶ 在超市結帳區，男生一邊放下兩個麵包和一瓶牛奶一邊跟老闆娘講話

10. 여자 : 실례지만 서울은행이 어디에 있어요? 女子：不好意思，首爾銀行在哪裡？

남자 : 저기 버스 정류장 뒤에 있어요. 男子：在那邊公車站的後面。

❷ 在路上，男生指馬路對面的一家銀行（銀行前面有公車站牌）

11. 남자 : 콘서트 표가 두 장 있는데 같이 보러 갈래요?

男子：我有兩張演唱會門票，要不要一起去看？

여자 : 재미있겠네요. 같이 가요.

女子：（會）很好玩吧。一起去吧。

❹ 男生拿著兩張票，問女生要不要一起去

12. 여자 : 자전거를 두 대 빌리고 싶은데요. 女子：（我）想要借兩台腳踏車。

남자 : 여기 있습니다. 만 원입니다. 男子：在這裡。一萬元。

❷ 擺很多腳踏車的店裡，女生詢問要租借兩台車

13. 남자 : 무슨 영화를 보고 싶어요? 男子：（妳）想看哪 部電影？

여자 : 이 영화는 어때요? 女子：這部電影如何？

❶ 男女生在電影院前看著海報在聊天

14. 여자 : 아침에 공원에 나와서 운동하니까 기분이 정말 좋아요.

女子：因為早上來公園運動的關係，心情真好。

남자 : 네, 운동하는 사람들이 많이 있네요.

男子：對啊，有很多人在運動呢。

❶ 男女生穿著運動服，坐在公園的椅子上聊天

15. 남자 : 여자 친구에게 줄 꽃을 찾는데요. 男子：我在找要給女朋友的花。

여자 : 이건 어떠세요? 여자들이 참 좋아해요. 女子：這個如何？女生們很喜歡呢。

❹ 花店的女店員向男生推銷花

16. 여자 : 맛있게 잘 먹었습니다. 얼마예요?

女子：吃得很開心。多少錢？

남자 : 네, 모두 만 원입니다. 다음에 또 오세요.

男子：總共一萬元。請（歡迎）再次光臨。

❶ 餐廳的櫃台，兩個女生其中一位正要付錢

17. 남자 : 어, 정말 죄송합니다. 제가 실수했어요. 男子：啊，真的很抱歉。是我的錯。

여자 : 괜찮아요. 그냥 물인데요. 女子：沒關係。只是水而已嘛。

❷ 男生的水杯不小心翻倒，將水灑在女生身上。兩人都嚇了一跳

18. 여자 : 어떻게 오셨어요?

女生：有什麼需要幫忙嗎？

남자 : 돈을 바꾸려고 하는데요. 달러를 원으로 바꿔 주세요.

男子：我想換錢。請幫我把美金換成韓幣。

❹ 在銀行櫃台，男生拿錢要兌換

19. 남자 : 와, 정말 맛있겠어요. 모두 수미 씨가 만들었어요?

男子：哇，看起來真好吃。全部是秀美小姐做的嗎？

여자 : 네, 솜씨는 없지만 많이 드세요.

女子：對啊，雖然手藝沒那麼好，但請多吃一點。

❸ 男生看著桌上豐富的菜色，露出驚喜的表情

20. 여자 : 내 전화기가 없어졌어요. 지금 나가야 하는데…….

女子：我的電話不見了。可是我現在必須要出門……。

남자 : 저기 가방 위에 전화기 수미 씨 거 아니에요?

男子：那邊包包上面的電話不是秀美小姐的嗎？

❸ 女生找不到手機很緊張，男生提醒手機放在包包的旁邊

5-7

模擬考題單字

1. 和生活物品相關的字彙

- □ 꽃 名 花
- □ 노래 名 歌
- □ 소개 名 介紹
- □ 솜씨 名 手藝
- □ 시계 名 時鐘
- □ 실수 名 失誤
- □ 아침 名 早上、早餐
- □ 유행하다 動 流行
- □ 자전거 名 腳踏車
- □ 전화기 名 電話
- □ 콘서트 名 演唱會
- □ 테니스 名 網球
- □ 텔레비전 名 電視
- □ 한국어 책 名 韓語書

2. 和場所、地點相關的字彙

- □ 공원 名 公園
- □ 뒤 名 後
- □ (버스) 정류장 名 公車站
- □ 위 名 上

3. 和人相關的字彙

- □ 기분 名 心情
- □ 여자 친구 名 女朋友

4. 和動作相關的字彙

- □ (테니스) 치다 動 打（網球）
- □ 그냥 副 只是
- □ 나가다 動 出去
- □ 내리다 動 下車
- □ 놓다 動 放
- □ 마시다 動 喝

- □ 무겁다 形 重
- □ 바꾸다 動 換
- □ 빌리다 動 借
- □ 앉다 動 坐
- □ (음식을) 만들다 動 作（菜）
- □ (이)랑 助 和、跟（相似：와/과, 하고）
- □ 올리다 動 放上
- □ 조심 名 小心
- □ 찾다 動 找
- □ 환전 名 換錢

같은 대화내용 고르기

題型6：內容一致

- 6-0 準備方向
- 6-1 必備句型
- 6-2 必背單字
- 6-3 考古題練習
- 6-4 考古題解析
- 6-5 模擬考題練習
- 6-6 模擬考題解析
- 6-7 模擬考題單字

這個題型的內容通常與我們生活上常遇到的狀況有關，作答時不用太緊張，記得千萬別靠我們的生活習慣或經驗來推測，因為通常答案會和對話內容有直接的關係。

6-0
準備方向

題型說明

關於「內容一致」的題型，在初級聽力考試30題中佔5題，是相當重要的部分。如果，再加上3題選取內容一致的長文聽力題型，**會增加為8題，分數佔比將近25%。這樣的趨勢在新韓語檢定考試中將會延續**。考生們要聽清楚男女二人的對話，選出能夠解釋此內容的答案。通常題目與我們生活上常遇到的狀況有關，譬如和人約時間、生活習慣或跟經驗有關的疑問、訂飯店或機票、買門票或東西、換東西等等。

韓語檢定和其他語言測驗一樣，考試的難度到越後面越高。通常考生覺得困難的原因是：問題對話內容增加（兩句至六句以上）、選項也不只是單字而是一個完整的句子、出題的單字與句型範圍變廣、問題內容在選項中也許會以不同的方式表現。但考生別太緊張，只是在作答時千萬別靠我們的生活習慣或經驗來推測，因為通常答案會和對話內容有直接有關係。

問題範例

※ [17~21] 다음을 듣고 <보기>와 같이 대화 내용과 같은 것을 고르십시오.

<보기>

남자 : 요즘 한국어를 공부해요?

여자 : 네. 한국 친구한테서 한국어를 배워요.

①남자는 학생입니다. ② 여자는 학교에 다닙니다.

③ 남자는 한국어를 가르칩니다. ④ 여자는 한국어를 공부합니다.

2013년 제 32회 초급 듣기

範例翻譯

※［17～21］聽以下內容，請依〈範例〉選出與內容一致的答案。

〈範例〉

男：最近學習韓語嗎？

女：是。向韓國朋友學韓語。

① 男子是學生。 ② 女子在上學（是學生）。

③ 男子教韓語。 ❹ 女子唸韓語。

2013年第32回初級聽力

6-1

必備句型

句型示範

1 **-아/어/여지다** 被動詞或狀態的變化：變得～

例 이 연필은 글씨가 잘 써져요. 這支鉛筆寫得很順。（被動）

例 얼굴이 예뻐졌어요. 臉變得很漂亮。（狀態的變化）

2 **-(으)러 가다 (오다, 다니다)** 為～去（來、來往）

例 한국 음식을 먹으러 한국 식당에 가요. 為了吃韓國料理去韓國餐廳。

例 저는 대학교에 다녀요. 我是大學生（我在上大學）。（表示身分）

3 **-ㄹ/을래요** 表示問對方意見：要不要～

例 뭐 먹을래요? / 김치 찌개 먹을래요. 要吃什麼？/（我）要吃泡菜。

4 **-고 싶다** 表示意願或期待：想要～、要～

例 한국에 여행가고 싶어요. 想去韓國旅遊。

5 **-지만** 雖然～但是

例 겨울은 춥지만 눈이 와서 좋아요. 雖然冬天很冷，但下雪的關係很喜歡。

6 **-아/어/여 주다** 請幫我、給我、讓我
說者對聽者拜託或請求幫忙時：請幫我、給我、讓我

例 맵지 않게 해 주세요. 別幫我做太辣。

7 **-ㄹ/을게요** 表示說者已經決心的未來計劃或答應：（我）會

例 다음 주에 꼭 회의에 참석할게요. 下週我一定會參加會議。

⑧ **-ㄹ/을 수 있다** 表示能力：能、會

例 저는 한국어를 말할 수 있어요. 我會說韓語。

⑨ **-네요** 表示說者的感嘆或敘述：～呢

例 꽃이 예쁘네요. 花好漂亮呢！

例 아기가 밥을 잘 먹네요. 小嬰兒很會吃飯呢！

⑩ **-(으)니까** 表示原因根據：～的關係

例 많이 늦었으니까 택시를 탑시다. （時間）已經很晚的關係，搭計程車吧！

⑪ **-아/어/여야 하다** 必須、得

例 감기에 걸렸으니까 푹 쉬어야 해요. 感冒的關係，得要多休息。

⑫ **-ㄹ/을 테니까**

表示推測的「터」接表示理由得和「(으)니까」結合，表示說者的預定、意志及強調此推測：打算、（一定）會

例 저는 피아노를 칠 테니까 수미씨는 바이올린을 켜세요.
我打算要彈鋼琴，請秀美小姐拉小提琴。（意志）

例 시험에 꼭 합격할 테니까 걱정하지 마세요.
（我想你）一定會考上，別擔心。（推測）

⑬ **-ㄹ/을 것 같다**

動詞或形容詞與表示未來式的「ㄹ/을」加「것 같다」表示推測、猜測：好像～，可能會～

例 곧 비가 올 것 같아요. 好像快下雨。

⑭ **-지요** 說者向聽者確認已經知道的事，表示確認：吧

例 요즘 감기에 걸렸지요? 最近感冒了吧？

⑮ **-ㄴ/는데** 表示轉換語氣或敘述

例 오늘 비가 많이 오는데 내일 산에 갈 수 있을까요?
今天下很大的雨，明天可以爬山嗎？

⑯ **-ㄹ/을 수도 있다** 表示也許會發生的可能性

例 오늘 회의가 내일로 바뀔 수도 있어요. 今天的會議也許會改成明天。

⑰ **-아/어/여 보다** 常跟「(으)세요」連接，表示「試試看」

例 마음에 들면 한번 입어 보세요. 喜歡的話，試穿看看。

⑱ **-기로 하다** 表示決心、決定

例 다음 달부터 한국어를 배우기로 했어요. 決定從下個月開始學韓語。

⑲ **-아/어/여도** 用於說者承認前句的敘述，但不會影響「아/어도」後句的內容時：即使

例 한국어 발음이 어려워도 계속 공부하세요.
即使韓語發音難，也請繼續學習（韓語）。

cf. 아/어도 되다 表示許可
例 오늘은 집에 가서 쉬어도 돼요.
今天回家休息也可以（也沒關係）。

⑳ **-지 말다** 跟「(으)세요」連接，表示「別～」

例 내일은 늦지 마세요. 明天請（你）別遲到。

㉑ **-고요** 連接詞「고」和語尾「요」的用法，常用於口語

例 제 친구는 얼굴도 예쁘고, 마음도 곱고요. 我朋友臉也很漂亮，心也很美。

㉒ **-V는 것**
在動詞的語幹接「는」加「것」成為名詞形，可以當作句子的主語或受詞，口語中將「것」縮成「거」。

例 공부하는 것 名 唸書

例 사진 찍는 것 名 拍照

㉓ **-ㄴ/은 적이 있다** 表示過去發生過此事：（曾經）～過

例 한국에 간 적이 있어요. 我曾經去過韓國。

㉔ Adㄴ/은 + 名詞

在形容詞的語幹接「ㄴ/은」加「名詞或代名詞」成為名詞形，可以當作句子的主語或受詞。

例 예쁜 얼굴　漂亮的臉

例 가까운 거리　近距離

㉕ -(이)라서　名詞後面連接的表示因為～的關係

例 토니 씨는 여자 친구가 한국인이라서 한국어를 잘 해요.
因為Tony先生是女朋友是韓國人的關係所以很會說韓語。

cf. 動詞或形容詞後面同意思的語法-아/어/여서

㉖ 어떤 + 名詞　哪（個、種）

例 어떤 과일을 좋아해요?　喜歡哪種水果？

㉗ A보다 B(을/를)　「보다」使用於比較兩個東西時，表示A比B更～

例 수미 씨는 드라마보다 운동을 좋아해요.　秀美小姐比起連續劇更喜歡運動。

㉘ -ㄴ/은 지

接動詞加表示過去的「ㄴ/은」表示某件事發生之後的時間，如果形容詞會接「ㄴ/는지」。「있다/없다」結尾的形容詞也接「는」。另外，疑問詞接形容詞之後與「알다」或「모르다」連接表示知道嗎？不知道嗎？

例 한국에 온 지 일년이 되었습니다.　來到韓國之後過一年了。（接動詞）

例 무슨 영화가 재미있는지 알아요?　哪部電影好看知道嗎？（接形容詞）

㉙ -지는 못 하다　表示針對某件不會或不見得會的事

例 한국에 가 봤지만 한국어를 하지는 못 해요.　雖然去過韓國，但不會說韓語。

6-2

必背單字

在韓語檢定中高級的考試，常常看到與助詞相關的題目。一般檢定考試寫到後面會有越來越難的情況，有時甚至會在初級考題的後面幾題看與中級相等難度的題目。因此，這裡為了讓考生更容易理解文法及句子的結構，將動詞的品詞分成自動詞（自）、他動詞（他）、被動詞（被）、使用詞（使）。這些不需要背，但在遇到文法上的問題時，考生可以當做參考！

1. 和生活物品相關的字彙

- □ 가구 名 家具
- □ 가볍다 形 輕
- □ 검정색 名 黑色
- □ 괜찮다 形 沒關係
- □ 기타 名 吉他、其他
- □ 다른 冠 別的、其他的
- □ 닮다 自 像、似
- □ 맑다 形 清、清新
- □ 모양 名 模樣、樣貌
- □ 보고서 名 報告書
- □ 색 名 顏色
- □ 생일 파티 名 生日派對
- □ 소포 名 包裹
- □ 손가방 名 手提包
- □ 스키 名 滑雪
- □ 시험 名 考試
- □ 연극 名 戲劇
- □ 음악 名 音樂
- □ 인기가 많다 很受歡迎
- □ 자전거 名 腳踏車
- □ 작다 形 小
- □ 재미있다 形 有趣
- □ 전자사전 名 電子字典
- □ 전화기 名 電話機
- □ 지갑 名 錢包
- □ 축구공 名 足球
- □ 크기 名 大小
- □ 학생증 名 學生證
- □ 한눈 名 一眼、一看
- □ 할인 名 打折、折扣
- □ 회의 名 會議
- □ 휴대 전화 名 手機

2. 和場所、地點相關的字彙

- □ 가깝다 形 近
- □ 거기 代 那裡
- □ 고향 名 故鄉
- □ 근처 名 附近
- □ 멀다 形 遠
- □ 미술관 名 美術館
- □ 사무실 名 辦公室
- □ 속 名 裡面、中心
- □ 스키장 名 滑雪場

3. 和動作相關的字彙

- □ 가르치다 他 教
- □ 갔다 오다 去了之後回來
- □ 걱정하다 他 擔心
- □ 계시다 動 在（「있다」的敬語）
- □ 고르다 他 選
- □ 기다리다 他 等
- □ 끝나다 自 結束
- □ 끝내다 使 結束、完成
- □ 나오다 自 出來
- □ 놓고 내리다 動 忘了帶下車
- □ 놓고 오다 忘了帶回來
- □ 눈(비) 오다 下雪（雨）
- □ 다녀오다 他 去過、回來
- □ 돌아오다 自 返、回來
- □ 두고 가다 忘了帶
- □ 들어가다 自 進去
- □ 바꾸다 他 換
- □ 배우다 他 學
- □ 보이다 被 看到、使 給看
- □ 부탁하다 他 拜託
- □ 빌리다 他 借
- □ 시키다 他 讓（誰）做
- □ 싫어하다 他 討厭
- □ (안경) 쓰다 戴（眼鏡）
- □ 알다 他 知道
- □ 연락하다 他 聯絡
- □ 열나다 自 發燒
- □ 열다 他 開
- □ 예약하다 / 되다 他 預約
- □ (이)랑 助 和、跟
- □ (일이) 생기다 自 發生（事）
- □ 잃어버리다 他 丟掉
- □ 잠자다 自 睡覺
- □ 전해 주다 傳給

□ 전화 드리다 打電話（「드리다」是「주다」的敬語）

□ 주문하다 自 點東西、訂購

□ 찾다 他 找

□ 출발하다 自 出發

□ 타다 他 搭、形 燃燒

4. 和時間相關的字彙

□ 갑자기 副 突然

□ 금방 副 很快、馬上

□ 금요일 名 星期五

□ 나중에 副 之後

□ 늦다 形 晚、遲

□ 먼저 副 首先

□ 벌써 副 已經

□ 아직 안/못 還不、還沒

□ 아직 副 還沒

□ 얼굴이 안 좋다 臉色不好

□ 이따가 副 等一下

□ 주말 名 週末

□ 지난주 名 上週

□ 쯤 接 左右、大概

□ 토요일 名 星期六

□ 평일 名 平日

5. 和人相關的字彙

□ (감기에) 걸리다 自 感冒

□ 남자 친구 名 男朋友

□ 마음에 들다 冠 形 喜歡上

□ (목이) 아프다 形（喉嚨）痛

□ 배고프다 形 肚子餓

□ 성함 名 姓名（比「이름」更禮貌的說法）

□ 손님 名 客人

□ 직접 名 副 親自

□ 퇴근 名 下班

□ 혼자 副 一個人、獨自

6. 和程度相關的字彙

□ 꼭 副 一定

□ 너무 副 太

□ 다 副 全、都

□ 별로 副 不太、沒怎麼

□ 주로 副 主要

6-3

考古題練習

老師提醒

為了面對以下考題，考生必須要打好初級句型和相關單字的基礎。過去不少選項的敘述與考題中男女對話的內容或行為相反，還有時態不一致的問題等：如考題中說明天要做，但選項裡卻說已經做過了。在聽到題目前，我們可以先快速地把選擇題的內容（至少主語及動詞的部分）看過，大概猜測問題將會提到內容，邊聽對話邊看選項，從當中找出錯誤，將有助於考生作答。

歷屆考古題

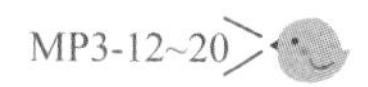

※ [1~45] 다음을 듣고 <보기>와 같이 대화 내용과 같은 것을 고르십시오.

2013 (32) 1. (3점)

MP3-12

① 남자는 약을 먹었습니다.

② 여자는 감기에 걸렸습니다.

③ 남자는 아직 많이 아픕니다.

④ 여자는 어제부터 아팠습니다.

2. (3점)

① 여자는 자전거를 잘 탑니다.

② 여자는 자전거를 가르칩니다.

③ 남자는 자전거를 배울 겁니다.

④ 남자는 자전거를 탈 수 있습니다.

3. (4점)

① 두 사람은 지금 제주도에 있습니다.

② 여자는 바다 사진을 찍고 있습니다.

③ 남자는 제주도에서 수영을 했습니다.

④ 남자는 여름에 제주도를 여행했습니다.

4. (4점)

① 남자는 여자를 만났습니다.

② 남자는 소포를 받았습니다.

③ 여자는 지금 집에 없습니다.

④ 여자는 소포를 가지고 왔습니다.

5. (3점)

① 여자는 지갑을 찾았습니다.

② 남자는 여자와 지하철을 탔습니다.

③ 여자는 검정색 가방을 잃어버렸습니다.

④ 남자는 지하철에 가방을 놓고 내렸습니다.

2013 (31) 6. (3점) MP3-13

① 여자는 부모님과 같이 삽니다.

② 남자는 부모님 가게에서 일합니다.

③ 여자는 방학 때 고향에 있었습니다.

④ 남자는 여자와 함께 고향에 갔습니다.

7. (3점)

① 여자는 혼자 야구를 볼 겁니다.

② 남자는 지금 야구장에 있습니다.

③ 두 사람은 지금 야구를 하려고 합니다.

④ 두 사람은 지하철역에서 만날 겁니다.

8. (4점)

① 여자는 삼계탕을 시켰습니다.

② 남자는 손님을 기다리고 있습니다.

③ 여자는 지금 음식을 먹고 있습니다.

④ 남자는 음식을 주문하려고 합니다.

9. (4점)

① 남자는 할인을 받을 수 있습니다.

② 여자는 두 명을 할인해 주었습니다.

③ 남자는 내일 저녁에 공연을 볼 겁니다.

④ 여자는 남자에게 학생증을 보여 줬습니다.

10. (3점)

① 남자는 아직 사무실에 있습니다.

② 남자는 지금 전화기가 없습니다.

③ 여자는 전화기를 찾으러 갈 겁니다.

④ 여자는 사무실에 전화를 해 봤습니다.

2013 (30) 11. (3점) MP3-14

① 여자는 친구와 같이 삽니다.

② 남자는 친구와 함께 왔습니다.

③ 여자는 남자를 만나러 왔습니다.

④ 남자의 친구는 이 근처에 삽니다.

12. (3점)

① 여자는 이곳에 다시 오고 싶어 합니다.

② 여자는 이곳을 텔레비전에서 봤습니다.

③ 남자는 이곳을 좋아해서 자주 왔습니다.

④ 남자는 지난주에 친구와 이곳에 왔습니다.

13. (4점)

① 여자는 산에 안 갈 겁니다.

② 여자는 내일 아주 바쁩니다.

③ 남자는 다음 주에 산에 갈 겁니다.

④ 남자는 내일 여자에게 전화할 겁니다.

14. (4점)

① 여자는 안경을 처음 씁니다.

② 남자는 안경을 사러 왔습니다.

③ 남자는 가벼운 안경을 샀습니다.

④ 여자는 안경 가게에서 일합니다.

15. (3점)

① 여자는 다음 주에 여행을 갑니다.

② 남자는 방 두 개를 예약 하려고 합니다.

③ 남자는 이번 주 금요일로 예약했습니다.

④ 여자는 남자를 만나러 호텔에 갈 겁니다.

2012 (28) 16. (3점) MP3-15

① 여자는 일이 끝났습니다.

② 남자는 점심을 먹었습니다.

③ 남자는 지금 식당에 있습니다.

④ 여자는 나중에 점심을 먹을 겁니다.

17. (3점)

① 남자는 한 시에 회의를 합니다.

② 여자는 남자에게 부탁이 있습니다.

③ 여자는 한 시에 전화를 했습니다.

④ 남자가 여자에게 전화를 했습니다.

18. (4점)

① 남자는 약속을 바꾸고 싶어 합니다.

② 여자는 남자에게 연락을 할 겁니다.

③ 여자는 금요일에 남자를 만날 겁니다.

④ 남자는 일주일 전부터 일이 있었습니다.

19. (4점)

① 여자는 혼자 살고 있습니다.

② 여자는 작은 방을 찾고 있습니다.

③ 남자는 가구가 있는 방을 찾고 있습니다.

④ 남자는 학교에서 먼 곳으로 이사할 겁니다.

20. (3점)

① 남자는 여자를 걱정합니다.

② 여자는 수미씨를 만났습니다.

③ 여자는 오후에 학교에 갈 겁니다.

④ 남자는 수미씨에게 책을 줄 겁니다.

2012 (26) 21. (3점)

MP3-16 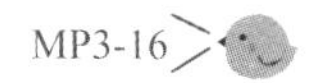

① 남자는 빵을 샀습니다.

② 여자는 빵을 먹었습니다.

③ 여자는 빵을 만들었습니다.

④ 남자는 여자에게 빵을 줬습니다.

22. (3점)

① 여자는 남산에 자주 갑니다.

② 두 사람은 어제 남산에 갔습니다.

③ 남자는 남산에서 식사를 했습니다.

④ 두 사람은 함께 서울을 구경할 겁니다.

23. (4점)

① 남자는 선물을 준비했습니다.

② 남자는 생일 파티에 못 갑니다.

③ 여자는 오늘 생일 파티에 갑니다.

④ 여자는 선물을 준비하지 못 했습니다.

24. (4점)

① 여자는 사진을 못 찍습니다.

② 남자는 경치 사진을 많이 찍습니다.

③ 남자는 사진 찍는 것을 배울 겁니다.

④ 여자는 남자의 사진을 본 적이 있습니다.

25. (3점)

① 남자는 책을 어제 샀습니다.

② 여자는 책을 내일 보낼 겁니다.

③ 남자는 책을 기다리고 있습니다.

④ 여자는 책을 보여주고 있습니다.

2011 (23) 26. (3점)

① 남자는 내일 집을 청소할 겁니다.

② 여자의 집에는 내일 손님이 옵니다.

③ 여자는 오늘 저녁에 시간이 있습니다.

④ 남자는 오늘 여자와 저녁을 먹을 겁니다.

27. (3점)

① 남자는 여자를 만날 겁니다.

② 남자는 좋은 일이 있습니다.

③ 여자는 오후에 약속이 있습니다.

④ 여자는 맑은 날씨를 안 좋아합니다.

28. (4점)

① 여자는 토요일에 일을 안 합니다.

② 남자는 토요일에 자전거를 탔습니다.

③ 여자는 내일 자전거를 타려고 합니다.

④ 남자는 오늘 자전거를 못 빌렸습니다.

29. (4점)

① 남자는 이 연극을 좋아합니다.

② 여자는 음악을 배우고 싶어 합니다.

③ 여자는 이 연극의 내용을 잘 압니다.

④ 남자는 음악 학교에 다니고 있습니다.

30. (3점)

① 여자는 인터넷으로 전자사전을 샀습니다.

② 여자는 일주일 후에 전자사전을 받았습니다.

③ 남자는 백화점에서 전자사전을 주문했습니다.

④ 남자는 전자사전을 사려고 인터넷을 찾아봤습니다.

2011 (21) 31. (3점)

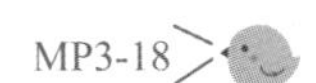

① 남자는 눈을 싫어합니다.

② 여자는 토요일에 바쁩니다.

③ 여자는 스키를 타고 싶어 합니다.

④ 남자는 지금 스키장에 있습니다.

32. (3점)

① 여자는 배가 고프지 않습니다.

② 여자는 점심을 먹지 않을 겁니다.

③ 남자는 지금 밥을 먹고 있습니다.

④ 남자는 나중에 점심을 먹을 겁니다.

33. (4점)

① 보고서는 시간이 오래 걸립니다.

② 남자는 아직 보고서를 못 썼습니다.

③ 여자는 보고서를 어제 다 썼습니다.

④ 두 사람 모두 보고서를 써야 합니다.

34. (4점)

① 남자는 오늘 회의에 못 갔습니다.

② 여자는 오늘 병원에 가야 합니다.

③ 남자는 바빠서 병원에 못 갔습니다.

④ 여자는 감기에 걸려서 열이 납니다.

35. (3점)

① 남자는 가방에 지갑을 넣을 겁니다.

② 여자는 작은 지갑을 사고 싶어 합니다.

③ 남자는 작은 가방을 가지고 있습니다.

④ 여자는 지갑 크기가 마음에 안 듭니다.

2010 (20) 36. (3점) MP3-19

① 여자는 어제 일이 많았습니다.

② 여자는 어제 결혼을 했습니다.

③ 남자는 어제 회사에서 일했습니다.

④ 남자는 결혼식에서 여자를 만났습니다.

37. (3점)

① 남자는 재미있게 놀고 싶어 합니다.

② 여자는 서울공원에 가려고 합니다.

③ 남자는 주말에 여자를 만날 겁니다.

④ 여자는 친구와 같이 고향에 갈 겁니다.

38. (4점)

① 여자는 남동생이 있습니다.

② 남자는 동생보다 키가 작습니다.

③ 여자는 민수 씨하고 닮았습니다.

④ 남자는 동생하고 이야기를 합니다.

39. (4점)

① 여자는 회의 준비를 했습니다.

② 여자는 오늘 저녁에 회의를 합니다.

③ 남자는 오늘 일찍 퇴근하고 싶어 합니다.

④ 남자는 회의 시간을 바꾸고 싶어 합니다.

40. (3점)

① 남자는 기타를 배우고 싶어 합니다.

② 남자는 기타를 배운지 일년이 되었습니다.

③ 여자는 기타를 처음 배울 때 손이 아팠습니다.

④ 여자는 남자하고 같이 기타를 배우고 있습니다.

2010 (18) 41. (3점) MP3-20

① 버스는 빨리 왔습니다.

② 남자는 버스를 탔습니다.

③ 여자는 택시를 기다립니다.

④ 두 사람은 시간이 없습니다.

42. (3점)

① 남자는 내일이 생일입니다.

② 남자는 운동을 좋아합니다.

③ 남자는 축구공을 사러 왔습니다.

④ 남자는 동생에게 축구공을 줄 겁니다.

43. (4점)

① 여자는 자주 아픕니다.

② 남자는 잠을 잘 잡니다.

③ 남자는 시험을 걱정합니다.

④ 여자는 시험을 볼 것입니다.

44. (4점)

① 남자는 미술관에 가고 싶어 합니다.

② 미술관은 토요일 오후 6시까지 문을 엽니다.

③ 미술관은 주말에 평일보다 더 늦게까지 엽니다.

④ 여자는 오후 1시까지 미술관에 들어가야 합니다.

45. (3점)

① 남자는 빌린 책을 다 읽었습니다.

② 남자는 오늘 책을 돌려줄 것입니다.

③ 여자는 남자에게서 책을 빌렸습니다.

④ 여자는 저녁에 빌린 책을 볼 것입니다.

答案

1. ①	2. ④	3. ④	4. ③	5. ③	6. ③	7. ④	8. ①	9. ①	10. ②
11. ④	12. ①	13. ④	14. ①	15. ②	16. ④	17. ②	18. ①	19. ③	20. ④
21. ③	22. ③	23. ④	24. ②	25. ③	26. ②	27. ③	28. ④	29. ①	30. ①
31. ③	32. ④	33. ④	34. ③	35. ②	36. ①	37. ②	38. ②	39. ④	40. ③
41. ④	42. ④	43. ③	44. ③	45. ②					

6-4

考古題解析

※［1～45］聽以下內容，請依〈範例〉選出與內容一致的答案。

2013 (32)

1. 여자 : 감기는 좀 어때요? 女子：（你）的感冒（的狀況）如何？

   남자 : 어제 약 먹고 좀 좋아졌어요. 男子：昨天吃了藥，好一點了。（3分）

   ❶ 남자는 약을 먹었습니다. 男子吃了藥。

   ② 여자는 감기에 걸렸습니다. 女子感冒了。

   ③ 남자는 아직 많이 아픕니다. 男子還很不舒服。

   ④ 여자는 어제부터 아팠습니다. 女子從昨天開始不舒服。

2. 남자 : 저랑 자전거 타러 갈래요? 男子：要不要和我一起去騎腳踏車？

   여자 : 가고 싶지만 자전거를 못 타요. 女子：雖然很想去，但不會騎腳踏車。

   남자 : 제가 가르쳐 줄게요. 금방 배울 수 있어요.

   男子：我教妳。很快就可以學會的。（3分）

   ① 여자는 자전거를 잘 탑니다. 女子很會騎腳踏車。

   ② 여자는 자전거를 가르칩니다. 女子教腳踏車。

   ③ 남자는 자전거를 배울 겁니다. 男子要學腳踏車。

   ❹ 남자는 자전거를 탈 수 있습니다. 男子會騎腳踏車。

3. 여자 : 철수 씨, 이 사진 어디서 찍었어요? 女子：哲洙先生，這張照片在哪裡拍的？

   남자 : 제주도 바다에서요. 이번 여름에 친구랑 갔다왔어요.

   男子：在濟州島海邊（拍的）。今年夏天和朋友去過（玩）回來。

   여자 : 바다가 정말 예쁘네요. 수영도 했어요?

   女子：海真漂亮。也（在那）游泳了嗎？

   남자 : 아니요. 그냥 사진만 찍었어요. 男子：不。只拍了照片而已。（4分）

   ① 두 사람은 지금 제주도에 있습니다. 兩個人現在在濟州島。

   ② 여자는 바다 사진을 찍고 있습니다. 女子正在拍海的照片。

   ③ 남자는 제주도에서 수영을 했습니다. 男子在濟州島游泳了。

   ❹ 남자는 여름에 제주도를 여행했습니다. 男子在夏天旅遊濟州島。

4. 남자 : 여보세요? 김수미 씨죠? 우체국입니다.

男子：喂？是金秀美小姐吧？這裡是郵局。

여자 : 무슨 일이시죠? 女子：請問有什麼事嗎？

남자 : 소포가 왔는데 집에 안 계시네요. 男子：有（您的）包裹，但（您）不在家。

여자 : 제가 지금 밖에 있는데요. 금방 가니까 문 앞에 두고 가세요.

女子：但是我現在在外頭。我很快回家，麻煩（您把東西）放在門口（回去）。（4分）

① 남자는 여자를 만났습니다. 男子見到女子。

② 남자는 소포를 받았습니다. 男子收到包裹。

❸ 여자는 지금 집에 없습니다. 女子現在不在家。

④ 여자는 소포를 가지고 왔습니다. 女子帶來了包裹。

5. 남자 : 가방을 어디서 잃어버리셨습니까? 男子：包包在哪裡遺失？

여자 : 어제 지하철 2호선을 탔는데 가방을 의자 아래 놓고 내렸어요.

女子：昨天搭了地下鐵二號線，但我把包包放在椅子下面（忘了帶）就下車了。

남자 : 가방이 어떤 모양입니까? 男子：是怎麼樣子的包包？

여자 : 작은 검정색 가방이에요. 안에 지갑도 있어요. 꼭 찾아 주세요.

女子：是小小的黑色包包。裡面有錢包。請一定要幫我找回來。（3分）

① 여자는 지갑을 찾았습니다. 女子找到錢包。

② 남자는 여자와 지하철을 탔습니다. 男子和女子搭地下鐵。

❸ 여자는 검정색 가방을 잃어버렸습니다. 女子遺失了黑色的包包。

④ 남자는 지하철에 가방을 놓고 내렸습니다. 男子在地下鐵把包包放著就下車。

2013 (31)

6. 남자 : 오랜만이에요. 방학에 뭐 했어요? 男子：好久不見。放假都做了些什麼？

여자 : 고향에 가서 부모님 가게 일을 도와 드렸어요.

女子：回故鄉幫忙父母親（經營的）商店的事。（3分）

① 여자는 부모님과 같이 삽니다. 女子與父母親一起住。

② 남자는 부모님 가게에서 일합니다. 男子在父母親的商店上班。

❸ 여자는 방학 때 고향에 있었습니다. 女子放假時在故鄉。

④ 남자는 여자와 함께 고향에 갔습니다. 男子與女子去了故鄉。

7. 남자 : 내일 같이 야구 보러 갈래요?　男子：明天要不要一起（去）看棒球？

여자 : 네, 좋아요. 어디에서 만날까요?　女子：好啊。在哪裡見面好？

남자 : 야구장 앞은 사람이 많으니까 지하철역에서 만나요.

男子：棒球場前面人很多，所以在地下鐵站見面。（3分）

① 여자는 혼자 야구를 볼 겁니다.　女子一個人要看棒球。

② 남자는 지금 야구장에 있습니다.　男子現在在棒球場。

③ 두 사람은 지금 야구를 하려고 합니다.　兩個人現在打算要打棒球。

❹ 두 사람은 지하철역에서 만날 겁니다.　兩個人要在地下鐵站見面。

8. 여자 : 저기요, 여기 삼계탕 언제 나와요?

女子：請問，這裡（點的）參雞湯怎麼時候會出來呢？

남자 : 죄송합니다. 오늘 손님이 너무 많아서요.

男子：抱歉。今天客人太多的關係（所以出菜較慢）。

여자 : 많이 기다려야 해요?　女子：要等很久嗎？

남자 : 곧 나올 겁니다. 조금만 더 기다려 주세요.

男子：馬上就會出來。請再稍候一下。（4分）

❶ 여자는 삼계탕을 시켰습니다.　女子點了參雞湯。

② 남자는 손님을 기다리고 있습니다.　男子正在等客人。

③ 여자는 지금 음식을 먹고 있습니다.　女子現在吃菜。

④ 남자는 음식을 주문하려고 합니다.　男子打算要點菜。

9. 남자 : 오늘 여덟 시 공연 두 명요. 둘 다 학생인데 할인돼요?

男子：（請給我）今天八點公演（的票）兩個人。兩個都是學生，可以打折嗎？

여자 : 네. 학생증 보여 주시면 20% 할인해 드려요.

女子：是。如果出示學生證的話就可以給您20%的折扣。

남자 : 그런데 저만 학생증이 있는데요.　男子：不過只有我才有（帶）學生證。

여자 : 죄송하지만 학생증이 있는 분만 할인해 드릴 수 있습니다.

女子：很抱歉，只有有學生證的人才能打折。（4分）

❶ 남자는 할인을 받을 수 있습니다.　男子可以獲得打折。

② 여자는 두 명을 할인해 주었습니다.　女子打折給兩個人。

③ 남자는 내일 저녁에 공연을 볼 겁니다.　男子將要看明天晚上的公演。

④ 여자는 남자에게 학생증을 보여 줬습니다.　女子給男生看學生證。

10. 남자 : (약간 놀라며) 어, 사무실에 휴대 전화를 놓고 온 것 같아요.

男子：（稍微嚇了一跳）哎呀，好像把手機放在辦公室忘了帶來。

여자 : 그래요? 아직 사무실에 사람들이 있을 테니까 한번 전화해 보세요.

女子：這樣嗎？應該有人還在辦公室，打通電話看看。

남자 : 아니에요. 제가 직접 가 볼게요. 소연 씨 먼저 가세요.

男子：不，我要自己過去看看。請素妍小姐先走。（3分）

여자 : 알겠어요. 그럼 내일 봐요. 女子：知道了。那明天見。

① 남자는 아직 사무실에 있습니다. 男子還在辦公室。

❷ 남자는 지금 전화기가 없습니다. 男子現在沒有電話機。

③ 여자는 전화기를 찾으러 갈 겁니다. 女子去找電話機。

④ 여자는 사무실에 전화를 해 봤습니다. 女子打過電話到辦公室。

2013 (30)

11. 여자 : (반갑게) 어머, 민수 씨. 민수 씨도 이 근처에 살아요?

女子：（高興的）哦，閔洙先生。閔洙先生也住這裡附近嗎？

남자 : 아니요. 친구가 이 근처에 살아서 놀러 왔어요.

男子：不。因為朋友住這裡附近所以來玩的。（3分）

① 여자는 친구와 같이 삽니다. 女子和朋友一起住。

② 남자는 친구와 함께 왔습니다. 男子和朋友一起來（這裡）。

③ 여자는 남자를 만나러 왔습니다. 女子來見男子。

❹ 남자의 친구는 이 근처에 삽니다. 男子的朋友住這裡附近。

12. 여자 : 와, 여기 볼 것도 많고 재미있네요. 민수 씨, 여기에 자주 와요?

女子：哇，這裡有很多可以逛的好有趣哦。閔洙先生，常來這裡嗎？

남자 : 아니요. 저도 처음이에요. 지난주에 텔레비전에서 보고 알았어요.

男子：不。我也是第一次。上星期在電視上看到才知道（這裡）。

여자 : 그렇구나. 다음에 친구들하고도 다시 오고 싶어요.

女子：這樣子。下次想要跟朋友們一起再來一趟。（3分）

❶ 여자는 이곳에 다시 오고 싶어 합니다. 女子想要再來這裡一趟。

② 여자는 이곳을 텔레비전에서 봤습니다. 女子在電視上看到這裡。

③ 남자는 이곳을 좋아해서 자주 왔습니다. 男子因為很喜歡這裡常來。

④ 남자는 지난주에 친구와 이곳에 왔습니다. 男子上星期和朋友來過這裡。

13. 여자 : 여보세요, 민수 씨. 내일 눈이 올 것 같아요.

女子：喂，閔洙先生。明天好像會下雪。

남자 : 그래요? 눈이 오면 산에는 못 가겠지요?

男子：這樣嗎？如果下雪的話就不能爬山吧？

여자 : 네, 그러면 어떻게 하지요? 다음 주에는 모두 바쁜데…….

女子：是，這樣的話該怎麼辦？下週大家都很忙……。

남자 : 그런데 눈이 안 올 수도 있어요. 제가 내일 아침에 다시 전화할게요.

男子：不過，也許不會下雪。我明天早上再打電話給（妳）。（4分）

① 여자는 산에 안 갈 겁니다. 女子不要爬山。

② 여자는 내일 아주 바쁩니다. 女子明天很忙。

③ 남자는 다음 주에 산에 갈 겁니다. 男子下週要爬山。

❹ 남자는 내일 여자에게 전화할 겁니다. 男子明天要打電話給女子。

14. 남자 : 어서 오세요. 男子：歡迎光臨。

여자 : 안경을 사러 왔는데요. 女子：我來買眼鏡。

남자 : 아, 네. 안경은 처음 쓰세요? 男子：啊，是的。第一次戴眼鏡嗎？

여자 : 네, 한 번도 안 써 봤어요. 女子：是，一次都沒有戴過。

남자 : 그럼 먼저 안경을 골라 보세요. 이건 어때요? 한번 써 보세요.

男子：那麼，請先來選看看眼鏡。這副如何？請試戴看看。

여자 : 가볍고 좋네요. 女子：又輕又好。（4分）

❶ 여자는 안경을 처음 씁니다. 女子第一次戴眼鏡。

② 남자는 안경을 사러 왔습니다. 男子來買眼鏡。

③ 남자는 가벼운 안경을 샀습니다. 男子買了很輕的眼鏡。

④ 여자는 안경 가게에서 일합니다. 女子在眼鏡店上班。

15. 여자 : 네, 서울 호텔입니다. 무엇을 도와 드릴까요?

女子：是，首爾飯店。有什麼可以幫您的嗎？

남자 : 이번 주 금요일에 예약할 수 있어요? 男子：本週六可以預約嗎？

여자 : 죄송합니다. 이번 주는 방이 없습니다. 女子：很抱歉。本週沒有空房。

남자 : 그럼 다음 주 금요일은요? 男子：那麼，下週五呢？

여자 : 다음 주 금요일은 예약할 수 있습니다. 女子：下週五是可以預約。

남자 : 그럼 방 두 개 예약해 주세요. 男子：那麼，請幫我預約兩個房間。（3分）

① 여자는 다음 주에 여행을 갑니다. 女子下週要去旅遊。

❷ 남자는 방 두 개를 예약하려고 합니다. 男子打算要預約兩個房間。

③ 남자는 이번 주 금요일로 예약했습니다. 男子預約本週星期五。

④ 여자는 남자를 만나러 호텔에 갈 겁니다. 女子為了見男生要去飯店。

2012 (28)

16. 남자 : 열두 시인데, 점심 먹으러 갑시다. 男子：十二點了，去吃午飯吧。

여자 : 먼저 가세요. 저는 아직 할 일이 있으니까 이따가 갈게요.

女子：請先去。我還有事要做的關係，等一下才去。（3分）

① 여자는 일이 끝났습니다. 女子工作結束了。

② 남자는 점심을 먹었습니다. 男子吃了午餐。

③ 남자는 지금 식당에 있습니다. 男子現在在餐廳。

❹ 여자는 나중에 점심을 먹을 겁니다. 女子之後才吃午餐。

17. 여자 : 민수 씨, 부탁할 것이 있어서 전화했어요.

女子：閔洙先生，有事要拜託所以打電話給你。

남자 : 네. 그런데 제가 지금 좀 바빠요. 삼십 분 후에 전화해 주세요.

男子：是。不過我現在有一點忙。請二十分鐘後再打給我。

여자 : 그럼 한 시에 전화할게요. 女子：那麼，一點再打給你。（3分）

① 남자는 한 시에 회의를 합니다. 男子一點開會。

❷ 여자는 남자에게 부탁이 있습니다. 女子向男子有拜託的事。

③ 여자는 한 시에 전화를 했습니다. 女子一點時有打電話。

④ 남자가 여자에게 전화를 했습니다. 男子向女子有打電話。

18. 남자 : 수미 씨, 미안한데 금요일에 만나기로 한 약속 바꿀 수 있어요?

男子：秀美小姐，對不起星期五約見面的事可以改（時間）嗎？

여자 : 왜요? 무슨 일 있어요? 女子：為什麼？有什麼事嗎？

남자 : 갑자기 일이 생겨서 일주일쯤 고향에 다녀와야 할 것 같아요.

男子：突然有事可能要去故鄉一個星期左右。

여자 : 그래요? 그럼 돌아오면 연락하세요.

女子：這樣嗎？那麼，回來的話請跟我聯絡。

❶ 남자는 약속을 바꾸고 싶어 합니다. 男子想改約時間。

② 여자는 남자에게 연락을 할 겁니다. 女子會打給男子。

③ 여자는 금요일에 남자를 만날 겁니다. 女子在星期五跟男子見面。

④ 남자는 일주일 전부터 일이 있었습니다. 男子從一個星期前開始有事。

19. 여자 : 어떤 방을 찾으세요? 女子：請問（您）找怎麼樣的房間？

남자 : 학교에서 가깝고 가구가 있는 방이면 좋겠어요.

男子：我希望離學校近，還有有家具的房間。

여자 : 좀 작아도 괜찮으세요? 女子：有點小也沒關係嗎？

남자 : 혼자 사니까 작아도 괜찮아요.

男子：因為是一個人要住，小一點也沒有關係。（4分）

① 여자는 혼자 살고 있습니다. 女子正在一個人住。

② 여자는 작은 방을 찾고 있습니다. 女子正在找小的房間。

❸ 남자는 가구가 있는 방을 찾고 있습니다. 男子正在找有家具的房間。

④ 남자는 학교에서 먼 곳으로 이사할 겁니다. 男子要搬到離學校遠的地方。

20. 여자 : 민수 씨, 오늘 학교에 가요? 女子：閔洙先生，今天去學校嗎？

남자 : 네, 오후에 수업이 있어요. 男子：是，下午有課。

여자 : 그럼 수미 씨한테 이 책 좀 전해 줄 수 있어요? 제가 오늘 학교에 갈 수 없어서요.

女子：那麼，可不可以把這本書轉交給秀美小姐？因為我今天沒辦法去學校。

남자 : 제가 전해 줄게요. 걱정하지 마세요.

男子：我會轉交給她。請別擔心。（3分）

① 남자는 여자를 걱정합니다. 男子擔心女子。

② 여자는 수미씨를 만났습니다. 女子見到秀美小姐。

③ 여자는 오후에 학교에 갈 겁니다. 女子下午要去學校。

❹ 남자는 수미 씨에게 책을 줄 겁니다. 男子要把書給秀美小姐。

2012 (26)

21. 남자 : 이 빵 참 맛있네요. 어디서 샀어요? 男子：這個麵包真好吃。在哪裡買？

여자 : 제가 만든 거예요. 더 드세요. 女子：是我做的。請再多吃些。（3分）

① 남자는 빵을 샀습니다. 男子買了麵包。

② 여자는 빵을 먹었습니다. 女子吃了麵包。

❸ 여자는 빵을 만들었습니다. 女子做了麵包。

④ 남자는 여자에게 빵을 줬습니다. 男子給女子麵包。

22. 여자 : 영진 씨, 어제 남산에 갔지요? 어땠어요?

女子：榮振先生，昨天去南山了吧？如何呢？

남자 : 서울을 한눈에 볼 수 있어서 좋았어요. 식당 음식도 맛있었고요.

男子：可以將首爾盡收眼底真好。餐廳餐點也很好吃。

여자 : 그래요? 저도 다음에 꼭 한번 가 봐야겠어요.

女子：這樣嗎？我下次一定也要去看。（3分）

① 여자는 남산에 자주 갑니다. 女子常去南山。

② 두 사람은 어제 남산에 갔습니다. 兩個人昨天去了南山。

❸ 남자는 남산에서 식사를 했습니다. 男子在南山吃了飯。

④ 두 사람은 함께 서울을 구경할 겁니다. 兩個人要一起觀光首爾。

23. 여자 : 영진 씨도 내일 수미 씨 생일 파티에 올 거지요?

女子：榮振先生明天也會來秀美小姐的生日派對吧？

남자 : 그럼요. 그런데 아직 생일 선물을 준비하지 못했어요.

男子：當然啊。不過還沒準備生日禮物。

여자 : 저도 아직 안 샀는데 같이 살까요? 넥타이 어때요?

女子：我也還沒買，我們要不要一起買？領帶如何？

남자 : 그게 좋겠네요. 男子：那樣很好。（4分）

① 남자는 선물을 준비했습니다. 男子準備了禮物。

② 남자는 생일 파티에 못 갑니다. 男子不能去生日派對。

③ 여자는 오늘 생일 파티에 갑니다. 女子今天去生日派對。

❹ 여자는 선물을 준비하지 못했습니다. 女子沒有辦法準備禮物。

24. 여자 : 영진 씨, 사진 찍는 것을 좋아하세요?

女子：榮振先生，請問你喜歡拍照嗎？

남자 : 네, 좀 배웠는데 수미 씨처럼 잘 찍지는 못해요.

男子：是，我學過一點，但沒有像秀美小姐拍的一樣好。

여자 : 그런데 주로 뭘 찍으세요? 저는 경치 사진을 많이 찍는데…….

女子：不過主要拍些什麼？我大多拍風景照片……。

남자 : 저도 주로 산이나 바다에 가서 사진을 찍어요.

男子：我也主要到山上或海邊拍照。（4分）

① 여자는 사진을 못 찍습니다. 女子不會拍照。

❷ 남자는 경치 사진을 많이 찍습니다. 男子拍很多風景照。

③ 남자는 사진 찍는 것을 배울 겁니다. 男子將會要學拍照。

④ 여자는 남자의 사진을 본 적이 있습니다. 女子看過男子拍的照片。

25. 남자 : (전화벨 소리) 여보세요, 일주일 전에 책을 주문했는데요. 아직 안 와서 전화드렸습니다.

男子：（電話鈴聲）喂，一個星期前訂了一本書。一直還沒拿到，所以打電話。

여자 : 성함이 어떻게 되시지요? 女子：請問您的大名？

남자 : 김영진입니다. 男子：（我叫）是金榮振。

여자 : (느리게) 김영진 씨요? 벌써 보냈네요. 책은 내일쯤 받으실 수 있을 겁니다.

女子：（慢慢地）是金榮振嗎？已經寄過去了。大約明天可以收到書。（3分）

① 남자는 책을 어제 샀습니다. 男子昨天買了書。

② 여자는 책을 내일 보낼 겁니다. 女子明天把書寄出去。

❸ 남자는 책을 기다리고 있습니다. 男子正在等書。

④ 여자는 책을 보여주고 있습니다. 女子正在給（男子）看書。

2011 (23)

26. 남자 : 오늘 저녁에 뭐 해요? 男子：今天晚上要做什麼？

여자 : 내일 집에 손님이 와요. 그래서 청소를 할 거예요.

女子：明天家裡客人要來。所以要打掃。（3分）

① 남자는 내일 집을 청소할 겁니다. 男子明天要打掃。

❷ 여자의 집에는 내일 손님이 옵니다. 明天客人要來到女子的家。

③ 여자는 오늘 저녁에 시간이 있습니다. 女子今天晚上有空。

④ 남자는 오늘 여자와 저녁을 먹을 겁니다. 男子今天和女子一起吃晚餐。

27. 여자 : (밝은 소리로) 날씨가 참 좋네요. 女子：（開朗的聲音）天氣真好。

남자 : 수미 씨, 오늘 무슨 일 있어요? 男子：秀美小姐，今天有什麼事嗎？

여자 : 네. 오후에 남자 친구를 만날 거예요.

女子：是。下午要跟男朋友見面。（3分）

① 남자는 여자를 만날 겁니다. 男子會見女子。

② 남자는 좋은 일이 있습니다. 男子有好事。

❸ 여자는 오후에 약속이 있습니다. 女子下午有約。

④ 여자는 맑은 날씨를 안 좋아합니다. 女子不喜歡晴朗的天氣。

28. 남자 : 지금 자전거를 빌릴 수 있어요? 男子：現在可以借腳踏車嗎？

여자 : 오늘은 끝났어요. 女子：今天（營業）結束了。

남자 : 그럼 내일은 몇 시에 문을 열어요? 男子：那麼明天幾點會開門？

여자 : 내일은 토요일이라서 오전 8시에 열어요.

女子：因為明天是星期六，所以早上8點開。（4分）

① 여자는 토요일에 일을 안 합니다. 女子星期六不工作。

② 남자는 토요일에 자전거를 탔습니다. 男子星期六騎了腳踏車。

③ 여자는 내일 자전거를 타려고 합니다. 女子明天打算要騎腳踏車。

❹ 남자는 오늘 자전거를 못 빌렸습니다. 男子今天無法借到腳踏車。

29. 여자 : 이 연극 재미있을까요? 女子：這部話劇有趣嗎？

남자 : 어제 봤는데 정말 재미있었어요. 男子：昨天看了，真有趣。

여자 : 그래요? 어떤 내용이었어요? 女子：這樣嗎？什麼樣的內容？

남자 : 음악 학교 학생들의 이야기였어요. 男子：是音樂學校學生的故事。（4分）

❶ 남자는 이 연극을 좋아합니다. 男子喜歡這部戲劇。

② 여자는 음악을 배우고 싶어 합니다. 女子想要學音樂。

③ 여자는 이 연극의 내용을 잘 압니다. 女子很了解這部戲劇的內容。

④ 남자는 음악 학교에 다니고 있습니다. 男子是音樂學校的學生。

30. 남자 : 수미 씨, 이 전자 사전을 어디에서 샀어요? 저는 백화점에 사러 갔는데 없어서 못 샀어요.

男子：秀美小姐，這台電子字典在哪買？我為了買（這台）去百貨公司，但沒有（貨）就買不到了。

여자 : 인터넷에서 샀어요. 인터넷에서 한번 찾아보세요.

女子：在網路上買的。請你在網路上找找看。

남자 : 네, 그런데 인터넷으로 주문하면 언제 받을 수 있어요?

男子：是，不過在網路訂購的話何時可以收到？

여자 : 저는 주문하고 3일 후에 받았어요.

女子：我訂購3天之後就收到了。（3分）

❶ 여자는 인터넷으로 전자사전을 샀습니다. 女子用網路買了電子字典。

② 여자는 일주일 후에 전자사전을 받았습니다. 女子過了一個星期後收到電子字典。

③ 남자는 백화점에서 전자사전을 주문했습니다. 男子在百貨公司訂購了電子字典。

④ 남자는 전자사전을 사려고 인터넷을 찾아봤습니다.

男子為了買電子字典用網路找過。

2011 (21)

31. 남자 : (기뻐하며) 와! 눈이 와요. 우리 스키 타러 가요.

男子：（開心的）哇！下雪了。我們去滑雪吧。

여자 : 좋아요. 그런데 금요일은 바쁘니까 토요일에 출발해요.

女子：好啊。不過星期五比較忙的關係，星期六出發。（3分）

① 남자는 눈을 싫어합니다. 男子不喜歡雪。

② 여자는 토요일에 바쁩니다. 女子星期六很忙。

❸ 여자는 스키를 타고 싶어 합니다. 女子想要滑雪。

④ 남자는 지금 스키장에 있습니다. 男子現在在滑雪場。

32. 여자 : 점심 먹으러 가요. 女子：（我們）去吃中餐吧。

남자 : 저는 아침을 많이 먹어서 지금 배가 별로 안 고픈데…….

男子：因為我早餐吃很多，現在不太餓……。

여자 : 그러면 1시간쯤 후에 먹을까요? 女子：那麼大約1個小時後吃如何？

남자 : 네, 좋아요. 男子：好啊。（3分）

① 여자는 배가 고프지 않습니다. 女子不太餓。

② 여자는 점심을 먹지 않을 겁니다. 女子不會吃中餐。

③ 남자는 지금 밥을 먹고 있습니다. 男子現在在吃飯。

❹ 남자는 나중에 점심을 먹을 겁니다. 男子之後要吃中餐。

33. 여자 : 보고서 다 썼어요? 女子：報告書寫好了嗎？

남자 : 네, 다 했어요. 수미 씨는요? 男子：是，寫好了。秀美小姐妳呢？

여자 : 저는 아직 못 했어요. 그런데 시간이 얼마나 걸려요?

女子：我還沒寫完。不過需要多少時間？

남자 : 금방 끝낼 수 있어요. 男子：很快就可以寫完。（4分）

① 보고서는 시간이 오래 걸립니다. 報告書需要很長的時間。

② 남자는 아직 보고서를 못 썼습니다. 男子還沒寫報告書。

③ 여자는 보고서를 어제 다 썼습니다. 女子昨天寫完報告書。

❹ 두 사람 모두 보고서를 써야 합니다. 兩個人都要寫報告書。

34. 여자 : 영수 씨, 얼굴이 안 좋네요. 어디 아파요?

女子：永洙先生，臉色不好耶。哪裡不舒服嗎？

남자 : 네. 아침부터 열이 나고 목이 아파요. 감기에 걸린 것 같아요.

男子：是。從早上開始發燒喉嚨痛。好像感冒。

여자 : 그래요? 병원에는 갔어요? 女子：是嗎？去過醫院嗎（去看醫生了嗎）？

남자 : 아니요, 아직 못 갔어요. 오전에 회의가 많았어요.

男子：不，還沒去。早上會議很多。（4分）

① 남자는 오늘 회의에 못 갔습니다. 男子今天無法去（參加）會議。

② 여자는 오늘 병원에 가야 합니다. 女子今天要去醫院。

❸ 남자는 바빠서 병원에 못 갔습니다. 男子因為很忙所以沒有辦法去醫院。

④ 여자는 감기에 걸려서 열이 납니다. 女子因為感冒而發燒。

35. 남자 : 어서 오세요. 뭘 찾으세요? 男子：歡迎光臨。請問要找什麼？

여자 : 지갑요. 작은 손가방에 넣을 수 있는 크기면 좋겠어요.

女子：錢包。如果有可以放進小手提包裡的大小就好了。

남자 : 이건 어떠세요? 이게 요즘 손님들에게 아주 인기가 많아요.

男子：這個如何？這個最近很受客人的歡迎。

여자 : 크기는 괜찮은데 색깔이 마음에 안 들어요. 다른 색은 없어요?

女子：大小還不錯，但顏色不喜歡。沒有其他顏色嗎？（3分）

① 남자는 가방에 지갑을 넣을 겁니다. 男子要將錢包放在包包裡。

❷ 여자는 작은 지갑을 사고 싶어 합니다. 女子想要買小的錢包。

③ 남자는 작은 가방을 가지고 있습니다. 男子擁有小的包包。

④ 여자는 지갑 크기가 마음에 안 듭니다. 女子不喜歡錢包的大小。

2010 (20)

36. 남자 : 어제 수미 씨 결혼식에 왜 안 왔어요?

男子：為什麼昨天沒有來秀美小姐的婚禮？

여자 : 회사에 일이 너무 많았어요. 女子：公司事情太多的關係。（3分）

❶ 여자는 어제 일이 많았습니다. 女子昨天有很多事。

② 여자는 어제 결혼을 했습니다. 女子昨天結婚。

③ 남자는 어제 회사에서 일했습니다. 男子昨天在公司上班。

④ 남자는 결혼식에서 여자를 만났습니다. 男子在結婚典禮中見到女生。

37. 여자 : 토요일에 고향에서 친구가 와요. 女子：星期六朋友要從故鄉來。

남자 : 아, 그래요? 뭐 할 거예요? 男子：啊，這樣嗎？（來的話）要做什麼？

여자 : 서울공원에 갈 거예요. 거기에서 재미있게 놀 거예요.

女子：要去首爾公園。在那裡要好好玩。（3分）

① 남자는 재미있게 놀고 싶어 합니다. 男子想要好好玩。

❷ 여자는 서울공원에 가려고 합니다. 女子打算要去首爾公園。

③ 남자는 주말에 여자를 만날 겁니다. 男子在週末要見女生。

④ 여자는 친구와 같이 고향에 갈 겁니다. 女子和朋友要一起去故鄉。

38. 여자 : 사진 속 이 사람이 동생이에요? 민수 씨랑 많이 닮았네요.

女子：照片中這個人是弟弟嗎？和閔洙先生長得很像。

남자 : 네. 그런 이야기 많이 들었어요. 男子：是。很多人都這麼說。

여자 : 그런데 민수 씨보다 키가 좀 커 보여요.

女子：不過比起閔洙先生身高看起來比較高。

남자 : 네. 저보다 조금 더 커요. 男子：是比我高一點。（4分）

① 여자는 남동생이 있습니다. 女子有弟弟。

❷ 남자는 동생보다 키가 작습니다. 男子比弟弟矮。

③ 여자는 민수 씨하고 닮았습니다. 女子和閔洙先生長得很像。

④ 남자는 동생하고 이야기를 합니다. 男子在跟弟弟聊天。

39. 남자 : 수미 씨, 오늘 회의 시간을 저녁 여섯 시로 바꿀 수 있어요?

男子：秀美小姐，今天的會議時間可以改為晚上六點嗎？

여자 : 어떡하지요? 오늘은 일찍 퇴근해야 해요.

女子：怎麼辦？今天得要早一點下班。

남자 : 그러면 내일은 어때요? 男子：那麼明天怎麼樣？

여자 : 괜찮아요. 그럼 회의 준비는 내일 해도 되겠네요.

女子：沒關係（沒問題）。那麼明天準備會議也可以。（4分）

① 여자는 회의 준비를 했습니다. 女子準備了會議。

② 여자는 오늘 저녁에 회의를 합니다. 女子今天晚上要開會。

③ 남자는 오늘 일찍 퇴근하고 싶어 합니다. 男子想今天早一點下班。

❹ 남자는 회의 시간을 바꾸고 싶어 합니다. 男子想要換開會時間。

40. 남자 : 미나 씨는 기타를 배운 지 얼마나 됐어요?

男子：美娜小姐，學吉他學了多久？

여자 : 일 년쯤 됐어요. 女子：學了一年左右。

남자 : 저는 기타를 처음 배울 때 힘들었는데, 미나 씨는 괜찮았어요?

男子：我一開始學吉他時很辛苦，不過美娜小姐還好嗎？

여자 : 배우기 시작했을 때는 손이 많이 아팠지만 지금은 괜찮아졌어요.

女子：剛開始學習時手很痛，但現在比較好了。（3分）

① 남자는 기타를 배우고 싶어 합니다. 男子想要學吉他。

② 남자는 기타를 배운지 일년이 되었습니다. 男子學吉他學了一年。

❸ 여자는 기타를 처음 배울 때 손이 아팠습니다. 女子一開始學吉他時手很痛。

④ 여자는 남자하고 같이 기타를 배우고 있습니다. 女子和男子一起學吉他。

2010 (18)

41. 여자 : 버스가 안 와요. 조금 더 기다릴까요? 女子：公車不來。要不要再等一下？

남자 : 너무 늦었어요. 택시를 탑시다. 男子：太晚了。（我們）搭計程車吧。（3分）

① 버스는 빨리 왔습니다. 公車很快來了。

② 남자는 버스를 탔습니다. 男子搭公車了。

③ 여자는 택시를 기다립니다. 女子在等計程車。

❹ 두 사람은 시간이 없습니다. 兩個人沒有時間。

42. 여자 : 민수 씨, 그게 뭐예요?　女子：閔洙先生，那是什麼？

남자 : 내일이 동생 생일이에요. 그래서 생일 선물을 샀어요.

男子：明天是我弟弟的生日。所以買了生日禮物。

여자 : 생일 선물이 뭐예요?　女子：什麼生日禮物？

남자 : 동생이 운동을 좋아해서 축구공을 샀어요.

男子：弟弟很喜歡運動，所以買了足球。（3分）

① 남자는 내일이 생일입니다.　男子明天生日。

② 남자는 운동을 좋아합니다.　男子喜歡運動。

③ 남자는 축구공을 사러 왔습니다.　男子來（這裡）買足球。

❹ 남자는 동생에게 축구공을 줄 겁니다.　男子會送弟弟足球。

43. 여자 : 민수 씨, 어디 아파요?　女子：閔洙先生，哪裡不舒服？

남자 : 아니요. 요즘 밤에 잠을 잘 못 자요.

男子：不是的（不是不舒服）。最近晚上睡不好。

여자 : 왜요? 무슨 걱정이 있어요?　女子：怎麼了？有什麼煩惱嗎？

남자 : 다음 주에 시험이 있어서요.

男子：因為下星期有考試的關係。（4分）

① 여자는 자주 아픕니다.　女子常常不舒服。

② 남자는 잠을 잘 잡니다.　男子睡得很好。

❸ 남자는 시험을 걱정합니다.　男子擔心考試。

④ 여자는 시험을 볼 것입니다.　女子要考試。

44. 여자 : 한국 미술관이죠? 거기 몇 시까지 해요?

女子：韓國美術館嗎？那裡開到幾點？

남자 : 평일은 오후 여섯 시까지 열고 주말에는 오후 여덟 시까지 엽니다.

男子：平日開到下午六點，週末開到下午八點。

여자 : 지금 가면 들어갈 수 있어요?　女子：如果現在去可以進去嗎？

남자 : 한 시간 전까지 오시면 됩니다. 오늘은 토요일이니까 일곱 시까지 오십시오.

男子：（閉館）一小時前來就可以。今天是星期六的關係，請你七點以前到達。（4分）

① 남자는 미술관에 가고 싶어 합니다.　男子想去美術館。

② 미술관은 토요일 오후 6시까지 문을 엽니다.　美術館星期六開到下午6點。

❸ 미술관은 주말에 평일보다 더 늦게까지 엽니다.

美術館週末比平日關得晚一點。

④ 여자는 오후 1시까지 미술관에 들어가야 합니다.

女子到下午1點得要進去美術館。

45. 여자 : 민수 씨, 빌려준 책 다 봤어요? 女子：閔洙先生，借給你的書都看完了嗎？

남자 : 아니요. 아직 다 못 봤어요. 내일 드려도 돼요?

男子：不。還沒看完。可以明天給妳嗎？

여자 : 친구한테 빌린 책이라서 오늘 저녁까지 돌려줘야 하는데…….

女子：因為是跟朋友借的書，今天晚上要還……。

남자 : 그럼, 지금 드릴게요. 男子：那麼現在還你。（3分）

① 남자는 빌린 책을 다 읽었습니다. 男子看完了借來的書。

❷ 남자는 오늘 책을 돌려줄 것입니다. 男子今天要還書。

③ 여자는 남자에게서 책을 빌렸습니다. 女子跟男生借了書。

④ 여자는 저녁에 빌린 책을 볼 것입니다. 女子晚上要看借來的書。

6-5

模擬考題練習

實戰模擬考題

MP3-21~26

※ [1~30] 다음을 듣고 <보기>와 같이 대화 내용과 같은 것을 고르십시오.

1. (3점) MP3-21

① 남자는 한국어를 배웁니다.

② 여자는 수요일에 시간이 있습니다.

③ 남자와 여자는 내일 만날 수 없습니다.

④ 남자와 여자는 같이 한국어를 배웁니다.

2. (3점)

① 남자는 오늘 여자 집에 놀러 갈 겁니다.

② 여자는 오늘 친구를 초대하려고 합니다.

③ 이번 주말에 날씨가 좋을 겁니다.

④ 여자는 오늘 집을 청소하고 정리하려고 합니다.

3. (3점)

① 남자는 축구 경기를 못 봤습니다.

② 여자는 오늘 축구 경기를 보려고 합니다.

③ 남자는 축구 경기를 좋아하지 않습니다.

④ 여자는 어제 야근을 했습니다.

4. (3점)

① 남자는 설날에 대해서 잘 모릅니다.

② 여자는 한복을 좋아합니다.

③ 남자는 아침에 떡국을 먹었습니다.

④ 남자와 여자는 부모님을 만나려고 합니다.

5. (3점)

① 오늘은 영화표를 살 수 없습니다.

② 남자는 벌써 표를 예매했습니다.

③ 남자와 여자는 표를 사고 식사를 하려고 합니다.

④ 남자와 여자는 영화표가 없어서 내일 다시 보려고 합니다.

6. (3점)

MP3-22

① 남자는 여행을 준비하고 있습니다.

② 여자는 이미 여행을 다녀왔습니다.

③ 여자는 사진을 많이 찍었습니다.

④ 남자와 여자는 함께 식사를 하려고 합니다.

7. (3점)

① 남자와 여자는 드라마를 같이 봤습니다.

② 여자는 다음 주에 그 드라마를 또 보려고 합니다.

③ 남자는 어제 늦게 퇴근을 했습니다.

④ 여자는 그 드라마의 남자 주인공을 좋아합니다.

8. (3점)

① 남자와 여자는 커피를 마시고 있습니다.

② 여자는 커피를 좋아합니다.

③ 여자는 커피를 마시고 싶습니다.

④ 남자는 쉬는 시간에 친구와 이야기를 합니다.

9. (3점)

① 남자는 우산이 없습니다.

② 여자는 일이 많아서 야근을 해야 합니다.

③ 여자는 우산이 두 개 있습니다.

④ 남자와 여자는 우산이 없어서 퇴근을 못 합니다.

10. (3점)

① 여자는 100번 버스를 탔습니다.

② 남자는 여자를 기다리고 있습니다.

③ 여자는 서울 미술관에 가고 싶어 합니다.

④ 남자와 여자는 버스를 타고 미술관에 가려고 합니다.

11. (3점) MP3-23

① 여자는 직접 음식을 만들었습니다.

② 남자는 매운 음식을 못 먹습니다.

③ 여자는 매운 음식을 좋아합니다.

④ 남자는 떡볶이를 모두 먹었습니다.

12. (3점)

① 남자는 음료수와 과일을 먹고 싶습니다.

② 여자는 배가 고파서 슈퍼마켓에 갔습니다.

③ 남자는 갑자기 여자를 방해했습니다.

④ 남자와 여자는 함께 공부를 했습니다.

13. (3점)

① 남자는 한국어를 배우고 있습니다.

② 여자는 서점에서 일합니다.

③ 남자는 책을 읽고 있습니다.

④ 남자와 여자는 같이 서점에 가려고 합니다.

14. (3점)

① 남자는 도서관에 자주 갑니다.

② 여자는 도서관에서 아르바이트를 합니다.

③ 여자는 도서관에서 자주 책을 빌립니다.

④ 남자는 책을 빌리고 싶어서 도서관에 가려고 합니다.

15. (3점)

① 여자는 주말마다 시간이 없습니다.

② 남자는 스키를 잘 탑니다.

③ 남자와 여자는 다음 주 금요일에 영화를 봅니다.

④ 남자는 여자와 이번 주말에 영화를 보고 싶어 합니다.

16. (3점)

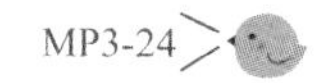

① 남자와 여자는 햄버거를 사려고 합니다.

② 햄버거는 세트로 사면 더 쌉니다.

③ 남자는 햄버거 세트를 주문했습니다.

④ 여자는 남자에게 음료수를 사 주었습니다.

17. (3점)

① 남자는 강아지를 싫어합니다.

② 여자는 강아지와 같이 살고 싶어 합니다.

③ 남자는 학생들과 같이 이 집 근처에 삽니다.

④ 이 집에서는 동물을 키울 수 있습니다.

18. (4점)

① 남자는 약속 장소에 8시에 도착했습니다.

② 여자는 남자를 일곱 시간 기다렸습니다.

③ 남자는 여자에게 미리 전화를 했습니다.

④ 여자는 휴대 전화를 사무실에 두고 왔습니다.

19. (4점)

① 여자는 서울 레스토랑에서 일합니다.

② 남자는 토요일 점심에 예약하고 싶지만 자리가 없습니다.

③ 여자가 남자에게 전화를 걸었습니다.

④ 남자는 토요일에 가족과 함께 서울 레스토랑에서 식사를 하려고 합니다.

20. (4점)

① 여자는 통장을 만들고 싶습니다.

② 도장이 없으면 통장을 만들 수 없습니다.

③ 남자는 신분증이 없지만 통장을 만들 수 있습니다.

④ 통장을 만들 때 도장이나 사인이 필요합니다.

21. (4점)

MP3-25

① 여자는 남자에게 약을 주었습니다.

② 남자는 약을 먹었지만 빨리 낫지 않았습니다.

③ 남자는 감기에 걸려서 얼굴이 안 좋습니다.

④ 여자는 퇴근 후에 남자와 병원에 가려고 합니다.

22. (3점)

① 남자는 바지의 디자인을 좋아하지 않습니다.

② 여자는 남자의 바지를 사러 가게에 왔습니다.

③ 남자는 사무실에서 일할 때 입을 바지를 사고 싶습니다.

④ 여자는 길이를 고치고 싶어 합니다.

23. (4점)

① 남자는 감기에 걸렸습니다.

② 여자는 스트레스를 많이 받았습니다.

③ 여자는 머리가 아프고 기침이 납니다.

④ 남자는 어제부터 몸이 아픕니다.

24. (4점)

① 여자는 놀이 공원에서 표를 팔고 있습니다.

② 남자는 가족과 함께 놀이 공원에 왔습니다.

③ 남자는 21000원을 내야 합니다.

④ 여자는 놀이 공원에서 오후 6시까지 놀 수 있습니다.

25. (4점)

① 남자와 여자는 여행을 준비하고 있습니다.

② 남자는 다음 주 목요일에 인터넷으로 물건을 사려고 합니다.

③ 남자는 인터넷 쇼핑을 안 해 봤습니다.

④ 인터넷 쇼핑은 가격도 싸고 편합니다.

26. (4점) MP3-26

① 남자는 약속 시간을 바꾸고 싶어 합니다.

② 남자와 여자는 다음 주 화요일에 서울에서 만납니다.

③ 여자는 수요일에 출장을 가야 합니다.

④ 남자는 화요일에 부산으로 출장 갑니다.

27. (4점)

① 남자와 여자는 같이 전자 상가에 갔습니다.

② 여자는 카메라를 어제 새로 샀습니다.

③ 남자는 전자 상가에서 일합니다.

④ 전자 상가에 카메라를 사는 사람들이 많아서 복잡합니다.

28. (4점)

① 지금 비가 오는데 남자는 우산이 없습니다.

② 아침에 비가 안 왔지만 여자는 우산을 가지고 나왔습니다.

③ 오후에 비가 오면 여자는 남자에게 우산을 빌려 주려고 합니다.

④ 남자는 작은 우산이 가방 안에 있습니다.

29. (4점)

① 여자는 자동차 전시를 아주 좋아합니다.

② 여자는 남자와 함께 가려고 전시회 표를 샀습니다.

③ 자동차 전시회는 내일부터 2주 동안 열립니다.

④ 남자와 여자는 내일 자동차 전시를 보러 갑니다.

30. (4점)

① 오늘은 회사 앞 식당에서 김치찌개를 먹습니다.

② 남자는 김치찌개를 좋아하지 않습니다.

③ 오늘은 날씨가 추워서 칼국수를 먹으러 갑니다.

④ 오늘 점심에 남자는 칼국수를 먹고 여자는 김치찌개를 먹을 겁니다.

1. ③	2. ②	3. ①	4. ①	5. ③	6. ②	7. ③	8. ④	9. ①	10. ③
11. ②	12. ④	13. ①	14. ④	15. ④	16. ③	17. ②	18. ①	19. ①	20. ④
21. ③	22. ③	23. ④	24. ④	25. ③	26. ①	27. ②	28. ②	29. ③	30. ③

6-6

模擬考題解析

※［1～30］聽以下內容，請依〈範例〉選出與內容一致的答案。

1. 남자 : 내일 시간 있어요? 男子：明天有空嗎？

   여자 : 미안해요. 매주 수요일에 한국어를 배우러 가요.

   女子：對不起。每週星期三去學韓語。（3分）

   ① 남자는 한국어를 배웁니다. 男子學韓語。

   ② 여자는 수요일에 시간이 있습니다. 女子星期三有空。

   ❸ 남자와 여자는 내일 만날 수 없습니다. 男子和女子明天不能見面。

   ④ 남자와 여자는 같이 한국어를 배웁니다. 男子和女子一起學韓語。

☆ 本題關鍵句為男子和女子講話的開頭兩句。尤其女子說「미안해요」（對不起）可知「내일」（明天）沒有空。學韓語的主體是女子，依據女子後面說的內容可推測明天就是「수요일」（星期三）。在本對話中沒有提到兩個人是否一起學韓語的事，因此答案是③。

2. 남자 : 지난 주말에 날씨가 좋았는데 뭐 했어요?

   男子：上星期週末天氣很好，做了什麼？

   여자 : 오늘 친구가 놀러 와서 청소하고 집을 정리했어요.

   女子：因為今天朋友要來玩，所以整理家了。（3分）

   ① 남자는 오늘 여자 집에 놀러 갈 겁니다. 男子今天要去女生家玩。

   ❷ 여자는 오늘 친구를 초대하려고 합니다. 女子今天要邀請朋友。

   ③ 이번 주말에 날씨가 좋을 겁니다. 本週週末天氣會很好。

   ③ 여자는 오늘 집을 청소하고 정리하려고 합니다. 女子打算今天打掃整理家。

☆ 本題要注意聽的地方是男子問上個週末的事（過去式），及女子週末做的事（過去式）和其原因（今天要邀請朋友的事）。關鍵詞為「지난 주말」（上個週末）、「오늘」（今天）、「친구가 놀러 오다」（朋友要來玩）、「청소하고 정리했다」（打掃整理）等。如果已經知道「초대하다」（邀請）的單字，就更容易選出答案②。

另外，重要句型「-(으)려고 하다」接動詞表示說者的打算或意圖。

例句）내일부터 한국어능력시험 준비를 하려고 해요. 從明天開始打算準備韓語檢定考試。

如果看到「-(으)려고」的句型，表示主語或說者的目的。

例句）한국에 여행가려고 한국어를 배웁니다. 為了去韓國旅行學韓語。

3. 여자 : 어제 텔레비전으로 축구 경기 봤어요?

女子：昨天看電視足球賽（轉播）嗎？

남자 : 야근을 해서 못 봤어요. 결과가 어떻게 되었어요?

男子：因為我有加班沒看到。結果如何呢？（3分）

❶ 남자는 축구 경기를 못 봤습니다. 男子沒有看到足球比賽。

② 여자는 오늘 축구 경기를 보려고 합니다. 女子今天要看足球比賽。

③ 남자는 축구 경기를 좋아하지 않습니다. 男子不喜歡足球比賽。

④ 여자는 어제 야근을 했습니다. 女子昨天加班了。

☆ 本題的關鍵詞為「**어제**」（昨天）、「**축구 경기**」（足球比賽）、「**야근**」（加班）、「**못 봤어요**」（無法看了）等。透過這些關鍵詞可知男子因為加班沒有看足球比賽，但不知男子是否不喜歡足球比賽。女子昨天看了比賽，加班的人不是女子而是男子。因此答案是①。

4. 남자 : 한국에서는 설날에 무엇을 해요? 男子：在韓國新年做些什麼？

여자 : 아침에 한복을 입고 부모님께 세배를 드려요. 그리고 가족들과 함께 떡국을 먹어요.

女子：早上穿上韓服向父母拜年。還有和家人一起吃年糕湯。（3分）

❶ 남자는 설날에 대해서 잘 모릅니다. 男子不太知道關於（韓國）新年。

② 여자는 한복을 좋아합니다. 女子喜歡韓服。

③ 남자는 아침에 떡국을 먹었습니다. 男子早上吃了年糕湯。

④ 남자와 여자는 부모님을 만나려고 합니다. 男子與女子打算要見父母。

☆ 本題的關鍵詞為「**설날**」（新年）、「**세배**」（拜年）、「**한복**」（韓服）、「**떡국**」（年糕湯）等。男子向女子問韓國的過年做什麼？因此，答案是①。其他，透過對話內容不知道女子是否喜歡韓服；也不知道男子早上吃了哪道菜及打算一起見父母的事等。

5. 남자 : 지금 시작하는 영화표가 모두 매진이에요. 다음 시간 표를 살까요?

男子：現在開始（放映）的電影票全都賣完。要不要買下一個時段的票？

여자 : 네, 좋아요. 먼저 표를 예매하고 근처에서 저녁을 먹고 와요.

女子：好，先買票。去附近吃個晚餐再過來吧。（3分）

① 오늘은 영화표를 살 수 없습니다. 今天無法買電影票。

② 남자는 벌써 표를 예매했습니다. 男子已經買票。

❸ 남자와 여자는 표를 사고 식사를 하려고 합니다.

男子和女子打算要先買票再去吃飯。

④ 남자와 여자는 영화표가 없어서 내일 다시 보려고 합니다.

男子和女子因為沒有電影票打算明天再來看（電影）。

☆ 本題需要記起來的單字為「**매진**」（賣完）和「**예매**」（預購）。再加上，要注意「**지금 시작하는 영화표**」（現在要開始的電影票）、「**다음 시간 표**」（下個時段的票）等。看對話內容可知今天是買得到票，因此①和④有錯，男子也向女子詢問要不要買票，表示還沒有買票②也是錯的，答案是③。

6. 남자 : 지난번 여행은 어땠어요?　男子：上一次旅行怎麼樣？

여자 : 음식도 맛있고 아름다운 곳도 많아서 정말 재미있었어요.

女子：菜也很好吃，也有很多很漂亮的地方，真好玩。（3分）

① 남자는 여행을 준비하고 있습니다.　男子正在準備旅遊。

❷ 여자는 이미 여행을 다녀왔습니다.　女子已經去旅遊回來。

③ 여자는 사진을 많이 찍었습니다.　女子拍了很多照。

④ 남자와 여자는 함께 식사를 하려고 합니다.　男子和女子打算要一起吃飯。

☆ 本題的關鍵字，如果注意聽男子問「**지난번 여행**」（上一次旅行）及女子回答「**재미있었어요**」（很好玩）可知兩個人在談女子已經去過回來的上一次旅遊，答案是②。其他選項內容，無法透過對話內容知道。

7. 여자 : 민수 씨, 어제 저녁에 드라마 봤어요?

女子：閔洙先生，昨天晚上看了連續劇嗎？

남자 : 아, 그 인기 많은 드라마요? 저는 야근을 해서 못 봤어요. 결말이 어떻게 되었어요?

男子：啊，那部很受歡迎的連續劇嗎？我因為加班沒有看。結局如何？

여자 : 결국 남자 주인공과 여자 주인공이 다시 만나서 다행이었어요.

女子：結果，幸好男主角和女主角再次相遇。（3分）

① 남자와 여자는 드라마를 같이 봤습니다.　男子和女子一起看了連續劇。

② 여자는 다음 주에 그 드라마를 또 보려고 합니다.　女子下週還要看那部連續劇。

❸ 남자는 어제 늦게 퇴근을 했습니다.　男子昨天很晚下班。

④ 여자는 그 드라마의 남자 주인공을 좋아합니다.　女子喜歡那部連續劇的男主角。

☆ 本題的關鍵詞為「어제 저녁」（昨天晚上）、「드라마」（連續劇）、「야근을 해서」（因為加班的關係）、「결말」（結局）等。透過這些關鍵詞可知，男生由於加班所以沒有看到連續劇的結局，因此可推測連續劇已經結束的狀況。至於女子喜歡男主角的事，對話中沒有提出而無法知道，答案是③。

8. 여자：민수 씨는 쉬는 시간에 뭐 하세요?

女子：閔洙先生，休息時間（通常）做什麼？

남자：저는 친구와 이야기를 하면서 커피를 마셔요. 수미 씨도 한 잔 마실래요?

男子：我（通常）和朋友聊天喝咖啡。秀美小姐也要喝杯咖啡嗎？

여자：아니요. 고맙지만 괜찮아요.　女子：不用了，謝謝。（3分）

① 남자와 여자는 커피를 마시고 있습니다.　男子和女子在喝咖啡。

② 여자는 커피를 좋아합니다.　女子喜歡咖啡。

③ 여자는 커피를 마시고 싶습니다.　女子想喝咖啡。

❹ 남자는 쉬는 시간에 친구와 이야기를 합니다.　男子在休息時候和朋友聊天。

☆ 本題的關鍵句為「쉬는 시간에 뭐 하세요」（休息時間做什麼）、「이야기를 하면서 커피를 마셔요」（邊聊天邊喝咖啡）及「고맙지만 괜찮아요」（不用了謝謝）。女子已經表達不用喝咖啡①和③是錯，②也透過對話內容無法知道，答案是④。另外，要注意「-(으)면서」（～同時～、一邊～一邊～）的句型。

例句）청소를 하면서 노래를 불러요.　邊打掃邊唱歌。

9. 남자：자, 퇴근합시다. 어, 밖에 비가 많이 오네요.

男子：好，下班吧。啊，外面下很大的雨呢。

여자：우산 안 가지고 왔어요?　女子：沒有帶雨傘嗎？

남자：네, 아침에는 비가 안 왔거든요. 수미 씨, 우산 하나 더 있어요?

男子：是，因為早上沒有下雨（所以沒帶）。秀美小姐，有（多的）雨傘嗎？（3分）

❶ 남자는 우산이 없습니다.　男子沒有雨傘。

② 여자는 일이 많아서 야근을 해야 합니다.　女子因為有很多事要做，得要加班。

③ 여자는 우산이 두 개 있습니다.　女子有兩把雨傘。

④ 남자와 여자는 우산이 없어서 퇴근을 못 합니다.

男子和女子因為沒有雨傘，所以無法下班。

☆ 本題的關鍵句為「밖에 비가 오네요」（外面下雨）、「우산 안 가져왔어요」（沒帶雨傘嗎）及「우산 하나 더 있어요?」（還有多一把雨傘嗎）等。答案是①的原因是，女子問「沒有帶雨傘嗎」時，男子雖然沒有用否定的方式回答，但透過「-거든요」（表示原因，不需要在敘述其結果時）可了解，早上沒下雨的關係所以沒有帶雨傘。女子是否有雨傘，透過本文無法清

楚，但女子問男子「沒帶雨傘嗎」的語氣可猜得出應該有雨傘，因此③跟④不對。②也在對話中沒提③因此無法成為答案。

例句）왜 우산을 안 가져왔어요? / 버스에 두고 내렸거든요. 為什麼沒有帶雨傘呢？/ 放在公車上就下車的關係。

10. 여자 : 저기요. 서울 미술관에 가려고 하는데 어떻게 가요?

女子：不好意思，我要去首爾美術館，要怎麼去？

남자 : 서울 미술관은 여기서 조금 멀어요. 여기서 100번 버스를 타고 가세요.

男子：首爾美術館離這裡有一點遠。請在這裡搭100號公車去。

여자 : 네, 알겠습니다. 감사합니다. 女子：是，了解。謝謝。（3分）

① 여자는 100번 버스를 탔습니다. 女子搭了100號公車。

② 남자는 여자를 기다리고 있습니다. 男子在等女子。

❸ 여자는 서울 미술관에 가고 싶어 합니다. 女子想去首爾美術館。

④ 남자와 여자는 버스를 타고 미술관에 가려고 합니다.

男子和女子打算搭公車到美術館去。

☆ 本題的關鍵句為「서울 미술관」（首爾美術館）、「어떻게 가요」（怎麼去）及「버스를 타고 가세요」（搭公車去）等。題目的狀況是女子在問男子路，因此②、④不是答案，已經搭了100號公車的①也不對（在路上還沒搭車），答案是③。

11. 여자 : 토니 씨, 이것 한번 먹어 보세요. 女子：東尼先生，吃看看這個。

남자 : 어? 떡볶이네요. 정말 맛있겠어요. 그런데 저는 매운 음식을 잘 못 먹어요.

男子：啊？是辣炒年糕。很好吃的樣子。不過我不太會吃辣的食物。

여자 : 이건 전통 방식으로 만든 떡볶이라서 맵지 않아요.

女子：這是用傳統方式做的炒年糕，所以不會辣。

남자 : 그럼, 맛있게 먹겠습니다. 男子：那麼，我要吃了（開動）。（3分）

① 여자는 직접 음식을 만들었습니다. 女子親自做了菜。

❷ 남자는 매운 음식을 못 먹습니다. 男子不太會吃辣的飲食。

③ 여자는 매운 음식을 좋아합니다. 女子喜歡辣的飲食。

④ 남자는 떡볶이를 모두 먹었습니다. 男子把炒年糕全部吃完。

☆ 本題的關鍵詞為「매운 음식」（辣的飲食）、「잘 못 먹어요」（不太會吃）、「맵지 않아요」（不辣）、「잘 먹겠습니다」（我要開動）。這些關鍵詞來可推測男子不太會吃辣的食物，但知道這道菜不辣後就決定要開動。其他女子是否「직접」（親自）做的菜或喜歡辣的飲食，透過本對話無法知道。因此答案是②。

12. 남자 : 수미 씨, 아까 어디에 갔었어요? 男子：秀美小姐，剛才去哪裡了？

여자 : 음료수와 과일을 사러 슈퍼마켓에 갔다 왔어요. 무슨 일 있어요?

女子：為了買飲料和水果去超級市場了。有什麼事嗎？

남자 : 같이 공부하다가 갑자기 안 보여서 걱정했어요.

男子：一起唸書唸到一半突然看不到（妳）所以很擔心。

여자 : 정말 미안해요. 방해하고 싶지 않아서 그랬어요.

女子：真抱歉。因為不想打擾到（你讀書）所以才這樣。（3分）

① 남자는 음료수와 과일을 먹고 싶습니다. 男子想喝飲料和水果。

② 여자는 배가 고파서 슈퍼마켓에 갔습니다. 女子因為很餓，去了超級市場。

③ 남자는 갑자기 여자를 방해했습니다. 男子突然打擾了女生。

❹ 남자와 여자는 함께 공부를 했습니다. 男子和女子一起唸書了。

☆ 本題的關鍵詞為「아까」（剛才）、「갔다왔어요」（去過回來）、「갑자기」（突然）等。尤其要理解「~을 사러 슈퍼마켓에 갔다오다」（去超市買東西）、「-다가」（途中）的句型。女生去超市買東西，但無法從對話中得知男生是否想吃那些，或是女生是否「배가 고프다」（肚子餓）。透過男子說的第三句可知本題目的答案是④。女子說得最後一句比較複雜：「방해하다」（打擾）+「-고 싶다」（想要）+「-지 않다」（不）+「-아서」（因為～的關係）+「그랬어요」（這麼做）。雖然不知道這句可以找出答案，但也是初級考試要理解的句型及單字，要一起背起來。

「-다가」（途中）例句）학교에 가다가 집으로 다시 돌아갔어요. 去學校途中再返回家了。

13. 남자 : 수미 씨, 무슨 책을 보고 있어요? 男子：秀美小姐，在看什麼書？

여자 : 아, 한국 문화를 소개하는 책이에요. 지난 주에 서점에서 샀어요.

女子：啊，（這是）介紹韓國文化的書。上週在書店買的。

남자 : 저도 한국어를 배우니까 그 책을 읽고 싶어요.

男子：因為我也在學韓語所以想讀那本書。

여자 : 한국을 잘 이해할 수 있어요. 꼭 한번 읽어 보세요.

女子：可以多了解韓國。請你一定要讀看看。（3分）

❶ 남자는 한국어를 배우고 있습니다. 男子在學韓語。

② 여자는 서점에서 일합니다. 女子在書店工作。

③ 남자는 책을 읽고 있습니다. 男子正在看書。

④ 남자와 여자는 같이 서점에 가려고 합니다. 男子和女子打算一起去書店。

☆ 本題的關鍵單字和句子為「책」（書）、「서점에서 샀어요」（在書店買）、「한국어를 배우니까」（在學韓語的關係）、「그 책을 읽어보고 싶어요」（想看那本書）等。另外，「무슨」（什麼）會接名詞、「-(으)니까」（因為～所以）、「-고 싶다」（想要）、「-ㄹ/을 수 있다」（能夠、會）是考生不背不可的重要句型。透過關鍵詞可得知男子在學韓語的事，因此答案是①。

14. 남자 : 수미 씨, 학교 도서관에 가 봤어요? 男子：秀美小姐，去過學校圖書館嗎？

여자 : 네, 책도 많고 조용해서 자주 도서관에 가요.

女子：是，書很多又很安靜所以常去圖書館。

남자 : 도서관에서 책을 빌리고 싶어요. 뭐가 필요해요?

男子：我想在圖書館借書。需要什麼嗎？

여자 : 학생증만 있으면 책을 빌릴 수 있어요.

女子：如果有學生證就可以借書。（3分）

① 남자는 도서관에 자주 갑니다. 男子常去圖書館。

② 여자는 도서관에서 아르바이트를 합니다. 女子在圖書館打工。

③ 여자는 도서관에서 자주 책을 빌립니다. 女子在圖書館常常借書。

❹ 남자는 책을 빌리고 싶어서 도서관에 가려고 합니다.

男子想借書，所以打算要去圖書館。

☆ 本題為男生在問女生如何借書的問題。關鍵單字和句子為「도서관에 가 봤어요?」（去過圖書館嗎？）、「자주 도서관에 가요」（常去圖書館）、「책을 빌리고 싶어요」（想借書）、「뭐가 필요해요?」（需要什麼？）等。因此，①男子常去圖書館是錯的、②在本文中無法得知女子是否在圖書館打工；雖然女子常去圖書館，但也沒提到是否常借書，因此③也錯的，答案是④。

15. 남자 : 주말에 시간이 있어요? 같이 영화 보러 갈까요?

男子：週末有空嗎？要不要一起去看電影？

여자 : 미안해요. 주말에 친구들과 같이 스키 타러 갈 거예요.

女子：對不起。週末要和朋友們一起去滑雪。

남자 : 그래요? 그럼 언제 시간이 있어요? 男子：這樣嗎？那麼何時有空？

여자 : 다음 주 금요일이 괜찮아요. 女子：下週五可以。（3分）

① 여자는 주말마다 시간이 없습니다. 女子每個週末沒空。

② 남자는 스키를 잘 탑니다. 男子很會滑雪。

③ 남자와 여자는 다음 주 금요일에 영화를 봅니다. 男子和女子下週五要看電影。

❹ 남자는 여자와 이번 주말에 영화를 보고 싶어 합니다.

男子想要和子生在週末看電影。

☆ 本題的關鍵單字和句子為「주말」（週末）、「시간 있어요?」（有空嗎？）、「미안해요」（對不起）、「스키 타러 갈 거예요」（去滑雪）、「언제 시간 있어요?」（什麼時候有空？）及「다음 주 금요일」（下週五）等。選擇題①中用了「～마다」（每、平均；相似「매～」）表示每個週末都沒空因此是錯的、②對話本文沒提到、③雖然女子有說下週有空，但還沒確定，因此答案是④。

16. 여자 : 어서 오세요. 뭐 드시겠어요? 女子：歡迎光臨。請問想吃什麼呢？

남자 : 햄버거 하나 하고 감자튀김 하나 주세요.

男子：請給我一個漢堡和一份炸薯條。

여자 : 손님, 세트로 하시면 음료수도 나오는데 가격은 똑같아요.

女子：客人，如果買套餐，也會提供飲料，價錢是一樣的。

남자 : 그래요? 그럼 햄버거 세트로 하나 주세요.

男子：這樣嗎？那請給我一個漢堡套餐。（3分）

① 남자와 여자는 햄버거를 사려고 합니다. 男子和女子打算要買漢堡。

② 햄버거는 세트로 사면 더 쌉니다. 漢堡如果買套餐會更便宜。

❸ 남자는 햄버거 세트를 주문했습니다. 男子點了漢堡套餐。

④ 여자는 남자에게 음료수를 사 주었습니다. 女子買飲料給男子。

☆ 本題為男生在餐廳點菜的狀況。男子是客人女子是服務生，因此①和④是錯的；本題的關鍵「漢堡套餐」和男子原本要點的價錢是一樣，所以②也是錯的，男子說的最後一句蠻清楚答案是③。

17. 여자 : 안녕하세요. 집 보러 왔는데요. 女子：你好。我來看房子。

남자 : 이쪽으로 따라 오세요. 이 집이에요. 男子：請跟我來。就是這間房子。

여자 : 그런데 이 집에서 강아지 키워도 돼요? 女子：但是可以在這裡養小狗嗎？

남자 : 근처에 공부하는 학생들이 많아서 시끄러우면 안돼요. 동물을 키우면 안됩니다.

男子：因為附近（住）很多唸書的學生不可以吵鬧。不可以養動物。（3分）

① 남자는 강아지를 싫어합니다. 男子討厭小狗。

❷ 여자는 강아지와 같이 살고 싶어 합니다. 女子想和小狗一起住。

③ 남자는 학생들과 같이 이 집 근처에 삽니다. 男子和學生們一起住附近。

④ 이 집에서는 동물을 키울 수 있습니다. 這間房子可以養動物。

☆本題為女子看房子中向男子提到養狗的問題。關鍵句應該是最後一句，還有女子問男子「강아지 키워도 돼요」（可以養小狗嗎）可知女子的意願，答案是②。

18. 남자 : 늦어서 정말 미안해요. 많이 기다렸지요?

男子：來晚了真對不起。等很久吧？

여자 : 7시부터 한 시간을 기다렸어요. 女子：從7點開始等了一個小時。

남자 : 비가 많이 오고 차도 많이 막혔어요. 男子：雨下很大車又很塞。

여자 : 그런데 왜 미리 전화를 안 했어요? 女子：不過為什麼不提早打給我呢？

남자 : 휴대 전화를 사무실에 놓고 왔어요.

男子：把手機放在辦公室（忘了帶出來）。（4分）

❶ 남자는 약속 장소에 8시에 도착했습니다. 男子在8點抵達約好的地方。

② 여자는 남자를 일곱 시간 기다렸습니다. 女子等了男子七個小時。

③ 남자는 여자에게 미리 전화를 했습니다. 男子提早打電話給女子。

④ 여자는 휴대 전화를 사무실에 두고 왔습니다.

女子把手機放在辦公室（忘了帶出來）。

☆本題為男子和女子相約，男子晚一個小時到達的狀況。透過「7시부터 한 시간」（從7點開始一個小時）及「휴대 전화를 놓고 왔어요」（忘了帶手機），可知①男子8點到達、②女子等了男子一個小時、④男子忘了帶手機、③無法打給女子的事，答案是①。

19. 여자 : (따르릉) 여보세요. 서울 레스토랑입니다.

女子：（電話鈴聲）喂。（這裡是）是首爾西餐廳。

남자 : 예약을 하려고 하는데요. 男子：我要預約。

여자 : 네. 언제, 몇 분이세요? 女子：是的。什麼時候、幾位？

남자 : 이번 주 토요일 점심, 어른 세 명요. 男子：本週六中午，三個大人。

여자 : 이번 주 토요일 점심에 세 분 예약되었습니다. 성함이 어떻게 되세요?

女子：本週六中午三位已經預約好了。請問貴姓？（4分）

❶ 여자는 서울 레스토랑에서 일합니다. 女子在首爾西餐廳上班。

② 남자는 토요일 점심에 예약하고 싶지만 자리가 없습니다.

男子想預約星期六中午，但沒位子。

③ 여자가 남자에게 전화를 걸었습니다. 女子打電話給男子。

④ 남자는 토요일에 가족과 함께 서울 레스토랑에서 식사를 하려고 합니다.

男子打算在星期六和家人在首爾西餐廳吃飯。

☆ 本題為男子打電話到女子的餐廳預約的狀況。透過「예약되었습니다」（預約好了）可知②是錯誤、③男子打給餐廳、④無法知道男子和誰吃飯，答案是①。

20. 여자 : 어서 오세요. 무엇을 도와 드릴까요? 女子：歡迎光臨。需要幫忙嗎？

남자 : 통장을 만들려고 하는데요. 男子：我想開帳戶。

여자 : 네, 신분증하고 도장이 있으십니까? 女子：是，有（帶）身分證和印章嗎？

남자 : 신분증은 있는데, 도장은 없는데요. 男子：有身分證，但沒有印章。

여자 : 그럼, 도장 대신 사인을 하시면 됩니다.

女子：那麼，以簽名代替印章。（4分）

① 여자는 통장을 만들고 싶습니다. 女子想開帳戶。

② 도장이 없으면 통장을 만들 수 없습니다. 沒有印章的話，無法開戶頭。

③ 남자는 신분증이 없지만 통장을 만들 수 있습니다.

男子雖然沒有身分證，可以開戶。

❹ 통장을 만들 때 도장이나 사인이 필요합니다. 開戶時，需要印章或簽名。

☆ 本題的關鍵單字和句子為「통장을 만들다」（開帳戶）、「신분증」（身分證）、「도장」（印章）及「사인」（簽名）等。透過這些可知男生到銀行向女子問開戶相關問題。①想開戶的主體是男子、②沒有印章時可以以簽名代替，因此可以開戶、③男子有身分證，因此答案是④。另外，考生要記起來以下單字和句型：

「대신」（代替）例句）생일 파티에 저 대신 수미 씨가 갈 거에요. 秀美小姐會代替我去生日派對。

「-(이)나」（或）例句）선물로 꽃이나 책이 어때요? 禮物買花或書如何？

此外，「(이)나」與「혹은」、「～든지」可互相代換。

21. 여자 : 민호 씨, 얼굴이 안 좋아요. 어디 아파요?

女子：敏鎬先生，臉色不好。哪裡不舒服嗎？

남자 : 네, 감기에 걸린 것 같아요. 男子：是，我好像感冒了。

여자 : 언제부터 아팠어요? 약은 먹었어요?

女子：從什麼時候開始不舒服？吃過藥了嗎？

남자 : 주말부터 아파서 푹 쉬었는데 아직도 안 나았어요. 오늘 퇴근 후에 병원에 가 보려고 해요.

男子：從週末開始不舒服，有多休息，但還沒好。今天下班以後打算去醫院（看醫生）。

여자 : 꼭 병원에 가 보세요. 女子：請你一定要去看醫生。（4分）

① 여자는 남자에게 약을 주었습니다. 女子給男子藥。

② 남자는 약을 먹었지만 빨리 낫지 않았습니다.

男子雖然吃過藥，但不會很快痊癒。

❸ 남자는 감기에 걸려서 얼굴이 안 좋습니다. 男子因為感冒，所以臉色不好。

④ 여자는 퇴근 후에 남자와 병원에 가려고 합니다.

女子下班以後打算和男子去醫院（看醫生）。

☆ 本題的關鍵句為「얼굴이 안 좋다」（臉色不好）、「아직도 안 나았다」（還沒痊癒）、「퇴근 후에 병원에 가려고 하다」（下班後打算要去醫院）。女子問「약은 먹었어요?」（吃過要藥嗎？），男子回答下班後要去看醫生，因此①女子給男生藥、②男子已經吃了藥、④女子和男子一起要去看醫生，這些都不屬於答案，答案是③。

22. 여자 : 무엇을 도와 드릴까요? 女子：請問需要幫忙嗎？

남자 : 바지를 찾는데요. 사무실에서 일할 때 입을 거예요.

男子：我找一條褲子。辦公室上班時要穿。

여자 : 어떤 색깔이나 디자인이 좋으세요? 女子：請問喜歡哪種顏色或款式？

남자 : 진한 색깔에 실내에서 활동하기 편했으면 좋겠어요.

男子：希望深色，方便在室內活動的（褲子）。

여자 : 그럼 이 바지는 어떠세요? 요즘 사람들이 많이 찾는 디자인이에요.

女子：那麼，這條褲子如何？最近很多人找的（喜歡的）設計。

남자 : 다른 건 다 마음에 드는데 길이가 너무 긴 것 같아요.

男子：其他都喜歡但長度好像太長。

여자 : 길이는 입어 보신 후에 알맞게 고쳐 드립니다.

女子：長度的話，試穿之後可以（幫您）修改成適合的長度。（4分）

① 남자는 바지의 디자인을 좋아하지 않습니다. 男子不喜歡這條褲子的設計。

② 여자는 남자의 바지를 사러 가게에 왔습니다. 女子為了買男子的褲子來店裡。

❸ 남자는 사무실에서 일할 때 입을 바지를 사고 싶습니다.

男子想買在辦公室上班時穿的褲子。

④ 여자는 길이를 고치고 싶어합니다. 女子想修改長度。

☆ 本題的關鍵詞為「바지」（褲子）、「사무실에서 일 할 때」（在辦公室上班的時候）、「진한 색깔」（深的顏色）、「활동하기 편하다」（適合活動）、「길이가 너무 길다」（長度太長）等。尤其要注意聽對話中男子所說的一些句型，如「-(으)면 좋겠다」來表達男子的期望或意願。透過關鍵詞可知男子不喜歡的地方是「길이」（長度）、女子是店員，不是要買褲子的客人，答案是③。

23. 여자 : 어서 오세요. 서울 약국입니다. 어디가 아프세요?

女子：歡迎光臨。（這裡是）首爾藥局。請問哪裡不舒服？

남자 : 어제 아침부터 열이 나고 하루 종일 머리가 아파요.

男子：從昨天開始發燒，整天頭痛。

여자 : 콧물이나 기침도 납니까? 女子：有流鼻涕或咳嗽嗎？

남자 : 아니요. 요즘 시험 준비 때문에 스트레스가 심해요.

男子：沒有。最近準備考試的關係，壓力很大。

여자 : 그럼, 약을 먹기 전에 먼저 병원에 가 보세요.

女子：那麼，吃藥之前，請您先到醫院（看醫生）。（4分）

① 남자는 감기에 걸렸습니다. 男子感冒了。

② 여자는 스트레스를 많이 받았습니다. 女子有很大的壓力。

③ 여자는 머리가 아프고 기침이 납니다. 女子有頭痛咳嗽。

❹ 남자는 어제부터 몸이 아픕니다. 男子昨天開始不舒服。

☆ 本題為男子不舒服而去藥局買藥的狀況。男子的症狀為「열이 나다」（發燒）、「머리가 아프다」（頭痛）、「콧물이 안 난다」（沒有流鼻涕）、「기침이 안 난다」（沒有咳嗽）及「스트레스가 많다」（壓力很大）等。不舒服的人是男子，因此②、③不正確，①也不確定，因此答案是④。

24. 여자 : 저기요, 놀이 공원 입장권를 사려고 하는데요.

女子：不好意思，（我）想要買遊樂園的門票。

남자 : 네, 몇 명이세요? 男子：是，請問幾個人？

여자 : 어른 두 명하고 어린이 한 명이요. 女子：兩個大人和一個小孩。

남자 : 어른은 8000원이고, 어린이는 5000원입니다. 어른 두 명하고 어린이 한 명이니까 모두 21000원입니다.

男了：（費用是）大人8000韓元、小孩5000韓元。兩個大人及一個小孩共21000韓元。

여자 : 여기 있습니다. 女子：（錢）在這裡。

남자 : 오늘은 오후 6시까지입니다. 좋은 시간 되세요.

男子：今天（開到）下午6點。祝玩得愉快。（4分）

① 여자는 놀이 공원에서 표를 팔고 있습니다. 女子正在遊樂園賣票。

② 남자는 가족과 함께 놀이 공원에 왔습니다. 男子和家人一起來到遊樂園。

③ 남자는 21000원을 내야 합니다. 男子要付21000韓元。

❹ 여자는 놀이 공원에서 오후 6시까지 놀 수 있습니다.

女子可以在遊樂園玩到下午6點。

☆本題為女子在遊樂園門口買票的狀況。幫助理解本題目的關鍵詞為「놀이 공원」（遊樂園）、「입장권」（門票）、「어른이 두 명」（兩個大人）、「어린이 한 명」（一個小孩）、「오늘은 여섯 시까지」（今天到6點）等。男子的角色在賣票，因此①、②、③是錯誤的，所以答案是④。其實用韓語問營業時間時，可以用「하다」來簡單表示營業時間
例句）오늘 몇 시까지 해요? 今天營業到幾點？

25. 남자 : 여행 준비 잘 했어요? 언제 출발해요?
男子：旅行準備得如何？什麼時候出發？
여자 : 다음 주 목요일에 출발해요. 그리고 인터넷으로 필요한 물건을 모두 샀어요.
女子：下週四要出發。還有，需要的東西都在網路上買好了嗎？
남자 : 그래요? 저는 인터넷에서 물건을 사 본 적이 없어요.
男子：這樣嗎？我沒有在網路上買過東西。
여자 : 인터넷으로 물건을 사면 시간도 절약할 수 있고 정말 편해요.
女子：用（在）網路上購物（的話）可以節省時間很方便。（4分）
① 남자와 여자는 여행을 준비하고 있습니다. 男子和女子正在準備旅行。
② 남자는 다음 주 목요일에 인터넷으로 물건을 사려고 합니다.
男子下星期四要在網路購買。
❸ 남자는 인터넷 쇼핑을 안 해 봤습니다. 男子沒有用網路買過東西。
④ 인터넷 쇼핑은 가격도 싸고 편합니다. 網路購物又便宜又方便。

☆本題為男子和女子談到網路購物。透過這些關鍵詞「출발하다」（出發）、「인터넷으로 물건을 사다」（網路購買）、「물건을 사 본 적이 없다」（沒買過東西）、「시간을 절약하다」（節約時間）及「편하다」（方便）等。男子不知道女子出發的時間，可以推測不會一起去旅行，所以①是錯的；下週四是女子去旅行的日期而不是男子購買東西的時間，因此②也是錯的；女子沒有提到網路購買會便宜，所以④是錯的，答案是③。實際上，本題主要是問考生經驗用法的表現「-ㄴ/은 적이 있다/없다」（曾經～過）及「-아/어/여 보다」（過～）的句型。請考生用例句多練習。
例句）한국에 간 적이 있어요? / 한국 음식을 먹은 적이 없어요.
한국에 가 봤어요? / 한국 음식을 안 먹어 봤어요.
（曾經）去過韓國嗎？/（曾經）沒有吃過韓國菜。

26. 남자 : (따르릉) 수미 씨, 오늘 오후 약속을 다음 주로 바꿀 수 있을까요?

男子：（電話鈴聲）秀美小姐，今天下午的約可改到下週嗎？

여자 : 네, 그런데 무슨 일 있어요? 女子：是，不過有什麼事嗎？

남자 : 갑자기 부산으로 출장을 가게 되었어요. 男子：突然變成要去釜山出差。

여자 : 아, 그러세요. 그럼 언제 다시 만나면 좋을까요?

女子：啊，這樣。那麼，何時再見面好呢？

남자 : 다음 주 화요일에 서울에 도착하니까 수요일에 다시 만나요.

男子：因為下週二會到首爾所以星期三再見面吧。（4分）

❶ 남자는 약속 시간을 바꾸고 싶어 합니다. 男子想換約會的時間。

② 남자와 여자는 다음 주 화요일에 서울에서 만납니다.

男子和女子下週二在首爾見面。

③ 여자는 수요일에 출장을 가야 합니다. 女子要在星期三出差。

④ 남자는 화요일에 부산으로 출장 갑니다. 男子星期二要去釜山出差。

☆本題對話內容是男子要出差，所以男子向女子提出更改約會時間的狀況。透過這些關鍵詞「오늘 오후 약속」（今天下午的約）、「다음 주로 바꾸다」（改到下週）、「출장 가게 되었다」（變成要去出差）、「다음 주 화요일에 서울에 도착」（下週二抵達首爾）「수요일에 다시 만나요」（星期三見）可知出差的主體是男子，因此③是錯的；男子星期二回首爾，所以④也是錯誤；男女可能週三見面，選項②也錯誤，所以答案是①。另外，「-고 싶다」及「-고 싶어 하다」都表示「想～、想要」，像選項①一樣，表示主語為第三人稱時使用「-고 싶어 하다」。還有重要的句型「-게 되다」表示狀態的變化或發生新的一件事，透過本題男子所說的「갑자기 부산으로 출장을 가게 되었어요.」原本沒有要出差的狀況卻變成要去出差。類似句型「-아/어지다」接在動詞或形容詞後面，表示事情或狀態的變化，例如）요즘 수미씨가 예뻐졌어요.（最近秀美小姐變漂亮）的意思。這些句型稍微難一點，也請考生多練習練習。

27. 남자 : 어, 처음 보는 카메라네요. 새로 샀어요?

男子：啊，（這）相機是第一次看。新買的嗎？

여자 : 네, 어제 전자 상가에 가서 샀는데 정말 마음에 들어요.

女子：是，昨天去電子商街買的，真的喜歡（滿意）。

남자 : 저도 지난번에 전자 상가에 갔었는데 사람이 정말 많았어요.

男子：我也上次去了電子商街，人真的很多。

여자 : 어제도 사람도 많고 길도 복잡해서 시간이 많이 걸렸어요.

女子：昨天也是人很多路又複雜，花了好多時間。

남자 : 그래도 전자상가에는 종류가 많으니까 여러 가지 제품을 볼 수 있어요.

男子：即使如此，因為在電子商街有很多種類（的商品），可以看到各式各樣的商品。

여자 : 네, 가끔 좋은 가격의 제품을 살 수 있어서 좋아요.

女子：是，偶爾可以買到很好價格的商品所以很好。（4分）

① 남자와 여자는 같이 전자 상가에 갔습니다. 男子和女子一起去了電子商街。

❷ 여자는 카메라를 어제 새로 샀습니다. 女子昨天買了新的相機。

③ 남자는 전자 상가에서 일합니다. 男子在電子商街上班。

④ 전자 상가에 카메라를 사는 사람들이 많아서 복잡합니다.

在電子商街買相機的很多而複雜。

☆ 本題為男子看到女子新買的相機之後，各自談到去電子商街的經驗。透過這些關鍵詞「전자 상가」（電子商街）、「사람이 많다」（人很多）、「길도 복잡하다」（路也複雜）、「시간이 많이 걸렸다」（花了好多時間）、「종류가 많다」（種類很多）及「좋은 가격의 제품을 사다」（買到價格很好的產品）等。透過這些可知①、③是錯的，④的描述看起來正確，但不見得大家都要買相機，因此答案是②。

28. 남자 : 오늘 비가 안 오는데 우산을 가지고 왔네요.

男子：今天沒有下雨，但你帶雨傘來了。

여자 : 아침에 일기 예보를 보니까 오후에 비가 온다고 해요.

女子：早上看氣象報導說下午會下雨。

남자 : 그래요? 저는 우산을 안 가져왔는데 오후에 비가 올까요?

男子：這樣嗎？我沒有帶雨傘，下午會下雨嗎？

여자 : 그런데 지금 하늘을 보면 비가 안 올 것 같아요.

女子：不過，看現在的天空好像不會下雨。

남자 : 저도 항상 작은 우산을 가방에 넣고 다녀야겠어요.

男子：（看來）我也得經常放支小的雨傘在包包裡才是呢。（4分）

① 지금 비가 오는데 남자는 우산이 없습니다. 現在下雨但男子沒有雨傘。

❷ 아침에 비가 안 왔지만 여자는 우산을 가지고 나왔습니다.

雖然早上沒有下雨，但女子帶雨傘出來了。

③ 오후에 비가 오면 여자는 남자에게 우산을 빌려 주려고 합니다.

如果下午下雨，女子打算把雨傘借給男子。

④ 남자는 작은 우산이 가방 안에 있습니다. 男子的小雨傘在包包裡。

☆ 本題要注意聽的關鍵單字為「오늘 비가 안 오는데」（今天不下雨）、「일기예보를 보니까」（因為看氣象預報）、「오후에 비가 온다고해요」（聽說下午會下雨）、「우산을 가방에 넣고 다녀야겠어요」（得把雨傘帶著放在包包裡）等。①現在沒有下雨；③沒有談到借雨傘的事；④男子要帶雨傘但現在並沒有帶，因此答案是②。另外，「-ㄴ/는 다고 하다」表示引用文，請參考。

例句）수미는 지금 도서관에서 공부를 한다고 한다. 聽說秀美現在在圖書館看書。

29. 여자 : 민수 씨, 자동차 전시회를 하는데 같이 갈래요?

女子：閔洙先生，有汽車展示會，要不要一起去？

남자 : 정말요? 저는 어릴 때부터 모형 자동차 모으는 것을 아주 좋아해요.

男子：真的嗎？我小時候開始非常喜歡收集汽車模型。

여자 : 잘 됐네요. 2주 동안 전시하니까 언제 가면 좋을까요?

女子：太好了。展示會展期為2個星期，何時去好呢？

남자 : 내일은 어때요? 男子：明天怎麼樣？

여자 : 내일부터 전시를 시작해서 첫날은 사람이 많아요. 모레 가요.

女子：因為從明天開始，第一天會人很多。後天去吧。（4分）

① 여자는 자동차 전시를 아주 좋아합니다. 女子非常喜歡汽車展示。

② 여자는 남자와 함께 가려고 전시회 표를 샀습니다.

女子為了和男子一起去買了展示會票。

❸ 자동차 전시회는 내일부터 2주 동안 열립니다.

汽車展示會從明天開始為期2週。

④ 남자와 여자는 내일 자동차 전시를 보러 갑니다.

男子和女子明天去看汽車展示。

☆ 本題要注意聽的關鍵單字為「자동차 전시회」（自汽車展示會）、「2주 동안 전시」（為期2週的展示）、「내일부터 전시 시작」（從明天開始展示）、「모레 가요」（後天去吧）等。透過本內容①、②、④是錯的，答案是③。

30. 여자: 점심 먹으러 갈까요? 女子：要不要去吃午飯？

남자 : 네, 뭘 먹을까요? 男子：好，要吃什麼呢？

여자 : 회사 앞 식당에서 김치찌개를 먹어요. 얼마나 맛있는지 몰라요.

女子：就在公司前面的餐廳吃泡菜鍋吧。不知道有多好吃呢。

남자 : 저는 오늘 날씨가 추워서 칼국수를 먹고 싶은데 어때요?

男子：因為今天天氣冷，所以想吃刀削麵（你覺得）如何？

여자 : 그럼 오늘은 칼국수를 먼저 먹고 내일 김치 찌개를 먹으러 가요.

女子：那今天先吃刀削麵，明天去吃泡菜鍋。（4分）

① 오늘은 회사 앞 식당에서 김치찌개를 먹습니다. 今天在公司前的餐廳吃泡菜鍋。

② 남자는 김치찌개를 좋아하지 않습니다. 男子不喜歡泡菜鍋。

❸ 오늘은 날씨가 추워서 칼국수를 먹으러 갑니다. 今天天氣冷所以去吃刀削麵。

④ 오늘 점심에 남자는 칼국수를 먹고 여자는 김치찌개를 먹을 겁니다.
今天中午男子要吃刀削麵，女子要吃泡菜鍋。

☆ 本題要注意談到的是今天中午要吃的菜，女子向男子建議吃泡菜鍋，但男子因為天氣冷想吃刀削麵，最後決定今天吃刀削麵，明天吃泡菜鍋。因此答案是③。另外，要留意的句型是「-ㄴ/는지 모르다/알다」（是否～不知道 / 知道）通常前面接疑問詞，再來用某些狀況，多麼怎麼樣（事情）不知道或知道：

例句）서울부터 부산까지 얼마나 먼지 몰라요. 從首爾到釜山有多麼遠都不知道。（以「不知道有多遠」來強調，表示很遠。）

因此本文「얼마나 맛있는지 몰라요.」的意思是「有多麼好吃都不知道：很好吃」的意思。

6-7
模擬考題單字

在韓語檢定中高級的考試，常常看到與助詞相關的題目。一般檢定考試寫到後面會有越來越難的情況，有時甚至會在初級考題的後面幾題看與中級相等難度的題目。因此，這裡為了讓考生更容易理解文法及句子的結構，將動詞的品詞分成自動詞（自）、他動詞（他）、被動詞（被）、使用詞（使）。這些不需要背，但在遇到文法上的問題時，考生可以當做參考！

1. 和生活物品相關的字彙

- □ 가격 名 價格
- □ 강아지 名 小狗
- □ 결말 名 結局
- □ 길다 形 長
- □ 길이 名 長度
- □ 날씨 名 天氣
- □ 대신 名 代替
- □ 도장 名 印章
- □ 드라마 名 連續劇
- □ 디자인 名 設計
- □ 똑같다 形 一樣
- □ 매진 名 賣光
- □ 모형 名 模型
- □ 물건 名 東西
- □ 바지 名 褲子
- □ 복잡하다 形 複雜
- □ 사인 名 簽名
- □ 색깔 名 顏色
- □ 성함 名 姓名
- □ 세배 名 拜年
- □ 스키 名 滑雪
- □ 시끄럽다 形 吵
- □ 심하다 形 嚴重
- □ 싸다 形 便宜
- □ 아르바이트 名 打工
- □ 아름답다 形 美麗
- □ 알맞다 形 適合
- □ 약 名 藥

- □ 예매 名 預購
- □ 인터넷 쇼핑 名 網路購物
- □ 일기 예보 名 氣象預報
- □ 입장권 名 門票、入場券
- □ 자동차 전시회 汽車展示會
- □ 작다 形 小
- □ 전통 방식 名 傳統方式
- □ 절약 名 節約
- □ 제품 名 製品、產品
- □ 종류 名 種類
- □ 진하다 形 深、濃
- □ 출장 名 出差
- □ 카메라 名 照相機
- □ 콧물 名 鼻涕（水）
- □ 통장 名 存簿
- □ 편하다 形 舒服、方便
- □ 한복 名 韓服
- □ 휴대 전화 名 手機

2. 和飲食相關的字彙

- □ 감자튀김 名 薯條
- □ 과일 名 水果
- □ 김치찌개 名 泡菜鍋
- □ 떡국 名 年糕湯
- □ 맵다 形 辣
- □ 세트 名 套餐
- □ 음료수 名 飲料
- □ 칼국수 名 刀削麵
- □ 햄버거 名 漢堡

3. 和場所、地點相關的字彙

- □ 근처 名 附近
- □ 길 名 路
- □ 놀이 공원 名 遊樂園
- □ 멀다 形 遠
- □ 사무실 名 辦公室
- □ 실내 名 室內
- □ 앞 名 前
- □ 전자 상가 名 電子商街
- □ 하늘 名 天空
- □ 자리 名 位子

4. 和動作相關的字彙

- □ 갑자기 副 突然
- □ 걱정하다 他 擔心
- □ 고치다 他 修、修改
- □ 낫다 自 好、恢復
- □ 내다 他 拿出、交
- □ 놓다 他 放
- □ 다녀오다 他 去過
- □ 도착하다 自 抵達
- □ 두다 他 放、留、保存
- □ 따르다 自 他 跟隨
- □ 마음에 들다 冠 喜歡上
- □ 모으다 他 收集
- □ 미리 副 事先
- □ 바꾸다 他 換
- □ 방해하다 他 打擾
- □ 빌리다 他 借
- □ 소개하다 他 介紹
- □ 쉬다 自 他 休息
- □ 시작하다 自 他 開始
- □ 아직도 副 還在
- □ (열)이 나다 自 發（燒）
- □ 열리다 被 （被）開
- □ 예약하다 (되다) 他 預約
- □ 이해하다 他 了解
- □ 입다 他 穿
- □ 조용하다 形 安靜
- □ 주문하다 自 點菜
- □ 차가 막히다 塞車
- □ 출발하다 自 出發
- □ 키우다 使 養
- □ 푹 副 好好
- □ 필요하다 形 需要
- □ 활동하다 自 活動

5. 和時間相關的字彙

- □ 가끔 副 偶爾
- □ 동안 名 期間
- □ 마다 助 每（與매相似：매 번每次）
- □ 모레 名 後天
- □ 설날 名 新年
- □ 아까 副 剛剛
- □ 자주 副 常常
- □ 첫날 名 第一天

6. 和人相關的字彙

□ 기침 名 咳嗽

□ 머리 名 頭

□ 손님 名 客人

□ 스트레스 名 壓力

□ 신분증 名 身分證

□ 어른 名 大人

□ 어린이 名 小孩

□ 얼굴 名 臉

□ 직접 名 親自

두 개의 질문

題型7：一題兩答

7-0 準備方向
7-1 必備句型
7-2 必背單字
7-3 考古題練習
7-4 考古題解析
7-5 模擬考題練習
7-6 模擬考題解析
7-7 模擬考題單字

這個題型對話長度約五、六句以上，對話的範圍也比較廣，聽一段短文或對話後，要回答2個問題。此題型容易出現中級程度的單字或句型，考試中聽到不懂的單字或句型，我們可以先跳過，注意聽接下來的內容。平常準備得越充分越不用怕，可以用平常心從容作答！

7-0
準備方向

題型說明

接下來，考生要面對的題目，是在韓語初級聽力考試中容易感到有困難的部分。**新檢定考試也一樣，共有6題，佔20%，放在聽力考試的最後，要聽某個主題的內容，要回答2個題目**。

通常考生會聽到三種不同考題，第一個考題，是由一個人說約四到五句話，內容有關於介紹、邀請、感謝、拜託、說明等。接下來2題，是男女兩個人的對話，長度約五、六句以上，對話的範圍也比較廣：問候、提問、問題解決等。我們應該要多習慣這些問題的題型趨勢才不會太緊張，又可以充分安排考試的時間，更容易選擇出接近的答案。當然，這個領域容易出現中級程度的單字或句型，考試中聽到不懂的單字或句型，我們可以先跳過，注意聽接下來的內容。照本書的整理和解釋，考生可以多準備這個領域。準備得越充分越不用怕！

問題範例

※ [25~30] 다음을 듣고 물음에 답하십시오.(각 3점)

<보기>

여자 : 오늘은 집 안 냄새를 없애는 방법을 알려 드릴게요. 목욕탕에서 냄새가 날 때는 레몬이 좋습니다. 우선 물 세 컵에 레몬 반 개를 넣어서 레몬 물을 만드세요. 이 레몬 물로 목욕탕을 깨끗이 청소하면 됩니다. 그리고 냉장고 냄새는 식빵으로 없앨 수 있습니다. 식빵을 작게 잘라서 냉장고에 넣으면 생선이나 김치 냄새가 없어집니다. 어때요? 도움이 되셨어요?

1. 어떤 이야기를 하고 있는지 고르십시오.

① 부탁　② 주문　③ 설명　④ 질문

2. 들은 내용과 같은 것을 고르십시오.

① 레몬은 김치 냄새를 없애 줍니다.
② 냉장고의 생선 냄새는 없어지지 않습니다.
③ 냉장고에 식빵을 넣으면 좋은 냄새가 납니다.
④ 레몬으로 청소하면 목욕탕 냄새가 없어집니다.

2013년 제 32회 초급 듣기

範例翻譯

※［25～30］聽以下內容，請回答問題。

〈範例〉

女子：今天我要告訴大家消除家中異味的方法。在當浴室有味道時，（利用）檸檬很好。首先，在三杯水量中放進半顆檸檬，請做成檸檬水。用這檸檬水就可以將浴室清理乾淨。還有，冰箱裡的味道可以（利用）吐司來去除。將吐司切成小塊放在冰箱裡，就可以除魚或泡菜的味道。（各位）覺得如何？（這些內容）有得到幫助嗎？

1. 在談論什麼的話題，請選擇。

① 拜託　② 訂購　❸ 說明　④ 提問

2. 請選擇與所聽到內容一致的答案。

① 檸檬除泡菜的味道。

② 冰箱裡的魚味道無法除掉。

③ 如果在冰箱裡放進吐司，會有很好的味道。

❹ 如果用檸檬打掃，將浴室的味道會不見。

2013年第32回初級聽力

7-1

必備句型

句型示範

❶ **-겠-** 表示說者的意志、預測

例 올해부터 한국어를 열심히 배우겠습니다. 今年開始（我）會認真學習韓語。（意志）

例 하늘이 흐려서 곧 비가 오겠습니다. 天空很陰快要下雨。（預測）

❷ **-(으)면 되다** 就可以、即可

例 경복궁에 가려면 지하철 3호선을 타면 됩니다.
如果要去景福宮，搭地下鐵第三號線即可。

❸ **-(으)로** 以～來

例 컴퓨터로 보고서를 쓰세요. 請用電腦來寫報告書。

❹ **-ㄴ/은 게** 與形容詞連接，表示修飾名詞「게」為「것이」的縮寫方式

例 볼펜은 가벼운 게 좋아요. 原子筆是輕的（比較）好。

❺ **-기 전에** 之前

例 수업이 끝나기 전에 숙제를 꼭 내세요. 下課之前必須要交功課。

❻ **-게 되다** 表示狀態的變化或發生新的一件事：成為、使得

例 회사를 옮기면서 이사를 하게 되었다. 換公司同時（使得）搬家了。

❼ **-에 대해서** 關於～

例 좋아하는 사람에 대해서 이야기하세요. 請說看看關於喜歡的人。

❽ -(으)면 좋겠다 表示還沒發生的說者之意願：希望

例 한국어능력시험에서 합격하면 좋겠어요. 希望能考過韓語能力測驗。

❾ V+고 다니다

「다니다」表示重複的習慣，動詞加「고」連接，表示天天做那動作

例 나는 교복을 입고 다닙니다. 我（天天）穿校服上學。

❿ 單位+에+次數 在時間、數量等表示單位的名詞後接「에」

例 일주일에 두 번 一個星期兩次

例 열 명에 세 명 十個人中三個人

⓫ Adㄴ/은+名詞 形容詞及名詞的連接用法

例 예쁜 여자 漂亮的女生

例 어려운 발음 很難的發音

⓬ -ㄹ/을 때 接在動詞的後面表示做某個動作的時候

例 밥 먹을 때 드라마를 봅니다. 吃飯時看連續劇。

⓭ -ㄹ/을 것 같다 表示推測：可能、好像、會

例 내일 날씨가 좋을 것 같아요. 明天的天氣可能會好。

⓮ -ㄴ/은 것 같다 表示過去事情的推測

例 수미 씨가 아픈 것 같아요. 秀美小姐好像（在、已經）身體不舒服。

⓯ V+ㄹ/을 것 表示可做動詞那類的東西：可做（動詞）的東西

例 집에 올 때 먹을 것 좀 사오세요. 回家時，請買帶來吃的東西。

⓰ -기(를) 바라다 願意、盼望

例 곧 다시 만나기를 바랍니다. 希望很快再見到您。

⑰ -ㄴ/은 적이 있다 (없다)　表示過去過作過的經驗：曾經～過（沒有～過）

例 미국에 간 적이 있어요?　曾經去過美國嗎？

⑱ -ㄴ/은데요

與「ㄴ/은데」類似的句型，「ㄴ/은데」後面接「요」表示結尾。表示敘述、轉換話題等。多於口語話中使用。

例 오늘은 비가 오는데요.　今天下雨了。

例 오늘은 비가 오는데, 수미 씨는 우산 가져왔어요?
今天下雨，秀美小姐有帶雨傘嗎？（敘述）

7-2 必背單字

在韓語檢定中高級的考試，常常看到與助詞相關的題目。一般檢定考試寫到後面會有越來越難的情況，有時甚至會在初級考題的後面幾題看與中級相等難度的題目。因此，這裡為了讓考生更容易理解文法及句子的結構，將動詞的品詞分成自動詞（自）、他動詞（他）、被動詞（被）、使用詞（使）。這些不需要背，但在遇到文法上的問題時，考生可以當做參考！

1. 和生活物品相關的字彙

- □ 가격 名 價錢
- □ 결혼식 名 結婚典禮
- □ 공기 名 空氣
- □ 글 名 文章
- □ 내용 名 內容
- □ 대회 名 大會、活動
- □ 동아리 名 社團
- □ 드라마 名 連續劇
- □ 모임 名 聚會
- □ 물건 名 東西
- □ 사과 名 道歉
- □ 상 名 獎
- □ 상자 名 紙箱
- □ 소개 名 介紹
- □ 스물 數 二十（常使用於年紀、算數等，後面接量詞時改寫為「스무살 二十歲」）
- □ 시청자 게시판 名 視聽者討論區
- □ 연락처 名 聯絡號碼
- □ 예약 名 預約
- □ 이용 名 利用
- □ 이유 名 理由
- □ 인사 名 打招呼
- □ 인형 名 人偶、洋娃娃
- □ 잠을 못 자다 睡不著
- □ 잠이 오다 想睡、睏
- □ 종이 名 紙
- □ 질문 名 問題
- □ 집들이 名 搬家請客

□ 최고 名 最

□ 취미 名 興趣

□ 취소 名 取消

□ 편지 名 信

□ 행사 名 活動

□ 홈페이지 名 網站首頁

□ 환영 名 歡迎

□ 활동 名 活動

□ 휴가 名 休假

□ 휴지 名 面紙（相似티슈）

2. 和飲食相關的字彙

□ 달다 形 甜

□ 과일 名 水果

□ 음료수 名 飲料

□ 저녁 식사 名 晚餐

3. 和場所、地點相關的字彙

□ 가깝다 形 近

□ 경치 名 景氣、風景

□ 넓다 形 寬

□ 노래 교실 名 唱歌教室

□ 도시 名 都市

□ 마당 名 庭園

□ 멀다 形 遠

□ 박물관 名 博物館

□ 새집 名 新家

□ 설악산 名 雪嶽山

□ 시골 名 鄉下

□ 영화관 名 電影院

□ 위치 名 位子

□ 이쪽 名 這邊

□ 전시실 名 展示室

□ 주변 名 週邊

□ 코너 名 區、區域

□ 콘서트 名 演唱會

□ 학원 名 補習班

4. 和動作相關的字彙

□ 팔다 他 賣

□ 관람하다 他 觀看

□ 구경하다 他 觀光

□ 긴장 名 緊張

□ 나가다 自 出去

□ 남기다 使 留、保留

□ 마음에 들다 冠 喜歡上

□ 만들다 自 他 作

□ 만지다 他 摸、碰

□ (머리를) 감다 他 洗（頭髮）

□ 모르다 他 不知道

□ 모시다 他 侍奉

□ 모이다 自 集合、聚（在一起）

□ (모임에) 들어가다 加入（聚會）

□ 바뀌다 被 被換（바꾸다 他 換）

□ 바라다 他 希望、盼望

□ 부탁 名 拜託

□ 사귀다 自 他 交往

□ 생각나다 自 想起來

□ 안내 名 引導（안내 방송相關資訊的廣播）

□ 알리다 使 告知、讓知道

□ 어울리다 自 配合

□ 열리다 被 被開

□ 원하다 他 願意、希望

□ 이사하다 動 搬家

□ 지내다 自 過日子

□ 지키다 他 守住

□ 참가하다 自 參加

□ 혹시 副 或許、萬一

5. 和時間相關的字彙

□ 나중에 副 之後

□ 겨울 名 冬天

□ 날마다 名 天天

□ 동안 名 期間

□ 매일 名 副 每天（相似날마다）

□ 바로 副 馬上、就

□ 시월 名 十月

□ 얼마 전 名 不久前

□ 올해 名 今年（相似금년）

□ 자주 副 常常

□ 잠시 名 副 暫時

□ 지난번 名 上次

□ 빨리 副 快

□ 평소 名 平常

□ 항상 副 總是

6. 和人相關的字彙

- □ 가수 名 歌手
- □ 과장(님) 名 課長
- □ 혼자 名 一個人、獨自
- □ 건강하다 形 健康
- □ 머리 (=머리카락) 名 頭髮
- □ 모양 名 樣貌、樣子
- □ 성격 名 個性
- □ 얼굴 名 臉
- □ 염색 名 染頭髮
- □ 인기 名 人氣
- □ 직접 名 親自
- □ 파마 名 燙頭髮
- □ 힘들다 形 辛苦、累

7. 其他重要的字彙

- □ 간단하다 形 簡單
- □ 결과 名 結果
- □ 깨끗하다 形 乾淨
- □ 다시 副 再、重新
- □ 덕분에 副 託（你）的福
- □ 맑다 形 晴朗
- □ 별로 副 別、不太
- □ 복잡하다 形 複雜
- □ 불편하다 形 不便
- □ 신청 名 申請、報名
- □ 심심하다 形 無聊
- □ 어렵다 形 難
- □ 없어지다 自 沒了、被消除
- □ 없애다 他 消除
- □ 오래되다 形 老舊
- □ (이)나 副 或者、多於
- □ 조용하다 形 安靜
- □ 짧다 形 短
- □ 특별하다 形 特別
- □ 특집 名 特輯
- □ 편하다 形 舒服、方便
- □ 필요하다 形 需要

7-3
考古題練習

老師提醒

以下題目都是2題為一組，通常問的問題可分為三種：一、兩個人在聊什麼或主題是什麼；二、為什麼女生或男生做某個動作；三、請選與聽到的內容一致的答案（不符合的內容曾經出過，但比率比較低，會用底線來提醒考生）。

考生可以利用初級聽力考試在問題與問題播放的空檔期間，聽考題的對話之前，先瞄一下2題的內容，透過這些動作可以先了解即將要聽到的大概內容，通常2題中，一題的選擇題內容比較短，考生可以很快速看過，另一題比較長，我們可以透過主語和動詞抓出四個選擇題的共同或不同點（很多時候只差在動詞或受詞等）。

歷屆考古題

MP3-27~46

※ [1~2] 다음을 듣고 물음에 답하십시오. (각 3점) MP3-27

2013 (32) 1. 두 사람이 무엇에 대해 이야기 하고 있는지 고르십시오.

① 회의 시간 ② 회의 장소

③ 회의 내용 ④ 회의 결과

2. 들은 내용과 같은 것을 고르십시오.

① 금요일 회의는 짧게 할 겁니다.

② 남자는 저녁 식사를 예약할 겁니다.

③ 여자는 금요일에 다른 회의가 있습니다.

④ 두 사람은 오늘 같이 저녁을 먹을 겁니다.

※ [3~4] 다음을 듣고 물음에 답하십시오. (각 4점) MP3-28

3. 남자는 왜 상을 받았습니까?

① 말을 잘 해서 ② 글을 잘 써서

③ 사진을 잘 찍어서 ④ 친구를 잘 도와줘서

4. 들은 내용과 같은 것을 고르십시오.
① 여자는 남자가 상 받은 것을 몰랐습니다.
② 남자는 대회에 나가기 전에 혼자 연습했습니다.
③ 여자는 학교 신문에서 남자의 사진을 봤습니다.
④ 남자는 대회에 참가하기 전에 여자를 도와줬습니다.

2013 (31) ※ [5~6] 다음을 듣고 물음에 답하십시오. (각 3점) MP3-29

5. 어떤 이야기를 하고 있는지 고르십시오.
① 사과 ② 소개
③ 부탁 ④ 인사

6. 들은 내용과 같은 것을 고르십시오.
① 한국에서 여행을 다녔습니다.
② 지금 중국에서 살고 있습니다.
③ 앞으로 한국에 대해서 알고 싶습니다.
④ 일 년 뒤에 한국을 구경하러 갈 겁니다.

※ [7~8] 다음을 듣고 물음에 답하십시오. (각 3점) MP3-30

7. 두 사람이 무엇에 대해 이야기 하고 있는지 고르십시오.
① 이사할 집의 위치 ② 이사 가고 싶은 집
③ 이사한 집의 좋은 점 ④ 이사를 해야 하는 이유

8. 들은 내용과 같은 것을 고르십시오.
① 여자는 얼마 전에 이사했습니다.
② 남자는 요즘 운동을 날마다 합니다.
③ 여자는 조용한 집에 살고 있습니다.
④ 남자는 공원 근처에서 이사 왔습니다.

※ [9~10] 다음을 듣고 물음에 답하십시오. (각 4점) MP3-31

9. 여자는 왜 가방을 만들고 있습니까?
① 남자에게 주려고 ② 필요할 때 쓰려고
③ 원하는 곳에 주려고 ④ 친구한테 선물하려고

10. 들은 내용과 같은 것을 고르십시오.

① 여자는 친구에게 책을 사 줄 겁니다.

② 남자는 친구 생일에 가방을 준비했습니다.

③ 남자는 여자와 함께 가방을 만들고 있습니다.

④ 여자는 친구가 좋아하는 모양으로 가방을 만듭니다.

2013 (30) ※ [11~12] 다음을 듣고 물음에 답하십시오. (각 3점) MP3-32

11. 어떤 이야기를 하고 있는지 고르십시오.

① 감사 ② 질문

③ 안내 ④ 인사

12. 들은 내용과 같은 것을 고르십시오.

① 인형은 일 층 전시실에서 만듭니다.

② 인형 만들기는 두 시간 동안 합니다.

③ 인형은 스무 명만 만들 수 있습니다.

④ 인형을 만들면 선물을 받을 수 있습니다.

※ [13~14] 다음을 듣고 물음에 답하십시오. (각 3점) MP3-33

13. 두 사람이 무엇에 대해 이야기 하고 있는지 고르십시오.

① 친구를 사귀는 방법 ② 한국에서 만난 친구

③ 동아리에서 하는 일 ④ 주말을 잘 보내는 이유

14. 들은 내용과 같은 것을 고르십시오.

① 남자는 한국에 친구들이 없습니다.

② 남자는 주말에는 항상 집에 있습니다.

③ 여자는 한국에서 육 개월 동안 있었습니다.

④ 여자는 취미가 같은 사람을 자주 만납니다.

※ [15~16] 다음을 듣고 물음에 답하십시오. (각 4점) MP3-34

15. 여자는 왜 자전거를 팔려고 합니까?

① 자전거가 안 좋아서 ② 자전거를 잘 안 타서

③ 새 자전거를 사려고 ④ 필요한 물건을 사려고

16. 들은 내용과 같은 것을 고르십시오.

① 남자는 자전거가 필요합니다.

② 여자의 자전거는 오래됐습니다.

③ 여자는 전에도 물건을 팔았습니다.

④ 남자는 여자의 자전거를 사려고 합니다.

2012 (28) ※ [17~18] 다음을 듣고 물음에 답하십시오. (각 3점) MP3-35

17. 어떤 이야기를 하고 있는지 고르십시오.

① 감사 ② 소개

③ 인사 ④ 초대

18. 들은 내용과 같은 것을 고르십시오.

① 매주 토요일에 모임이 있습니다.

② 이 모임에 회사원들이 들어갈 수 있습니다.

③ 한 달에 한 번 자전거 타기 대회에 나갑니다.

④ 자전거를 못 타는 사람은 모임에 들어갈 수 없습니다.

※ [19~20] 다음을 듣고 물음에 답하십시오. (각 3점) MP3-36

19. 두 사람이 무엇에 대해 이야기 하고 있는지 고르십시오.

① 잠을 자는 시간 ② 잘 자기 위한 방법

③ 운동을 하는 방법 ④ 집에서 하는 운동

20. 들은 내용과 같은 것을 고르십시오.

① 여자는 잠을 잘 잡니다.

② 남자는 요즘 잠을 잘 못 잡니다.

③ 여자는 오늘 운동을 하려고 합니다.

④ 남자는 오래 전부터 운동을 했습니다.

※ [21~22] 다음을 듣고 물음에 답하십시오. (각 4점) MP3-37

21. 여자는 왜 휴가에 집에 있었습니까?

① 눈이 많이 와서 ② 휴가가 길지 않아서

③ 드라마를 보고 싶어서 ④ 휴가 가는 사람이 많아서

22. 들은 내용과 같은 것을 고르십시오.

① 여자는 올해 설악산에 갔습니다.
② 남자는 시월에 휴가를 다녀왔습니다.
③ 두 사람은 같이 설악산에 갈 겁니다.
④ 여자가 설악산에 갔을 때 눈이 많이 왔습니다.

2012 (26) ※ [23~24] 다음을 듣고 물음에 답하십시오. (각 3점) MP3-38

23. 어떤 이야기를 하고 있는지 고르십시오.

① 안내 ② 신청
③ 질문 ④ 감사

24. 들은 내용과 같은 것을 고르십시오.

① 포도는 1층에 있습니다.
② 30분 전에 포도를 싸게 팔았습니다.
③ 포도는 한 상자에 만 원이었습니다.
④ 한 사람이 포도 두 상자를 살 수 있습니다.

※ [25~26] 다음을 듣고 물음에 답하십시오. (각 3점) MP3-39

25. 두 사람이 무엇에 대해 이야기 하고 있는지 고르십시오.

① 얼굴 ② 직업
③ 계획 ④ 성격

26. 들은 내용과 같은 것을 고르십시오.

① 두 사람은 말이 별로 없습니다.
② 여자는 동아리에 나가려고 합니다.
③ 여자는 글 쓰는 것을 좋아했습니다.
④ 두 사람은 어렸을 때부터 친구입니다.

※ [27~28] 다음을 듣고 물음에 답하십시오. (각 4점) MP3-40

27. 여자는 남자에게 왜 전화를 했습니까?

① 초대하려고 ② 부탁하려고
③ 취소하려고 ④ 사과하려고

28. 들은 내용과 같은 것을 고르십시오.

① 집들이는 저녁에 합니다.

② 여자는 결혼식에 가야 합니다.

③ 남자는 음료수를 준비할 생각입니다.

④ 두 사람은 같이 음식을 만들 겁니다.

2011 (23) ※ [29~30] 다음을 듣고 물음에 답하십시오. (각 3점) MP3-41

29. 어떤 이야기를 하고 있는지 고르십시오.

① 초대 ② 부탁

③ 사과 ④ 인사

30. 들은 내용과 같은 것을 고르십시오.

① 두 시부터 명동을 구경합니다.

② 사람들은 지금 저녁을 먹으러 갑니다.

③ 여섯 시까지 다시 버스에 와야 합니다.

④ 저녁 식사를 하고 나서 명동으로 갈 겁니다.

※ [31~32] 다음을 듣고 물음에 답하십시오. (각 3점) MP3-42

31. 두 사람이 무엇에 대해 이야기하고 있는지 고르십시오.

① 친구와 함께 한 일 ② 지난주에 만난 친구

③ 친구와 가면 좋은 곳 ④ 친구가 좋아하는 곳

32. 들은 내용과 같은 것을 고르십시오.

① 여자는 그림 보는 것을 좋아합니다.

② 여자는 내일 미술관에 가려고 합니다.

③ 남자는 여자하고 미술관에 갈 겁니다.

④ 남자는 미술관에 가 본적이 없습니다.

※ [33~34] 다음을 듣고 물음에 답하십시오. (각 4점) MP3-43

33. 여자는 왜 전화했습니까?
① 노래를 배우고 싶어서
② 학원을 찾아가고 싶어서
③ 노래 수업을 바꾸고 싶어서
④ 노래 선생님을 만나고 싶어서

34. 들은 내용과 같은 것을 고르십시오.
① 토요일까지 신청해야 합니다.
② 토요일에는 수업이 두 번 있습니다.
③ 이번 주 금요일부터 수업을 시작합니다.
④ 사람들은 토요일 수업을 좋아하지 않습니다.

2011 (21) ※ [35~36] 다음을 듣고 물음에 답하십시오. (각 3점) MP3-44

35. 어떤 이야기를 하고 있는지 고르십시오.
① 인사 ② 주문
③ 초대 ④ 사과

36. 들은 내용과 같은 것을 고르십시오.
① 콘서트는 일요일에 열립니다.
② 콘서트는 누구나 관람할 수 있습니다.
③ 콘서트를 신청하면 표를 한 장 줍니다.
④ 콘서트 표를 받으려면 편지를 써야 합니다.

※ [37~38] 다음을 듣고 물음에 답하십시오. MP3-45

37. 여자는 왜 이곳에 갔습니까? (3점)
① 머리를 자르려고 ② 머리를 감으려고
③ 머리를 염색하려고 ④ 머리를 파마하려고

38. 들은 내용과 다른 것을 고르십시오. (4점)

① 여자는 얼마 전에 염색을 했습니다.

② 여자는 오늘 파마를 하고 싶어합니다.

③ 여자는 짧은 머리가 잘 어울릴 겁니다.

④ 여자는 하고 싶은 머리 모양이 있습니다.

※ [39~40] 다음을 듣고 물음에 답하십시오. MP3-46

39. 두 사람이 무엇에 대해 이야기 하고 있는지 고르십시오. (3점)

① 이사 계획 ② 이사한 집

③ 살고 싶은 곳 ④ 살기 편한 곳

40. 들은 내용과 같은 것을 고르십시오. (4점)

① 남자는 마당이 넓은 집에 살고 있습니다.

② 여자는 도시가 살기 편하다고 생각합니다.

③ 여자는 도시가 가까운 곳으로 이사했습니다.

④ 남자는 공기가 맑은 곳에 살아서 건강합니다.

1. ①	2. ③	3. ①	4. ③	5. ④	6. ①	7. ③	8. ②	9. ④	10. ④
11. ③	12. ①	13. ①	14. ③	15. ②	16. ③	17. ②	18. ①	19. ②	20. ③
21. ②	22. ④	23. ①	24. ③	25. ④	26. ③	27. ①	28. ③	29. ②	30. ③
31. ③	32. ②	33. ①	34. ②	35. ③	36. ①	37. ①	38. ②	39. ③	40. ②

7-4
考古題解析

2013 (32)

※ ［1～2］聽以下內容之後，請回答問題。（各3分）

남자 : 이번 주 회의가 금요일 한 시지요? 두 시에 하면 좋겠는데요.

男子：本週開會時間為星期五（下午）一點吧？我希望可以兩點開。

여자 : 과장님, 죄송한데요. 제가 두 시에 다른 회의가 있습니다. 네 시에 하면 안 될까요?

女子：課長，很抱歉。我兩點有其他會議。是否可以四點開？

남자 : 음, 그럼 네 시에 합시다. 이번 주에는 회의 끝나고 다 같이 저녁 먹읍시다.

男子：嗯，那麼四點開吧。本週會議結束後我們一起吃晚餐吧。

여자 : 네 좋아요. 저녁은 여섯 시 정도에 예약하면 되죠?

女子：好啊。晚餐預約六點左右就可以吧？

남자 : 아니요. 이번 회의에서는 이야기할 게 많으니까 일곱 시로 예약하세요.

男子：不。這次會議中有很多話要說的關係，請預約七點。

1. 두 사람이 무엇에 대해 이야기 하고 있는지 고르십시오.

   請問兩個人是在談關於什麼的話題，請選擇。

   ❶ 회의 시간　會議時間　　② 회의 장소　會議場所

   ③ 회의 내용　會議內容　　④ 회의 결과　會議結果

2. 들은 내용과 같은 것을 고르십시오.　請選擇與所聽內容一致的答案。

   ① 금요일 회의는 짧게 할 겁니다.　星期五的會議會很短。

   ② 남자는 저녁 식사를 예약할 겁니다.　男子要預約晚餐。

   ❸ 여자는 금요일에 다른 회의가 있습니다.　女子在星期五有其他會議。

   ④ 두 사람은 오늘 같이 저녁을 먹을 겁니다.　兩個人今天要一起吃晚餐。

※ [3~4] 聽以下內容之後，請回答問題。（各4分）

여자 : 영수 씨, 상 받은 거 축하해요. 어떻게 하면 말을 그렇게 잘할 수 있어요?
女子：永洙先生，恭喜得獎。該怎麼做才能說得那麼流利？
남자 : (수줍게 웃으며) 고마워요. 그런데 어떻게 알았어요?
男子：（不好意思的笑著）謝謝。不過（妳）怎麼知道？
여자 : 학교 신문에서 영수 씨 사진이랑 영수 씨가 한 이야기를 봤어요. 많은 사람들 앞에서 말할 때 긴장되지 않았어요?
女子：在學校報紙上看到永洙先生的照片和永洙先生說的故事。在很多人面前講話時不緊張嗎？
남자 : 처음에는 긴장됐어요. 하지만 친구들하고 연습한 게 많이 도움이 됐어요.
男子：一開始很緊張。但是跟朋友們練習有很大幫助。

3. 남자는 왜 상을 받았습니까? 男生為什麼得獎？

❶ 말을 잘 해서 很會說話的關係
② 글을 잘 써서 很會寫文章的關係
③ 사진을 잘 찍어서 很會拍照的關係
④ 친구를 잘 도와줘서 很會幫忙朋友的關係

4. 들은 내용과 같은 것을 고르십시오. 請選擇與所聽內容一致的答案。

① 여자는 남자가 상 받은 것을 몰랐습니다. 女子不知道男生得獎的事。
② 남자는 대회에 나가기 전에 혼자 연습했습니다. 男子參加活動之前一個人練習。
❸ 여자는 학교 신문에서 남자의 사진을 봤습니다.
女子在學校的報紙中看到男子的照片。
④ 남자는 대회에 참가하기 전에 여자를 도와줬습니다. 男子參加大會之前幫忙女子。

2013 (31)

※ [5~6] 聽以下內容之後，請回答問題。（各3分）

남자 : 여러분, 그동안 정말 감사했습니다. 일 년 전에 여러분을 처음 만났을 때가 생각나네요. 한국에 있는 동안 여러분 덕분에 재미있게 지냈습니다. 함께 여행을 하면서 맛있는 음식도 많이 먹고 아름다운 곳을 구경할 수 있었습니다. 그래서 일 년 동안 한국을 많이 알게 되었습니다. 중국으로 돌아가도 여러분과 함께 한 시간을 잊지 않겠습니다. 여러분, 모두 건강하세요.

男子：各位，這段時間真的感謝。想起一年前第一次遇到各位的時候。託各位的福，在韓國的時間，過得真有趣。一起邊旅遊邊吃很多很好的東西，還能到很漂亮的地方觀光。所以這一年時間讓我更了解韓國（的面貌）。即使回到中國也不會忘記跟大家一起相處的那段時間。祝大家健康。

5. 어떤 이야기를 하고 있는지 고르십시오. 在談論關於什麼話題，請選擇。

① 사과 道歉　② 소개 介紹
③ 부탁 拜託　❹ 인사 打招呼

6. 들은 내용과 같은 것을 고르십시오. 請選擇與所聽內容一致的答案。

❶ 한국에서 여행을 다녔습니다. （說者）在韓國旅遊了。
② 지금 중국에서 살고 있습니다. （說者）現在住在中國。
③ 앞으로 한국에 대해서 알고 싶습니다. 之後想知道關於韓國。
④ 일 년 뒤에 한국을 구경하러 갈 겁니다. 一年後要去韓國觀光。

※［7～8］聽以下內容之後，請回答問題。（各3分）

여자 : 진수 씨, 얼마 전에 이사한 집은 어때요?
女子：振秀先生，幾天前（最近）搬的新家如何？
남자 : 아주 좋아요. 새집이라서 깨끗하고 근처에 큰 공원도 있어요.
男子：很好。因為是新家的關係很乾淨，還有附近還有大公園。
여자 : 그래요? 공원하고 가까우면 운동하기에도 좋겠네요.
女子：這樣嗎？離公園近，做運動也很好（方便）。
남자 : 네. 그래서 요즘 매일 운동도 하고 산책도 해요. 그리고 집 주변도 조용해서 아주 마음에 들어요.
男子：是。所以最近天天運動散步。還有家附近很安靜我好喜歡。
여자 : 우리 동네도 좀 조용했으면 좋겠어요.
女子：我們社區也能安靜點就好了。

7. 두 사람이 무엇에 대해 이야기 하고 있는지 고르십시오.
兩個人在談論關於什麼話題，請選擇。

① 이사할 집의 위치 要搬家的家位置
② 이사 가고 싶은 집 想搬去的家

❸ 이사한 집의 좋은 점　搬家的好處

④ 이사를 해야 하는 이유　要搬家的理由

8. 들은 내용과 같은 것을 고르십시오.　請選擇與所聽內容一致的答案。

① 여자는 얼마 전에 이사했습니다.　女子幾天前（最近）搬家。

❷ 남자는 요즘 운동을 날마다 합니다.　男子最近天天運動。

③ 여자는 조용한 집에 살고 있습니다.　女子住在很安靜的家。

④ 남자는 공원 근처에서 이사 왔습니다.　男子從公園附近搬來的。

※ [9～10] 聽以下內容之後，請回答問題。（各4分）

남자 : 내일이 지연 씨 생일이네요. 전 선물로 책을 준비했는데 미나 씨는요?

男子：明天是智妍小姐的生日。我準備了書當禮物，美娜小姐你呢？

여자 : 저는 지연 씨한테 줄 가방을 만들고 있어요.

女子：我正在做給智妍小姐的包包。

남자 : 그래요? 직접 만들어 주려고요?

男子：這樣嗎？要親自做給（她）？

여자 : 네. 지난번에 다른 친구의 생일에 제가 만든 가방을 선물했는데 친구가 정말 좋아했어요. 제가 직접 만들면 평소에 친구가 좋아하는 모양으로 만들어 줄 수 있어서 좋아요.

女子：是。上次別的朋友生日我送了我做的包包當禮物，朋友真的喜歡。如果我親自做的話，可以做平常朋友喜歡的造型，所以很好。

9. 여자는 왜 가방을 만들고 있습니까?　女子為什麼做包包？

① 남자에게 주려고　為了給男子

② 필요할 때 쓰려고　為需要時使用

③ 원하는 곳에 주려고　為了給想要包包的地方

❹ 친구한테 선물하려고　為送禮物給朋友

10. 들은 내용과 같은 것을 고르십시오.　請選擇與所聽內容一致的答案。

① 여자는 친구에게 책을 사 줄 겁니다.　女子會買書給朋友。

② 남자는 친구 생일에 가방을 준비했습니다.　男子準備了包包當朋友生日（禮物）。

③ 남자는 여자와 함께 가방을 만들고 있습니다.　男子正在與女子一起作包包。

❹ 여자는 친구가 좋아하는 모양으로 가방을 만듭니다.　女生做朋友喜歡的造型的包包。

※ [11～12] 聽以下內容之後，請回答問題。（各3分）

남자 : (딩동댕) 오늘도 저희 '종이 박물관'을 찾아 주신 여러분께 감사드립니다. 저희 '종이 박물관'에서는 잠시 후 두 시, 두 시부터 인형 만들기 행사를 시작합니다. 종이로 인형을 만들고 싶은 분들께서는 지금 바로 일 층 전시실로 오시기 바랍니다. 먼저 오신 스무 분께는 예쁜 선물도 드립니다. 많은 참여 부탁드립니다. (댕동딩)

男子：（鈴聲）今天也感謝大家來到「紙博物館」。我們「紙博物館」等一下兩點，兩點要開始做人偶的活動。如果想用紙做人偶的參觀者，請現在就到一樓展示室來。先到的二十位參觀者，會送很漂亮的禮物。請多多參與。（鈴聲）

11. 어떤 이야기를 하고 있는지 고르십시오. 說什麼內容，請選答案。

① 감사 感謝
② 질문 提問
❸ 안내 引導
④ 인사 打招呼

12. 들은 내용과 같은 것을 고르십시오. 請選擇與所聽內容一致的答案。

❶ 인형은 일 층 전시실에서 만듭니다. 人偶在一樓展示室做。
② 인형 만들기는 두 시간 동안 합니다. 做人偶（的活動）進行約兩個小時。
③ 인형은 스무 명만 만들 수 있습니다. 人偶只有二十個人可以做（可參與）。
④ 인형을 만들면 선물을 받을 수 있습니다. 如果做人偶，可以收到禮物。

※ [13～14] 聽以下內容之後，請回答問題。（各3分）

남자 : 마리아 씨, 주말 잘 보냈어요?

男子：瑪麗亞小姐，週末過得好嗎？

여자 : (한숨) 이번 주말에도 집에만 있었어요. 한국에 육 개월이나 있었는데……. 아직도 친구가 별로 없어서 너무 심심해요.

女子：（嘆氣）這個週末也只待在家裡。來到韓國已經過了六個月……。還是沒有什麼朋友，很無聊。

남자 : 그래요? 그러면 취미가 같은 사람들을 만나 보는 것은 어때요? 마리아 씨 영화 좋아하지요? 그러면 영화 동아리에 한번 가 보세요. 한국 친구를 많이 사귈 수 있을 거예요.

男子：這樣嗎？那麼跟興趣一樣的人見面看看如何？瑪麗亞小姐喜歡電影吧？那麼，去電影社團看看。可以交很多韓國朋友。

여자 : 그거 좋은 생각이네요.

女子：那是很好的主意。

13. 두 사람이 무엇에 대해 이야기하고 있는지 고르십시오.

兩個人在談論關於什麼話題，請選選擇。

❶ 친구를 사귀는 방법　交朋友的方法

② 한국에서 만난 친구　在韓國見面的朋友

③ 동아리에서 하는 일　在社團做的事

④ 주말을 잘 보내는 이유　週末過得很好的理由

14. 들은 내용과 같은 것을 고르십시오.　請選擇與所聽內容一致的答案。

① 남자는 한국에 친구들이 없습니다.　男子在韓國沒有朋友。

② 남자는 주말에는 항상 집에 있습니다.　男子在週末都待在家裡。

❸ 여자는 한국에서 육 개월 동안 있었습니다.　女子留在韓國六個月。

④ 여자는 취미가 같은 사람을 자주 만납니다.　女子與興趣一樣的人常常見面。

※ ［15～16］ 聽以下內容之後，請回答問題。（各4分）

남자 : 수미 씨, 요즘 왜 자전거를 안 타고 다녀요?

男子：秀美小姐，最近為什麼不騎腳踏車？

여자 : 아, 자전거를 타는 게 어려워서 잘 안 타요. 그래서 필요한 사람이 있으면 팔려고요.

女子：啊，騎腳踏車很難所以不常騎。所以如果有人需要的話想賣掉。

남자 : 그 자전거 얼마 전에 사지 않았어요?

男子：那台腳踏車不是不久前買的嗎？

여자 : 네, 한 달 전에 샀어요.

女子：是，一個月前買的。

남자 : 그런데 새 자전거도 아닌데 잘 팔릴까요?

男子：不過，不是新車會容易賣出去嗎？

여자 : 그럼요. 요즘은 이런 물건을 사는 사람이 많이 있어요. 지난번에는 텔레비전도 팔았어요.

女子：當然。最近很多人買這種（二手商品）東西。（我）上一次也賣了電視。

15. 여자는 왜 자전거를 팔려고 합니까? 女子何為打算賣掉腳踏車？

① 자전거가 안 좋아서 不喜歡腳踏車

❷ 자전거를 잘 안 타서 不常騎腳踏車

③ 새 자전거를 사려고 為了買新腳踏車

④ 필요한 물건을 사려고 為了買需要的東西

16. 들은 내용과 같은 것을 고르십시오. 請選擇與所聽內容一致的答案。

① 남자는 자전거가 필요합니다. 男子需要腳踏車。

② 여자의 자전거는 오래됐습니다. 女子的腳踏車（已經）老舊。

❸ 여자는 전에도 물건을 팔았습니다. 女子之前也賣過東西。

④ 남자는 여자의 자전거를 사려고 합니다. 男子打算要買女子的腳踏車。

2012 (28)

※ [17～18] 聽以下內容之後，請回答問題。（各3分）

남자 : 안녕하세요. 저는 자전거 동아리 회장 김민수입니다. 우리 동아리는 자전거를 좋아하는 학생들의 모임입니다. 우리 동아리는 토요일마다 모여서 아름다운 길을 따라 자전거 여행을 갑니다. 그리고 일 년에 한 번 자전거 타기 대회에도 참가합니다. 자전거를 못 타는 사람들도 환영하니까 많이 와 주십시오.

男子：您好。我是腳踏車社團會長（團長）金閔洙。我們社團是聚集喜歡腳踏車的學生。我們每個星期六聚會，沿著很美的路去腳踏車旅遊。還有一年一次參加騎腳踏車的活動。我們也歡迎不會騎腳踏車的人，請多多加入。

17. 어떤 이야기를 하고 있는지 고르십시오. 在談論關於什麼的話題，請選擇。

① 감사 感謝

❷ 소개 介紹

③ 인사 打招呼

④ 초대 邀請

18. 들은 내용과 같은 것을 고르십시오. 請選與聽到的內容一致的答案。

❶ 매주 토요일에 모임이 있습니다. 每個星期六有聚會。

② 이 모임에 회사원들이 들어갈 수 있습니다. 上班族可以加入這個社團。

③ 한 달에 한 번 자전거 타기 대회에 나갑니다. 一個月一次參與騎腳踏車的活動。

④ 자전거를 못 타는 사람은 모임에 들어갈 수 없습니다. 不會騎腳踏車的人不能加入。

※ [19～20] 聽以下內容之後，請回答問題。（各3分）

여자：요즘 잠을 잘 못 자는데 어떻게 하면 좋을까요?

女子：最近睡不太好，該怎麼做才好呢？

남자：저는 얼마 전부터 잠을 자기 전에 운동을 해요. 그러면 잠이 잘 와요.

男子：我不久前開始在睡前做運動。那樣就很容易入睡。

여자：무슨 운동을 하는데요?

女子：做什麼運動？

남자：집 안에서 할 수 있는 가벼운 운동을 해요. 수미 씨도 한번 해 보세요. 그런데 자기 바로 전에 너무 힘든 운동을 하거나 음식을 먹으면 잠을 못 잘 수도 있어요.

男子：在家裡可以做點簡單的運動。秀美小姐也試試看。不過睡前做很辛苦的運動或吃東西，也有可能睡不好覺。

여자：그렇군요. 저도 오늘부터 운동을 해 볼게요.

女子：了解。我也今天開始做運動看看。

19. 두 사람이 무엇에 대해 이야기 하고 있는지 고르십시오.

兩個人在談論關於什麼的話題，請選選擇。

① 잠을 자는 시간 睡的時間

❷ 잘 자기 위한 방법 為了好睡的方法

③ 운동을 하는 방법 做運動的方法

④ 집에서 하는 운동 在家做的運動

20. 들은 내용과 같은 것을 고르십시오. 請選擇與所聽內容一致的答案。

① 여자는 잠을 잘 잡니다. 女子睡得很好。

② 남자는 요즘 잠을 잘 못 잡니다. 男子最近睡得不好。

❸ 여자는 오늘 운동을 하려고 합니다. 女子今天打算要運動。

④ 남자는 오래 전부터 운동을 했습니다. 男子很久前開始運動。

※ [21～22] 聽以下內容之後，請回答問題。（各4分）

남자 : 수미 씨, 휴가 때 뭐 했어요?

男子：秀美小姐，休假時做了什麼？

여자 : 휴가가 짧아서 집에서 쉬면서 그동안 못 본 드라마를 다 봤어요.
민호 씨는 휴가가 언제예요?

女子：因為休假很短，在家裡休息的同時，看這段時間沒時間看的連續劇。
敏鎬先生的休假是什麼時候？

남자 : 시월인데 그때 저는 설악산에 갈 거예요.

男子：是十月，那時要去雪嶽山。

여자 : 그때 가면 가을 경치가 아름다워서 좋겠네요. 저는 작년 겨울에 갔는데 눈이 많이 와서 산에는 올라가지 못했어요. 그래서 나중에 다시 한번 가 보고 싶어요.

女子：那個時候去的話，秋天的風景很美所以會很好。我去年冬天去過，但因為下很多雪不能爬山。所以下次想再一次去看看。

21. 여자는 왜 휴가에 집에 있었습니까? 女生為什麼在休假在家裡？

① 눈이 많이 와서 因為下很多雪

❷ 휴가가 길지 않아서 休假不長的關係

③ 드라마를 보고 싶어서 想看連續劇的關係

④ 휴가 가는 사람이 많아서 有很多人度假的關係

22. 들은 내용과 같은 것을 고르십시오. 請選擇與所聽內容一致的答案。

① 여자는 올해 설악산에 갔습니다. 女子今年過去雪嶽山。

② 남자는 시월에 휴가를 다녀왔습니다. 男子在十月度過休假。

③ 두 사람은 같이 설악산에 갈 겁니다. 兩個人要一起去雪嶽山。

❹ 여자가 설악산에 갔을 때 눈이 많이 왔습니다. 女子去雪嶽山時，下很多雪。

2012 (26)

※ [23～24] 聽以下內容之後，請回答問題。（各3分）

여자 : (딩동댕) 손님 여러분, 지하 1층 과일 코너에서 알려드립니다. 지금부터 포도를 아주 특별한 가격에 드리겠습니다. 한 상자에 만 원하는 달고 맛

있는 포도를 딱 30분 동안만 5천 원, 5천 원에 드립니다. 단, 포도는 한 사람 앞에 한 상자만 사실 수 있습니다. 많은 이용 바랍니다. 감사합니다. (댕동딩)

女子：（鈴聲）各位好，在地下1樓水果區的廣播。現在開始，葡萄將以十分優惠的價格給您。原本一箱一萬韓元（的）又甜又好吃的葡萄，只有30分鐘的時間以5千、5千韓幣賣給您。但，一個人只能買一箱葡萄。請多多利用。謝謝。（鈴聲）

23. 어떤 이야기를 하고 있는지 고르십시오. 在談論關於說什麼的話題，請選擇。

❶ 안내 引導　　② 신청 申請
③ 질문 提問　　④ 감사 感謝

24. 들은 내용과 같은 것을 고르십시오. 請選擇與所聽內容一致的答案。

① 포도는 1층에 있습니다. 葡萄在1樓。
② 30분 전에 포도를 싸게 팔았습니다. 30分鐘以前葡萄賣得便宜。
❸ 포도는 한 상자에 만 원이었습니다. 原本葡萄一箱一萬韓元。
④ 한 사람이 포도 두 상자를 살 수 있습니다. 一個人可以買兩箱葡萄。

※ [25～26] 聽以下內容之後，請回答問題。（各3分）

남자 : 수미 씨는 어렸을 때 어땠어요?
男子：秀美小姐，小時候是怎麼樣（個性）的孩子？
여자 : 저는 말이 별로 없고 조용했어요.
女子：我是說話不多又安靜的（小孩）。
남자 : 정말요? 지금 수미 씨를 보면 전혀 안 그랬을 것 같은데요?
男子：真的？我看現在的秀美小姐，很難想像曾是那樣？
여자 : 어렸을 때는 혼자 생각하거나 글 쓰는 것을 더 좋아했어요. 그런데 동아리 활동을 하면서 많이 바뀌었어요.
女子：小時候更喜歡一個人思考或寫文章。不過參與社團活動後變很多。

25. 두 사람이 무엇에 대해 이야기 하고 있는지 고르십시오.
兩個人在談論關於什麼的話題，請選擇。

① 얼굴 長相　　② 직업 職業
③ 계획 計劃　　❹ 성격 個性

26. 들은 내용과 같은 것을 고르십시오. 請選擇與所聽內容一致的答案。

① 두 사람은 말이 별로 없습니다. 兩個人不太會說話。

② 여자는 동아리에 나가려고 합니다. 女子要參與社團。

❸ 여자는 글 쓰는 것을 좋아했습니다. 女子喜歡寫文章。

④ 두 사람은 어렸을 때부터 친구입니다. 兩個人從小開始當朋友。

※ [27~28] 聽以下內容之後，請回答問題。（各4分）

여자 : (전화벨 소리) 여보세요, 민수 씨, 이번 주 토요일 점심 때 집들이 하는데 올 수 있어요?

女子：（電話鈴聲）喂。閔洙先生，本週星期六中午要搬家請客，可以來嗎？

남자 : 네. 그런데 열두 시에 친구 결혼식이 있어서 늦을 것 같은데, 괜찮을까요?

男子：可以。不過十二點有朋友的婚禮，所以可能會遲到，沒關係嗎？

여자 : 그럼요. 끝나고 바로 오세요.

女子：當然可以。請結束後馬上來。

남자 : 알겠어요. 그런데 뭐 필요한 거 없어요?

男子：知道了。不過沒有什麼需要的嗎？

여자 : 괜찮으니까 그냥 오세요. 점심도 그냥 간단하게 준비할 거예요.

女子：不用了，人來就好。中餐也會準備得簡單一點。

남자 : 그럼 저는 휴지하고 마실 것 좀 사 갈게요.

男子：那麼，我會買面紙和喝的東西過去。

27. 여자는 남자에게 왜 전화를 했습니까? 女子為什麼打電話給男子？

❶ 초대하려고 為了邀請　　② 부탁하려고 為了拜託

③ 취소하려고 為了取消　　④ 사과하려고 為了道歉

28. 들은 내용과 같은 것을 고르십시오. 請選擇與所聽內容一致的答案。

① 집들이는 저녁에 합니다. 搬家請客在晚上舉行。

② 여자는 결혼식에 가야 합니다. 女子要去婚禮。

❸ 남자는 음료수를 준비할 생각입니다. 男子在想準備飲料。

④ 두 사람은 같이 음식을 만들 겁니다. 男子兩個人要一起做菜。

※ [29～30] 聽以下內容之後，請回答問題。（各3分）

여자：지금까지 명동에 대한 설명 잘 들으셨죠? 이제 버스에서 내려서 구경하러 가실 건데요. 두 시간 후인 6시까지는 버스로 꼭 돌아오셔야 됩니다. 저녁 식사 예약 시간 때문에 늦으시면 안 됩니다. 시간을 꼭 지켜 주시기 바랍니다. 그럼 재미있게 구경하시고 두 시간 후에 뵙겠습니다.

女子：到目前為止（各位）有關明洞的說明都聽清楚了吧？現在要下車去觀光。兩個小時後，也就是到六點一定要回到公車。由於晚餐有預約時間的緣故，不可以遲到。請遵守時間。那麼，請好好的觀光，兩個小時後見。

29. 어떤 이야기를 하고 있는지 고르십시오. 在談論關於說什麼的話題，請選擇。

① 초대 邀請
❷ 부탁 拜託
③ 사과 道歉
④ 인사 打招呼

30. 들은 내용과 같은 것을 고르십시오. 請選擇與所聽內容一致的答案。

① 두 시부터 명동을 구경합니다. 從兩點開始明洞觀光。
② 사람들은 지금 저녁을 먹으러 갑니다. 大家現在要去吃晚餐。
❸ 여섯 시까지 다시 버스에 와야 합니다. 到六點得回到公車。
④ 저녁 식사를 하고 나서 명동으로 갈 겁니다. 吃晚餐後要去明洞。

※ [31～32] 聽以下內容之後，請回答問題。（各3分）

여자：내일 친구를 만나는데 뭘 하면 좋을까요?

女子：明天跟朋友見面做什麼好呢？

남자：글쎄요. 미술관 같은 곳에 가 보는 건 어때요?

男子：讓我想想看。去看美術館之類的地方如何？

여자：미술관은 그냥 그림만 보는 곳이니까 좀 심심할 것 같아요.

女子：美術館只看畫作的地方，所以好像會有一點無聊。

남자：아니에요. 생각보다 재미있어요. 제가 지난주에 간 미술관에서는 그림을 손으로 만질 수도 있고 그림 속에 들어가서 사진을 찍는 곳도 있었어요.

男子：不。比想像中好玩。我上星期去過的美術館，可以用手觸摸作品，也有可以進去在畫中上拍照的地方。

여자 : 그래요? 그러면 내일 친구하고 미술관에 가야겠네요.

女子：這樣嗎？那明天和朋友要去美術館。

31. 두 사람이 무엇에 대해 이야기하고 있는지 고르십시오.

兩個人在談論關於什麼的話題，請選擇。

① 친구와 함께 한 일 跟朋友做的事

② 지난주에 만난 친구 上星期見面的朋友

❸ 친구와 가면 좋은 곳 跟朋友去好的地方

④ 친구가 좋아하는 곳 朋友喜歡的地方

32. 들은 내용과 같은 것을 고르십시오. 請選擇與所聽內容一致的答案。

① 여자는 그림 보는 것을 좋아합니다. 女子喜歡看畫作。

❷ 여자는 내일 미술관에 가려고 합니다. 女子明天要去美術館。

③ 남자는 여자하고 미술관에 갈 겁니다. 男子要與女子去美術館。

④ 남자는 미술관에 가 본 적이 없습니다. 男子沒有去過美術館。

※ [33～34] 聽以下內容之後，請回答問題。（各4分）

남자 : (벨 소리 후) '하나 노래 교실'입니다.

男子：（鈴聲後）是「Hana唱歌教室」。

여자 : 노래를 배우고 싶은데요. 혹시 토요일에도 수업이 있어요?

女子：我想學唱歌。是否有星期六的課？

남자 : 네. 오전 10시와 오후 2시 수업이 있습니다.

男子：有。上午10點及下午2點。

여자 : 언제까지 신청해야 돼요?

女子：到什麼時候要報名呢？

남자 : 다음 주 금요일까지입니다. 그런데 토요일 오전 수업은 인기가 많으니까 빨리 신청하셔야 합니다.

男子：到下星期五為止。不過週六上午的課很受歡迎的關係，（如果有興趣）要趕快報名。

여자 : 그래요? 잘 알겠습니다. 감사합니다.

女子：這樣嗎？了解。謝謝。

33. 여자는 왜 전화했습니까? 女子為什麼打電話？

❶ 노래를 배우고 싶어서 想學唱歌的關係

② 학원을 찾아가고 싶어서 想知道怎麼去補習班

③ 노래 수업을 바꾸고 싶어서 想換唱歌課

④ 노래 선생님을 만나고 싶어서 想見唱歌老師

34. 들은 내용과 같은 것을 고르십시오. 請選擇與所聽內容一致的答案。

① 토요일까지 신청해야 합니다. 報名到星期六截止。

❷ 토요일에는 수업이 두 번 있습니다. 星期六有兩個班。

③ 이번 주 금요일부터 수업을 시작합니다. 本週五開始上課。

④ 사람들은 토요일 수업을 좋아하지 않습니다. 很多人不喜歡星期六的課。

2011 (21)

※ [35～36] 聽以下內容之後，請回答問題。（各3分）

여자 : 1월 30일 일요일 '음악 여행' 특집 콘서트로 시청자 여러분을 초대합니다. 한국 최고의 가수들이 출연하는 이번 콘서트에 가고 싶은 분들은 홈페이지의 시청자 게시판에 이름과 연락처를 남겨 주세요. 그 중 100분께 콘서트 표 두 장씩을 드립니다. 신청은 이번 주 일요일까지 입니다. '음악 여행' 특집 콘서트에 여러분을 모시겠습니다.

女子：（我們）邀請觀（聽）眾（參加）1月30日星期日「音樂旅行」特輯演唱會。如果想去參與韓國最頂級歌手演唱會的人，請在觀（聽）眾留言板的首頁留下名字和聯絡號碼。將送給其中選出的100個人，每人兩張演唱會票。申請（期間）到本週日為止。（我們）邀請（各位）到「音樂旅行」特輯演唱會。

35. 어떤 이야기를 하고 있는지 고르십시오. 在談論關於說什麼的話題，請選擇。

① 인사 打招呼　　② 주문 預訂

❸ 초대 邀請　　④ 사과 道歉

36. 들은 내용과 같은 것을 고르십시오. 請選擇與所聽內容一致的答案。

❶ 콘서트는 일요일에 열립니다. 演唱會開在星期日。

② 콘서트는 누구나 관람할 수 있습니다. 演唱會誰都可以觀看。

③ 콘서트를 신청하면 표를 한 장 줍니다. 如果申請演唱會，會給一張票。

④ 콘서트 표를 받으려면 편지를 써야 합니다. 為了拿到演唱會票，要寫信（過去）。

※ [37~38] 聽以下內容之後，請回答問題。

남자 : 머리를 어떻게 해 드릴까요?

男子：要怎麼樣的造型？

여자 : 이 사진에 나온 사람처럼 자르고 싶은데요. 저한테 잘 어울릴까요?

女子：我想像這張照片的人剪同樣的髮型。適合我嗎？

남자 : 네, 손님은 얼굴이 작아서 짧은 머리가 잘 어울릴 거예요. 그런데 이런 머리 모양은 파마를 하면 더 예쁜데 파마도 같이 하실래요?

男子：是，您（客人）的臉很小的關係，會很適合短頭髮。不過這樣的造型如果燙頭髮會更漂亮，要不要一起燙？

여자 : 파마요? 며칠 전에 염색을 해서 파마는 다음에 할게요. 오늘은 그냥 잘라만 주세요.

女子：燙頭髮嗎？幾天前有染頭髮的關係，下次燙好了。今天只要剪。

남자 : 네. 그럼 머리 먼저 감아야 하니까 이쪽으로 오세요.

男子：好的。那麼要先洗頭髮，請到這裡。

37. 여자는 왜 이곳에 갔습니까? 女生為什麼去這裡？（3分）

❶ 머리를 자르려고 為了剪頭髮

② 머리를 감으려고 為了洗頭髮

③ 머리를 염색하려고 為了染頭髮

④ 머리를 파마하려고 為了燙頭髮

38. 들은 내용과 <u>다른</u> 것을 고르십시오. 請選與聽到的內容不一致的答案。（4分）

① 여자는 얼마 전에 염색을 했습니다. 女生不久前染頭髮了。

❷ 여자는 오늘 파마를 하고 싶어합니다. 女生今天想燙頭髮。

③ 여자는 짧은 머리가 잘 어울릴 겁니다. 女生會很適合短頭髮。

④ 여자는 하고 싶은 머리 모양이 있습니다. 女生有想剪的髮型。

※ [39~40] 聽以下內容之後，請回答問題。

남자 : 저 집 좀 보세요. 마당도 넓고 나무도 많아서 참 좋네요.
男子：看看那棟房子。庭園也很寬，樹木也很多真好。
여자 : 그러네요. 하지만 전 이렇게 조용한 시골에서는 못 살 것 같아요.
女子：沒錯。可是我好像沒辦法住在這麼安靜的鄉下。
남자 : 왜요? 전 좋을 것 같은데요.
男子：為什麼？我（覺得）好像會很好。
여자 : 시골은 불편할 것 같아요. 가게나 영화관 같은 것도 멀고요. 전 도시가 좋아요. 정수 씨는 정말 이런 곳에서 살 수 있어요?
女子：鄉下好像不方便。像商店或電影院也太遠。我喜歡大城市。正秀先生真的可以住這種地方嗎？
남자 : 그럼요. 저는 나중에 시골에서 살고 싶어요. 공기가 맑아서 건강에도 좋고 또 복잡하지도 않으니까요.
男子：當然。我之後想住鄉下。因為空氣很清新對健康也好，而且（環境）不複雜。

39. 두 사람이 무엇에 대해 이야기 하고 있는지 고르십시오. 兩個人在討論關於什麼的話題，請選擇。 （3分）

① 이사 계획 搬家計劃
② 이사한 집 搬家的家
❸ 살고 싶은 곳 想住的地方
④ 살기 편한 곳 方便住的地方

40. 들은 내용과 같은 것을 고르십시오. 請選擇與所聽內容一致的答案。（4分）

① 남자는 마당이 넓은 집에 살고 있습니다. 男子正住在庭園很寬的家。
❷ 여자는 도시가 살기 편하다고 생각합니다. 女子認為住在大城市會很方便。
③ 여자는 도시가 가까운 곳으로 이사했습니다. 女子搬家到離大城市近的地方。
④ 남자는 공기가 맑은 곳에 살아서 건강합니다.
男子因為住在空氣很清新的地方，所以很健康。

7-5 模擬考題練習

老師提醒

以下模擬考題是為了讓考生更容易抓住初級聽力考試的最後6題，出題目的順序依據考題的三個模式：男生或女生的廣播或描述（第1題至第10題）；男女兩個人約四句或四句以上的對話（第11題至第20題）；男女兩個人約六句或六句以上的對話（第21題至第30題）。透過本模擬試題，希望考生知道問題的方向，也更習慣掌握實際考題的模式。這樣考生就不會太緊張，在考場上可以發揮自己真正的實力！

實戰模擬考題

MP3-47~61

※ [1~2] 다음을 듣고 물음에 답하십시오. MP3-47

1. 어떤 이야기를 하고 있는지 고르십시오. (3점)

① 인사　② 부탁　③ 초대　④ 감사

2. 들은 내용과 같은 것을 고르십시오. (4점)

① 백화점 영업이 곧 끝납니다.

② 백화점에 사람이 많이 있습니다.

③ 소지품은 백화점 1층 안내 데스크에서 보관할 수 있습니다.

④ 현재 백화점에서 지갑과 핸드폰을 좋은 가격에 팝니다.

※ [3~4] 다음을 듣고 물음에 답하십시오. MP3-48

3. 어떤 이야기를 하고 있는지 고르십시오. (3점)

① 안내　② 초대　③ 주문　④ 사과

4. 들은 내용과 같은 것을 고르십시오. (4점)

① 이 열차는 부산역에 도착한 후 다시 출발합니다.

② 부산역에서 오른쪽 문이 열립니다.

③ 내릴 사람은 미리 문에 서서 기다려야 합니다.

④ 물건을 두고 내리면 다시 찾을 수 없습니다.

※ [5~6] 다음을 듣고 물음에 답하십시오. MP3-49

5. 어떤 이야기를 하고 있는지 고르십시오. (3점)

① 소개　② 감사　③ 부탁　④ 주문

6. 들은 내용과 같은 것을 고르십시오. (4점)

① 빵을 만들 때 베이킹 소다가 꼭 필요합니다.

② 딸기나 포도를 씻을 때 베이킹 소다를 이용하면 좋습니다.

③ 아이들이 있는 집에서 목욕할 때 이용합니다.

④ 베이킹 소다를 이용할 때 환경오염에 주의해야 합니다.

※ [7~8] 다음을 듣고 물음에 답하십시오. MP3-50

7. 어떤 이야기를 하고 있는지 고르십시오. (3점)

① 감사　② 주문　③ 부탁　④ 질문

8. 들은 내용과 같은 것을 고르십시오. (4점)

① 지하철에서 옆 사람을 방해하면 안됩니다.

② 지하철에서 휴대 전화를 사용할 수 없습니다.

③ 지하철에서 어린이가 떠들면 안됩니다.

④ 지하철 탈 때 어린이는 반 가격입니다.

※ [9~10] 다음을 듣고 물음에 답하십시오. MP3-51

9. 어떤 이야기를 하고 있는지 고르십시오. (3점)

① 질문　② 신청　③ 소개　④ 초대

10. 들은 내용과 같은 것을 고르십시오. (4점)

① 겨울에는 딸기만 먹을 수 있습니다.

② 딸기는 4일이 지나면 더 맛있습니다.

③ 딸기는 레몬에 비해서 더 비쌉니다.

④ 딸기는 보관기간이 짧은 단점이 있습니다.

※ [11~12] 다음을 듣고 물음에 답하십시오.

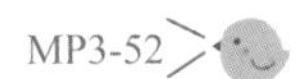

11. 두 사람이 무엇에 대해 이야기 하고 있는지 고르십시오. (3점)

① 비행기 환승하는 방법
② 비행기를 안전하게 타는 방법
③ 비행기가 출발하지 않는 이유
④ 비행기내 서비스 불만

12. 들은 내용과 같은 것을 고르십시오. (4점)

① 비행기 안에 손님이 많아서 복잡합니다.
② 남자는 신문을 읽고 싶습니다.
③ 환승하는 사람들은 15분 후에 비행기를 탈 수 있습니다.
④ 출발 시간이 많이 지났지만 아직 출발하지 않고 있습니다.

※ [13~14] 다음을 듣고 물음에 답하십시오.

MP3-53

13. 두 사람이 무엇에 대해 이야기 하고 있는지 고르십시오. (3점)

① 노래 CD를 빌리는 방법
② 노래로 한국어를 배우는 방법
③ 인터넷으로 가사 찾는 방법
④ 남자가 빌려 준 노래 CD

14. 들은 내용과 같은 것을 고르십시오. (4점)

① 남자는 여자에게 다른 CD를 빌려주려고 합니다.
② 여자는 빠른 노래를 좋아합니다.
③ 노래를 천천히 들으면 가사를 이해할 수 있습니다.
④ 남자는 여자와 CD를 사러 갈 겁니다.

※ [15~16] 다음을 듣고 물음에 답하십시오.

MP3-54

15. 두 사람이 무엇에 대해 이야기 하고 있는지 고르십시오. (3점)

① 스키를 잘 타는 방법　　② 연휴에 할 일
③ 연휴를 잘 보내는 방법　　④ 가족과 여행하기 좋은 장소

16. 들은 내용과 같은 것을 고르십시오. (4점)

① 여자는 연휴에 집에서 쉬었습니다.

② 남자는 연휴에 가족과 스키장에 갔습니다.

③ 여자는 남자와 스키장에 가려고 합니다.

④ 남자는 회사에 다니면서 스키장에 못 갔습니다.

※ [17~18] 다음을 듣고 물음에 답하십시오. MP3-55

17. 두 사람이 무엇에 대해 이야기 하고 있는지 고르십시오. (3점)

① 등산에 필요한 도구 ② 등산에 같이 가고 싶은 사람

③ 내일 등산갈 때 날씨 ④ 일기 예보의 정확성

18. 들은 내용과 같은 것을 고르십시오. (4점)

① 여자는 남자와 등산을 갑니다.

② 남자는 등산 할 시간이 없습니다.

③ 여자는 일기 예보를 못 봤습니다.

④ 남자는 내일 등산 가려고 합니다.

※ [19~20] 다음을 듣고 물음에 답하십시오. MP3-56

19. 두 사람이 무엇에 대해 이야기 하고 있는지 고르십시오. (3점)

① 새로 이사한 집의 특징 ② 학교 주변의 집값

③ 여자의 집들이 초대 ④ 집에서 학교까지 가는 방법

20. 들은 내용과 같은 것을 고르십시오. (4점)

① 남자는 조금 더 큰 방으로 이사했습니다.

② 남자는 학교까지 30분동안 걸어 가야 합니다.

③ 여자는 집값이 비싸서 싼 곳으로 이사했습니다.

④ 여자의 새집 주변은 조용합니다.

※ [21~22] 다음을 듣고 물음에 답하십시오. MP3-57

21. 여자는 왜 '재활용 센터'에 가려고 합니까? (3점)

① 자전거를 사려고 ② 자전거를 고치려고

③ 고장 난 자전거를 처리하려고 ④ 고장 난 자전거를 팔려고

22. 들은 내용과 같은 것을 고르십시오. (4점)

① 여자는 자전거가 고장 나서 새 자전거를 샀습니다.
② 남자는 여자의 자전거를 사려고 합니다.
③ 남자는 '재활용 센터'에서 일합니다.
④ 여자는 집 근처 '재활용 센터'에서 새 자전거를 샀습니다.

※ [23~24] 다음을 듣고 물음에 답하십시오. MP3-58

23. 남자는 왜 전화를 받을 수 없습니까? (3점)

① 운동을 하러 가서 ② 휴대 전화가 고장 나서
③ 일이 너무 많아서 ④ 이메일을 자주 사용해서

24. 들은 내용과 같은 것을 고르십시오. (4점)

① 남자는 여자에게 전화를 여러 번 했습니다.
② 남자는 지금 운동을 하러 가려고 합니다.
③ 여자는 모레 휴대 전화를 찾으러 갑니다.
④ 내일까지 남자와 이메일로 연락할 수 있습니다.

※ [25~26] 다음을 듣고 물음에 답하십시오. MP3-59

25. 여자는 왜 '테디베어 박물관'에 가려고 합니까? (3점)

① 비행기표를 예약해서 ② 남자가 여자에게 소개해서
③ 테디베어를 사려고 ④ 한국 드라마에서 나와서

26. 들은 내용과 같은 것을 고르십시오. (4점)

① 남자는 연휴에 제주도에 가려고 합니다.
② 여자는 제주도에 갈 비행기표를 사려고 합니다.
③ 연휴에 제주도로 가는 비행기표는 사기 어렵습니다.
④ 여자는 한 달 동안 제주도에서 박물관을 구경할 겁니다.

※ [27~28] 다음을 듣고 물음에 답하십시오. MP3-60

27. 여자는 왜 '구민 회관'에 가려고 합니까? (3점)

① 남자하고 식사를 하려고 ② 합창 CD를 사기 위해서
③ 어린이 합창단 공연을 보려고 ④ 수미 씨하고 만나기 위해서

28. 들은 내용과 같은 것을 고르십시오. (4점)

① 오늘 퇴근 후에 어린이 합창단의 공연을 봅니다.

② 여자는 남자하고 둘이 '구민 회관'에 갑니다.

③ 남자는 어린이 합창단 공연 표가 있습니다.

④ 남자는 시간이 없어서 여자는 수미 씨하고 '구민 회관'에 갑니다.

※ [29~30] 다음을 듣고 물음에 답하십시오. MP3-61

29. 여자는 왜 남자를 찾아 왔습니까? (3점)

① 회의 시간을 바꾸려고 ② 다른 일을 부탁하려고

③ 회의 준비를 같이 하려고 ④ 컴퓨터가 고장 나서

30. 들은 내용과 같은 것을 고르십시오. (4점)

① 남자는 지금 여자를 도와 줄 수 없습니다.

② 남자는 4시부터 회의를 해야 합니다.

③ 여자는 남자를 기다릴 시간이 없습니다.

④ 여자는 남자와 회의를 준비해야 합니다.

1. ②	2. ②	3. ①	4. ②	5. ①	6. ②	7. ③	8. ①	9. ③	10. ④
11. ③	12. ④	13. ④	14. ①	15. ②	16. ④	17. ③	18. ④	19. ①	20. ④
21. ③	22. ①	23. ②	24. ④	25. ④	26. ③	27. ③	28. ①	29. ④	30. ①

7-6

模擬考題解析

※ [1～2] 聽以下內容之後，請回答問題。

여자: 손님 여러분께 안내 말씀 드리겠습니다. 현재 매장이 매우 복잡합니다. 가지고 계신 지갑이나 핸드폰, 귀중품 등 소지품 관리에 특히 유의해 주십시오. 오늘도 저희 백화점에서 즐거운 쇼핑이 되시기를 바랍니다. 감사합니다.

女子：親愛的顧客（客人）您好。現在賣場內（人很多）相當複雜。請多留意隨身攜帶物品，如錢包或手機、貴重物品等。希望今天也能在我們百貨公司購物愉快。謝謝。

1. 어떤 이야기를 하고 있는지 고르십시오. 在談論關於什麼的話題，請選擇。（3分）

① 인사 打招呼
❷ 부탁 拜託
③ 초대 邀請
④ 감사 感謝

2. 들은 내용과 같은 것을 고르십시오. 請選擇與所聽內容一致的答案。（4分）

① 백화점 영업이 곧 끝납니다. 百貨公司營業（時間）即將結束。

❷ 백화점에 사람이 많이 있습니다. 在百貨公司人很多。

③ 소지품은 백화점 1층 안내 데스크에서 보관할 수 있습니다.
攜帶物品可以在百貨公司1樓保管。

④ 현재 백화점에서 지갑과 핸드폰을 좋은 가격에 팝니다.
現在在百貨公司正以很划算的價格在賣錢包和手機。

☆ 本題為百貨公司廣播指南，提醒顧客百貨公司人很多，要留意隨身攜帶物品。本題目使用不少針對顧客用的敬語用法，因此感覺上很難：「께」（에게, 한테的敬語：向、對）、「말씀」（말的敬語：話）、「드리다」（주다的敬語：給）、「계시다」（있다的敬語：有、在）、「-(으)시-」（接某些動詞或形容詞表示敬意）及「-기를 바랍니다」（希望）等。「-(으)십시오」是接在動詞的後面，表示尊敬主語的語尾，用於請求或囑託。

例句）좋은 하루 되시기를 바랍니다. 祝（希望）您有個美好的一天。

例句）여기에 앉으십시오. 請坐在這裡。

除此之外，也要了解「**복잡하다**」（複雜、亂）、「**귀중품**」（貴重品）、「**소지품**」（攜帶物品）、「**유의하다**」（留意）等的單字。因此，本題各答案是題目向顧客拜託留意攜帶物品②，賣場混雜，表示人很多很擠的意思②。

※［3～4］聽以下內容之後，請回答問題。

남자 : 우리 열차는 잠시 후 종착역인 부산역, 부산역에 도착하겠습니다. 손님 여러분께서는 두고 내리는 물건이 없도록 준비해 주시기를 바랍니다. 열차가 완전히 멈추면 오른쪽, 오른쪽 문으로 내려주시기 바랍니다. 오늘도 저희 열차를 이용해 주셔서 감사합니다.
男子：本列車等一會兒抵達終點站釜山，釜山站。請顧客（客人）為了別忘記帶物品下車先預備。列車完全停下來後，請利用右邊，右邊的門下車。今天也非常感謝搭乘本列車。

3. 어떤 이야기를 하고 있는지 고르십시오. 在談論關於什麼的話題，請選擇。（3分）

❶ 안내 引導　　② 초대 邀情

③ 주문 訂購　　④ 사과 道歉

4. 들은 내용과 같은 것을 고르십시오. 請選擇與所聽內容一致的答案。（4分）

① 이 열차는 부산역에 도착한 후 다시 출발합니다. 本列車先抵達釜山站之後，再出發。

❷ 부산역에서 오른쪽 문이 열립니다. 在釜山站會開右邊門。

③ 내릴 사람은 미리 문에 서서 기다려야 합니다. 要下車的人提早到門邊站著等。

④ 물건을 두고 내리면 다시 찾을 수 없습니다. 如果忘記帶東西下車，無法再找回來。

☆本題為在火車（或高鐵）中廣播下一站的指南。透過「**종착역**」（終點站）、「**열차**」（列車）、「**도착하다**」（到達）、「**두고 내리다**」（忘記帶東西下車）、「**멈추다**」（停下來）、「**두고 내리는 물건이 없도록**」（為了別忘記帶物品下車）、「**오른쪽 문으로 내리다**」（利用右側的門下車），可知本題各答案是為了引導①，在釜山站會開右邊門②。以下重要句型要多練習。

「**-도록**」是接動詞或形容詞後面，表示目的：某個時間或程度。

例句）내일 학교에 늦지 않도록 일찍 자요. 明天為了不遲到早一點睡吧。（表示目的：為了）

例句）미국에 간 친구는 한 달이 넘도록 소식이 없어요. 去美國的朋友，近一個月都沒有消息（過來）。（表示到某個時間或程度）

※ ［5～6］聽以下內容之後，請回答問題。

여자 : 베이킹 소다는 우리 생활에 꼭 필요한 친환경 용품입니다. 채소나 과일에 뿌려서 문지른 후 물로 씻어 주거나 물에 넣어 소다 용액을 만들어 사용합니다. 딸기나 포도 같은 과일을 10분간 담가 두었다가 물로 씻어 먹으면 농약을 제거하는 효과가 있습니다. 아이들이 있는 집에서 이렇게 해 드시기를 권합니다.

女子：小蘇打粉是我們生活中必需的環保用品。撒在蔬菜或水果搓揉之後用水洗掉，或把小蘇打粉加在水裡做成小蘇打水來使用。像草莓或葡萄類的水果泡（在小蘇打水）10分鐘，用水洗吃的話，有清除農藥的效果。家中有小朋友，建議先這樣做後再吃。

5. 어떤 이야기를 하고 있는지 고르십시오. 在談論關於什麼的話題，請選擇。（3分）

❶ 소개 介紹　　② 감사 感謝

③ 부탁 拜託　　④ 주문 訂購

6. 들은 내용과 같은 것을 고르십시오. 請選擇與所聽內容一致的答案。（4分）

① 빵을 만들 때 베이킹 소다가 꼭 필요합니다. 做麵包的時候一定需要小蘇打粉。

❷ 딸기나 포도를 씻을 때 베이킹 소다를 이용하면 좋습니다.

洗草莓或葡萄時，如果使用蘇打粉會很好。

③ 아이들이 있는 집에서 목욕할 때 이용합니다. 有小朋友的家，洗澡時可使用。

④ 베이킹 소다를 이용할 때 환경오염에 주의해야 합니다.

使用小蘇打粉時，要注意（預防）環境污染。

☆ 本題介紹使用小蘇粉打清洗水果的好處。本文也有許多要注意的中級以上詞彙，如「**베이킹 소다**」（小蘇打粉）、「**친환경 용품**」（環保用品）、「**용액**」（溶液）、「**제거하다**」（清除）、「**효과**」（效果）、「**권하다**」（勸、建議）、「**환경오염**」（環境污然）等。再加上一些動詞如「**뿌리다**」（噴、撒）、「**문지르다**」（揉摸）、「**씻다**」（洗）、「**담가두다**」（泡著）等。本題各答案是介紹小蘇打粉①，洗水果②。

另外，「**-다가**」是接動詞的連接詞，表示做某種動作轉換成另一動作或狀態。請參考本模擬24題後面的解釋。

例句）学교를 가다가 친구를 만났어요. 去學校途中遇見朋友。

※［7～8］聽以下內容之後，請回答問題。

남자 : 서울 지하철에서 안내 방송 드립니다. 휴대 전화를 가지고 계신 승객께서는 휴대 전화를 진동으로 바꾸시거나 통화할 때 작은 목소리로 통화하시기 바랍니다. 어린이와 함께 타신 분께서는 어린이가 떠들어서 옆 사람에게 피해를 주지 않도록 많은 협조를 바랍니다.

男子：首爾地下鐵的廣播指南。有攜帶手機的乘客，將手機改成振動，或講電話時用小的聲音通話。跟兒童一起搭乘的乘客，請多協助避免兒童吵鬧而影響（受害）身旁的人。

7. 어떤 이야기를 하고 있는지 고르십시오. 在談論關於什麼的話題，請選擇。（3分）

① 감사 感謝　② 주문 訂購
❸ 부탁 拜託　④ 질문 提問

8. 들은 내용과 같은 것을 고르십시오. 請選擇與所聽內容一致的答案。（4分）

❶ 지하철에서 옆 사람을 방해하면 안됩니다. 在地下鐵不可以打擾旁邊的人。
② 지하철에서 휴대 전화를 사용할 수 없습니다. 在地下鐵不能使用手機。
③ 지하철에서 어린이가 떠들면 안됩니다. 在地下鐵中兒童不可以吵鬧。
④ 지하철 탈 때 어린이는 반 가격입니다. 搭地下鐵時兒童是半價。

☆ 本題為搭地下鐵時可聽到的廣播。本廣播提到兩件事：在地下鐵中要小心用手機、帶兒童的乘客也要注意不要讓兒童吵鬧而打擾別人。要注意的單字「지하철」（地下鐵）、「안내 방송」（廣播指南）、「휴대 전화」（手機）、「진동」（振動）、「목소리」（聲音）、「어린이」（兒童）、「떠들다」（吵鬧）、「피해 주다」（給受害）、「협조하다」（協助）等。本題各答案是③拜託，①別打擾旁邊的人。

※［9～10］聽以下內容之後，請回答問題。

여자 : 겨울을 대표하는 과일 딸기는 비타민 C가 풍부합니다. 비타민이 레몬보다 많고 칼로리도 낮습니다. 하지만 다른 과일에 비해 보관기간은 4일로 매우 짧습니다. 만약 4일이 지나면 신선도도 떨어지고 맛도 없기 때문에 필요한 만큼 사서 먹는 게 중요합니다.

女子：代表冬天的水果草莓，有很豐富維他命C。維他命比檸檬多，熱量也低。但是比起其他水果，保存期限為4天很短。因為如果超過4天，新鮮度也變低，味道也不好吃，需要多少量再買多少來吃是很重要的。

9. 어떤 이야기를 하고 있는지 고르십시오. 在談論關於什麼的話題，請選擇。（3分）

① 질문 提問 ② 신청 申請

❸ 소개 介紹 ④ 초대 邀請

10. 들은 내용과 같은 것을 고르십시오. 請選擇與所聽內容一致的答案。（4分）

① 겨울에는 딸기만 먹을 수 있습니다. 冬天只能吃草莓。

② 딸기는 4일이 지나면 더 맛있습니다. 草莓如果過4天會更好吃。

③ 딸기는 레몬에 비해서 더 비쌉니다. 草莓比檸檬更貴。

❹ 딸기는 보관기간이 짧은 단점이 있습니다. 草莓有保存期限很短的缺點（短處）。

☆ 本題介紹草莓，主要提到三個：「비타민 풍부」（豐富維他命）、「칼로리 낮습니다」（熱量低）、「보관기간이 짧습니다」（保存期限短）。透過這些詞可知本題目③介紹草莓，④有保存期限短的缺點。要注意的單字為「대표하다」（代表）、「과일」（水果）、「비타민」（維他命）、「풍부하다」（豐富）、「레몬」（檸檬）、「칼로리」（熱量）、「낮다」（低）、「보관기간」（保存期限）、「짧다」（短）、「지나다」（過）、「신선도」（新鮮度）、「떨어지다」（掉下來）、「필요하다」（需要）、「만큼」（像～一樣）、「중요하다」（重要）。另外，也要留意以下句型。

「-에 비해」是兩者比較時使用，通常主語和語尾對應，比較的對象為接「-에 비해」的名詞。

例句）형은 키가 동생에 비해 작아요. 哥哥的身高比弟弟小。

例句）서울은 부산에 비해 사람이 많아요. 首爾的人比釜山多。

※ [11～12] 聽以下內容之後，請回答問題。

남자 : 저기요, 왜 비행기가 아직 출발을 안 해요?

男子：不好意思，為什麼飛機還沒出發？

여자 : 손님, 죄송합니다. 현재 환승하시는 손님을 기다리는 중입니다.

女子：乘客，很抱歉。現在等轉乘的客人中。

남자 : 출발시간이 많이 지났는데……. 얼마나 더 기다려야 해요?

男子：出發的時間已經過了……。還要等多久？

여자 : 15분 정도 더 기다려 주시기 바랍니다. 혹시 필요하시면 신문이나 잡지를 가져다 드릴까요?

女子：再等候15分鐘左右。或許如果需要的話，要不要給（您）報紙或雜誌？

11. 두 사람이 무엇에 대해 이야기 하고 있는지 고르십시오.

兩個人在談論關於什麼的話題，請選擇。（3分）

① 비행기 환승하는 방법　飛機轉乘方法

② 비행기를 안전하게 타는 방법　安全搭飛機的方法

❸ 비행기가 출발하지 않는 이유　飛機還沒出發的理由

④ 비행기내 서비스 불만　飛機內服務的不滿

12. 들은 내용과 같은 것을 고르십시오.　請選擇與所聽內容一致的答案。（4分）

① 비행기 안에 손님이 많아서 복잡합니다.　飛機裡有很多客人很複雜。

② 남자는 신문을 읽고 싶습니다.　男子想看報紙。

③ 환승하는 사람들은 15분 후에 비행기를 탈 수 있습니다.

轉乘的人過15分鐘之後可以搭飛機。

❹ 출발 시간이 많이 지났지만 아직 출발하지 않고 있습니다.

雖然已經過很久要出發的時間，但還沒有出發。

☆ 本題發生在飛機上，飛機等轉乘旅客還沒出發，男生提出為什麼飛機停留過久還沒出發的疑問。要留意的單字為「아직」（還沒）、「출발」（出發）、「환승」（轉乘、換乘）、「혹시」（或許）、「잡지」（雜誌）、「가져다 드리다」（拿給），本題各答案為③飛機還沒出發的理由，④飛機還沒出發。

另外，要在第六單元提過的句型，請再複習「-아/어/여야 하다」（必須、得）。

例句）건강을 위해서 운동해야 해요.　為健康，得要運動。

※［13～14］聽以下內容之後，請回答。

남자：어제 빌려 준 CD 들어 봤어요?　男子：昨天借給你的CD聽過了嗎？

여자：노래가 빠르고 가사가 어려워서 이해하기가 힘들었어요.

女子：唱歌唱得很快，歌詞也難而很難了解。

남자：그래요? 가사는 인터넷으로 찾아 볼 수 있어요. 수미 씨, 다른 CD도 빌려 줄까요?

男子：是這樣嗎？歌詞在網路上可以找來看。秀美小姐，要不要借妳其他CD？

여자：네, 빌려 주세요. 언제까지 돌려주면 돼요?

女子：是，請借給我。到什麼時候還你就好呢？

남자：저는 다 들었어요. 천천히 돌려주세요.

男子：我全部聽過了，慢慢（聽）再還我。

13. 두 사람이 무엇에 대해 이야기 하고 있는지 고르십시오.

兩個人在談論關於什麼的話題，請選擇。（3分）

① 노래 CD를 빌리는 방법　借唱歌CD的方法

② 노래로 한국어를 배우는 방법　用唱歌學韓語的方法

③ 인터넷으로 가사 찾는 방법　用網路找歌詞的方法

❹ 남자가 빌려 준 노래 CD　男子借給的唱歌CD

14. 들은 내용과 같은 것을 고르십시오. 請選擇與所聽內容一致的答案。（4分）

❶ 남자는 여자에게 다른 CD를 빌려 주려고 합니다.　男子向女子要借其他CD。

② 여자는 빠른 노래를 좋아합니다.　女子喜歡快歌。

③ 노래를 천천히 들으면 가사를 이해할 수 있습니다.

如果慢慢聽唱歌，可以理解歌詞。

④ 남자는 여자와 CD를 사러 갈 겁니다.　男子和女子要去買CD。

☆ 本題目各答案為④男子借給女子唱歌CD，還有①借給女子其他CD的內容。考生要留意的單字為「빌려주다」（借給）、「듣다」（聽）、「노래」（歌）、「빠르다」（快）、「가사」（歌詞）、「어렵다」（難）、「힘들다」（難、吃力）、「인터넷」（網路）、「찾아보다」（找找看）、「돌려주다」（還給）、「천천히」（慢慢地）。

※［15～16］聽以下內容之後，請回答。

남자 : 수미 씨, 이번 연휴에 뭐 할 거예요?　男子：秀美小姐，這次連休要做什麼？

여자 : 이번 연휴는 짧아서 그 동안 못 만난 친구도 만나고 쇼핑도 할 거예요. 민호 씨는 무슨 계획 있어요?

女子：這次連休很短的關係，要見這段時間都沒有見的朋友，還有逛街。敏鎬先生有什麼計劃嗎？

남자 : 저는 가족들과 스키 타러 갈 거예요. 학생 때는 방학 때 마다 스키를 탔는데, 회사에 다니면서 시간이 없어서 몇 년 동안 스키를 못 탔어요.

男子：我要跟家人去滑雪。學生的時候，每次放假都去滑雪，上班之後都沒有時間的關係，好幾年都沒有滑雪。

여자 : 좋은 계획이네요. 기회가 되면 저도 다음에 스키를 타러 가고 싶어요.

女子：很好的計劃。如果有機會，我也下次想去滑雪。

15. 두 사람이 무엇에 대해 이야기 하고 있는지 고르십시오.

兩個人在談論關於什麼的話題，請選擇。（3分）

① 스키를 잘 타는 방법　很會滑雪的方法

❷ 연휴에 할 일　連休要做的事

③ 연휴를 잘 보내는 방법　好好過連休的方法

④ 가족과 여행하기 좋은 장소　和家人旅行時很好的地方

16. 들은 내용과 같은 것을 고르십시오.　請選擇與所聽內容一致的答案。（4分）

① 여자는 연휴에 집에서 쉬었습니다.　女子連休時在家休息了。

② 남자는 연휴에 가족과 스키장에 갔습니다.　男子在連休時和家人去滑雪了。

③ 여자는 남자와 스키장에 가려고 합니다.　女子與男子要去滑雪場。

❹ 남자는 회사에 다니면서 스키장에 못 갔습니다.　男子上班以來，沒有去滑雪場。

☆ 本題為男子和女子正在談這次連休的計劃。考生要特別注意時態，就可以更容易接近答案。本題各答案是②連休要做的事，④男子上班以來，沒有去滑雪場。至於16題的選擇題①和②主語為男或女這次連休，但動詞是過去式因此與內文時態不符，雖然③表示打算，但對話內容中兩個人沒有約定。

考生要留意的單字為「연휴」（連續假期）、「짧다」（短）、「가족」（家人）、「스키타다」（滑雪）、「계획」（計劃）、「기회」（機會）。

※［17～18］聽以下內容之後，請回答問題。

남자：내일 등산 가는데 일기 예보 봤어요?　男子：明天要爬山，看過氣象預報嗎？

여자：오늘 아침에 봤는데 내일은 날씨가 안 좋을 것 같은데요.

女子：我早上看過，明天好像會天氣不好。

남자：그래도 시간이 내일밖에 없으니까 꼭 가야 돼요.

男子：即使如此，因為只有明天才有空，一定要去才行。

여자：날씨가 안 좋으면 가지 마세요. 비가 오면 위험해요.

女子：天氣不好的話就別去。如果下雨，會很危險。

17. 두 사람이 무엇에 대해 이야기 하고 있는지 고르십시오.

兩個人在談論關於什麼的話題，請選擇。（3分）

① 등산에 필요한 도구　登山需要的道具

② 등산에 같이 가고 싶은 사람　想一起去登山的人

❸ 내일 등산 갈 때 날씨　明天要去登山時的天氣

④ 일기 예보의 정확성　氣象預報的正確性

18. 들은 내용과 같은 것을 고르십시오.　請選擇與所聽內容一致的答案。（4分）

① 여자는 남자와 등산을 갑니다.　女子和男子去爬山。

② 남자는 등산 할 시간이 없습니다.　男子沒有時間登山。

③ 여자는 일기 예보를 못 봤습니다.　女子沒有看過氣象預報。

❹ 남자는 내일 등산 가려고 합니다.　男子明天打算登山。

☆ 本題男女在討論明天的天氣。本題各答案為③明天登山時的天氣，④男子明天登山。至於18題的②看起來答案，但本題目主要討論男子明天爬山，因此男子明天有空可以爬山。
考生要留意的單字為「등산」（登山、爬山）、「일기 예보」（氣象預報）、「아침」（早上）、「밖에」（只）、「비」（雨）、「위험하다」（危險）。

※ ［19～20］聽以下內容之後，請回答問題。

남자：새로 이사한 집이 어때요?　男子：新搬的家如何？

여자：예전 집에 비해서 방이 크고 주변도 조용해요.

女子：比起之前家房間大附近也安靜。

남자：그럼 공부하기도 편하겠네요. 학교에서 가까워요?

男子：那麼，念書也方便。離學校近嗎？

여자：아니요. 조금 멀어요. 걸어서 30분 걸려요. 그래도 집값이 조금 더 싸서 이사했어요.

女子：不，有一點遠。走路要30分鐘。即使如此，因為房價更便宜一點點，所以搬家了。

19. 두 사람이 무엇에 대해 이야기 하고 있는지 고르십시오.

兩個人在談論關於什麼的話題，請選擇。（3分）

❶ 새로 이사한 집의 특징　新搬的家特徵

② 학교 주변의 집값　學校附近的房價

③ 여자의 집들이 초대　女子的搬家請客邀請

④ 집에서 학교까지 가는 방법　從家到學校去的方法

20. 들은 내용과 같은 것을 고르십시오. 請選擇與所聽內容一致的答案。（4分）

① 남자는 조금 더 큰 방으로 이사했습니다. 男子搬到再大一點點的房間。

② 남자는 학교까지 30분 동안 걸어가야 합니다. 男子到學校要走30分鐘。

③ 여자는 집값이 비싸서 싼 곳으로 이사했습니다.

女子因為房價貴，所以般到便宜的地方。

❹ 여자의 새집 주변은 조용합니다. 女子的新家附近很安靜。

☆ 本題談到女子的新家，好處有「방이 크고」（房間大）、「주변이 조용해요」（附近安靜）、「집값이 싸요」（房價便宜）。但缺點表示「학교에서 멀어요」（離學校遠）。本題各答案是①新家的特徵，④女子家附近安靜。至於20題的選擇③題目中有提到，但上述列出有些好處，房價不代表原因，所以不是答案。

考生要留意的單字為「예전」（以前）、「편하다」（方便）、「가깝다」（近）、「이사하다」（搬家）。

※［21～22］聽以下內容之後，請回答問題。

남자 : 어? 자전거 새로 샀어요? 男子：哦？買新的腳踏車嗎？

여자 : 네, 얼마 전에 자전거가 고장 나서 새로 샀어요.

女子：是，不久前因為腳踏車壞了，所以買新的。

남자 : 그럼 고장 난 자전거는 어떻게 했어요?

男子：那麼，壞掉的腳踏車怎麼處理？

여자 : 아직 집에 있어요. 그런데 고장 난 자전거는 커서 어떻게 버리면 좋을까요?

女子：還在家。不過壞掉的腳踏車很大台，不知怎麼丟掉才好？

남자 : 그러면 '재활용 센터'에 가지고 가세요. 돈을 받을 수는 없지만 '재활용 센터'에서 대신 처리해 줄 거에요.

男子：那麼請拿去「回收中心」。雖然不能拿到錢，但在「回收中心」會替你處理。

여자 : 그래요? 집 근처 '재활용 센터'를 빨리 찾아 봐야겠어요.

女子：這樣嗎？我要趕快找家附近的「回收中心」。

21. 여자는 왜 '재활용 센터'에 가려고 합니까? 女子為什麼要去「回收中心」？（3分）

① 자전거를 사려고 為了買腳踏車

② 자전거를 고치려고 為了修理腳踏車

❸ 고장 난 자전거를 처리하려고 為了處理壞掉的腳踏車

④ 고장 난 자전거를 팔려고 為了賣掉壞掉的腳踏車

22. 들은 내용과 같은 것을 고르십시오. 請選擇與所聽內容一致的答案。（4分）

❶ 여자는 자전거가 고장 나서 새 자전거를 샀습니다.

女子因為腳踏車壞掉了，所以買了新的腳踏車。

② 남자는 여자의 자전거를 사려고 합니다. 男子要買女子的腳踏車。

③ 남자는 '재활용 센터'에서 일합니다. 男子在「回收中心」上班。

④ 여자는 집 근처 '재활용 센터'에서 새 자전거를 샀습니다.

女子在家附近「回收中心」買的新的腳踏車。

☆ 本題主要討論已經壞掉的腳踏車怎麼處理的問題。女子聽男子的建議，③為了處理壞掉的腳踏車要去「回收中心」，①因為舊腳踏車壞掉的關係，所以買了新腳踏車。
考生要留意的單字為「얼마 전」（不久前）、「고장 나다」（壞掉）、「아직」（還沒）、「크다」（大）、「버리다」（丟掉）、「재활용 센터」（回收中心）、「처리하다」（處理）、「대신」（代替）、「찾아 보다」（找找看）。

※ [23～24] 聽以下內容之後，請回答問題。

여자 : 오늘 전화를 여러 번 했는데……. 무슨 일 있어요?

女子：今天打了很多通電話給你……。發生什麼事了嗎？

남자 : 지금 전화기가 없어요. 제 휴대 전화가 고장 나서 수리를 맡겼어요.

男子：現在沒有手機。我的手機壞了，送修了。

여자 : 갑자기 왜 고장이 났어요? 女子：突然為什麼壞掉？

남자 : 어제 운동하러 갔다가 실수로 떨어뜨려서 조금 깨졌어요.

男子：因為昨天去運動不小心掉地，有一點摔壞了。

여자 : 그럼 민수 씨한테 어떻게 연락하면 좋아요?

女子：那麼，該怎麼聯絡閔洙先生才好呢？

남자 : 모레 찾을 거니까 그 전에 일이 있으면 이메일을 보내주세요.

男子：後天要去拿，在那之前有事的話，請寫電子郵件給我。

23. 남자는 왜 전화를 받을 수 없습니까? 男子為什麼不能接電話？（3分）

① 운동을 하러 가서 去運動的關係

❷ 휴대 전화가 고장 나서 手機壞掉的關係

③ 일이 너무 많아서 工作太多的關係

④ 이메일을 자주 사용해서 常用電子郵件的關係

24. 들은 내용과 같은 것을 고르십시오. 請選擇與所聽內容一致的答案。（4分）

① 남자는 여자에게 전화를 여러 번 했습니다. 男子打電話給女子很多次。

② 남자는 지금 운동을 하러 가려고 합니다. 男子現在要去運動。

③ 여자는 모레 휴대 전화를 찾으러 갑니다. 女子後天去拿手機。

❹ 내일까지 남자와 이메일로 연락할 수 있습니다.
到明天可以用電子郵件跟男子聯絡。

☆ 本題主要內容是男生的手機壞掉送修，後天拿回來之前可以用電子郵件聯絡。同樣的，如果考生聽清楚了男女的角色，也許很快就能找出錯誤的選項。考生要注意聽些動詞：「고장 나다」（故障、壞掉）、「수리 맡기다」（送修）、「떨어뜨리다」（失手、掉）、「깨지다」（摔掉）等。還有考生要注意的句型是「-다가」：通常做某一件事情途中停下來再做另外件事情的時候，另外當某件事持續做再做另外一件事情的時候也適用。使用這個句型要注意的地方，就是「-다가」前後句的主語要一致。

例句）영화를 보다가 잤어요. 看電影就睡覺了。（看的動作不持續）

例句）버스 타고 가다가 선생님을 만났어요. 搭公車去（學校）途中遇到老師。（兩件動作持續）

本題各答案是②男子手機壞了無法接電話，④到明天為止可以用電子郵件可以跟男子聯絡。

※ [25～26] 聽以下內容之後，請回答問題。

남자 : 이번 주 주말에 뭐 할 거예요? 男子：本週週末要做什麼？
여자 : 같은 반 친구들하고 제주도에 갈 거예요. 女子：我跟同學要去濟州島。
남자 : 비행기 표를 사기 어려운데 벌써 예약했어요?
男子：很難買到機票，已經預約了嗎？
여자 : 네, 한 달 전에 미리 예약했어요. 女子：是，一個月前事先預約了。
남자 : 정말 재미있겠어요. 어디에 놀러 가려고 해요?
男子：一定會很好玩吧。要去哪裡玩？
여자 : 한국 드라마에서 나온 곳을 여행할 거예요. 특히 '테디베어 박물관'하고 '초콜릿 박물관'에 꼭 가보고 싶어요.
女子：要去在韓國連續劇出現過的地方。尤其，很想要去泰迪熊博物館及巧克力博物館。

25. 여자는 왜 '테디베어 박물관'에 가려고 합니까?
女子為什麼要去「泰迪熊博物館」？（3分）

① 비행기표를 예약해서 有預約機票的關係

② 남자가 여자에게 소개해서 男子介紹給女子的關係

③ 테디베어를 사려고 為了買泰迪熊

❹ 한국 드라마에서 나와서 在韓國連續劇中出現過

26. 들은 내용과 같은 것을 고르십시오. 請選擇與所聽內容一致的答案。（4分）

① 남자는 연휴에 제주도에 가려고 합니다. 男子連休時打算要去濟州島。

② 여자는 제주도에 갈 비행기표를 사려고 합니다. 女子打算要買往濟州島的機票。

❸ 연휴에 제주도로 가는 비행기표는 사기 어렵습니다.

連休時去濟州島的機票很難買。

④ 여자는 한 달 동안 제주도에서 박물관을 구경할 겁니다.

女子要去濟州島觀光博物館一個月。

☆ 本題在討論男女在連休要做的事，透過內容可知女子和「반 친구」（同學）去濟州島，「한 달 전에 미리」（一個月前事先）買機票的事。最後女子提到要去「드라마에서 나온」（連續劇出現過的）的兩家博物館。本題各答案是④連續劇出現過而想去泰迪熊博物館，③連休難買機票。還有以下時態表線方式，考生請多練習。

제주도에 간 비행기 / 표제주도에 가는 비행기표 / 제주도에 갈 비행기표

（過去式）（現在式）（未來式）

另外，除了本題目中的「벌써」（已經）、「미리」（事先）以外，還有「이미」（已經）、「오래전에」（很久前、已經）「먼저」（先、事先）、「사전에」（事先）、「일찌감치」（提早）、「아직」（還）、「여전히」（還）、「아직까지」（還）等表示時間的副詞，考生都要熟記起來。

※ [27～28] 聽以下內容之後，請回答問題。

여자 : 오늘 퇴근 후에 같이 '구민 회관'에 갈래요?

女子：今天下班後要不要一起去「區民會館」？

남자 : '구민 회관'에는 왜요? 男子：「區民會館」有什麼嗎？

여자 : 유명한 어린이 합창단이 공연을 해요. 저한테 표가 세 장 있어요.

女子：知名的兒童合唱團來公演。我有三張票。

남자 : 그럼 저도 가고 싶어요. 가서 음악도 듣고 합창 CD도 사고 싶어요.

男子：那我也想去。去聽音樂也想買CD。

여자 : 그럼, 표가 한 장 더 있으니까 수미 씨 한테도 제가 물어 볼게요.

女子：那麼，還有多一張票，所以我問看看秀美小姐。

남자 : 알겠어요. 퇴근 후에 회사 1층에서 만나요.

男子：知道了。下班後在公司1樓見。

27. 여자는 왜 '구민 회관'에 가려고 합니까? 女子為什麼要去「區民會館」？（3分）

① 남자하고 식사를 하려고 為了跟男子一起吃飯

② 합창 CD를 사기 위해서 為了買合唱CD

❸ 어린이 합창단 공연을 보려고 為了看兒童合唱公演

④ 수미 씨하고 만나기 위해서 為跟秀美小姐見面

28. 들은 내용과 같은 것을 고르십시오. 請選擇與所聽內容一致的答案。（4分）

❶ 오늘 퇴근 후에 어린이 합창단의 공연을 봅니다.
今天下班後去看兒童合唱團的公演。

② 여자는 남자하고 둘이 '구민 회관'에 갑니다. 女子是和男子兩個人去「區民會館」。

③ 남자는 어린이 합창단 공연 표가 있습니다. 男子有兒童合唱團的公演票。

④ 남자는 시간이 없어서 여자는 수미 씨하고 '구민 회관'에 갑니다.
男子因為沒有時間，女子會跟秀美小姐去「區民會館」。

☆ 本題為女子有三張公演票，問男子有沒有時間一起去。本題各答案是③為了看兒童合唱去「區民會館」，①男子和女子下班後要去聽公演。
考生要留意的單字為「**퇴근**」（下班）、「**구민 회관**」（區民會館）、「**유명하다**」（有名）、「**합창단**」（合唱團）、「**공연**」（公演）、「**합창**」（合唱）、「**물어 보다**」（問看看）、「**후**」（後）。

※ [29～30] 聽以下內容之後，請回答問題。

여자 : 민수 씨, 지금 시간 있어요? 女子：閔洙先生，現在有空嗎？
남자 : 오후에 회의가 있어서 회의 준비를 하고 있어요. 무슨 일 있어요?
男子：下午要開會所以在準備開會。有什麼事嗎？
여자 : 제 컴퓨터가 갑자기 고장 났어요. 女子：我的電腦突然壞掉了。
남자 : 그래요? 30분 후에 회의가 시작되는데 오후 4시가 넘어서 끝나요.
기다릴 수 있어요?
男子：這樣嗎？會議30分鐘後開始，下午4點多才能結束。可以等我嗎？
여자 : 네, 괜찮아요. 그동안 다른 일을 하면 돼요. 그럼 이따가 만나요.
女子：是，沒關係。那段時間我可以做其他事。那就等一下見。
남자 : 회의가 끝나면 바로 가서 도와줄게요. 男子：開會結束，馬上去幫忙。

29. 여자는 왜 남자를 찾아 왔습니까? 女生為什麼來找男生？（3分）

① 회의 시간을 바꾸려고 為了換會議時間

② 다른 일을 부탁하려고 為了拜託其他事

③ 회의 준비를 같이 하려고 要一起準備開會

❹ 컴퓨터가 고장 나서 電腦壞掉的關係

30. 들은 내용과 같은 것을 고르십시오. 請選擇與所聽內容一致的答案。（4分）

❶ 남자는 지금 여자를 도와줄 수 없습니다. 男子現在無法幫忙女子。

② 남자는 4시부터 회의를 해야 합니다. 男子從4點開始要開會。

③ 여자는 남자를 기다릴 시간이 없습니다. 女子沒有時間等男子。

④ 여자는 남자와 회의를 준비해야 합니다. 女子和男子要準備會議。

☆ 本題為女子找男子問是否可以幫忙看她壞掉的電腦。男子提到30分鐘後開始開會，開到下午4點多。因此，女子找男子的原因是④電腦壞掉的關係，但男生要準備開會，而①現在無法幫忙。本題提到「바로」表示「很短時間內、馬上」的意思，相似詞「곧」、「즉각」、「즉시」、「당장」等的單字；另外，相反意思「之後、等一會兒」的詞有「나중에」、「뒤에」、「다음에」、「이따가」、「이후에」。這些常出現在初級考試中，一起背起來吧！

7-7

模擬考題單字

在韓語檢定中高級的考試，常常看到與助詞相關的題目。一般檢定考試寫到後面會有越來越難的情況，有時甚至會在初級考題的後面幾題看與中級相等難度的題目。因此，這裡為了讓考生更容易理解文法及句子的結構，將動詞的品詞分成自動詞（自）、他動詞（他）、被動詞（被）、使用詞（使）。這些不需要背，但在遇到文法上的問題時，考生可以當做參考！

1. 和生活物品相關的字彙

- □ 가사 名 歌詞
- □ 고장 名 故障
- □ 귀중품 名 貴重品
- □ 낮다 形 低
- □ 다른 冠 別的、其他的
- □ 대신 名 代替
- □ 드라마 名 連續劇
- □ 등산 名 登山
- □ 목욕 名 沐浴、洗澡
- □ 보관기간 名 保存期限
- □ 새로 副 新
- □ 새집 名 新家
- □ 소지품 名 攜帶品
- □ 수리 名 修理
- □ 스키 名 滑雪
- □ 신문 名 報紙
- □ 실수 名 失誤、失手
- □ 안내 방송 名 廣播指南
- □ 안전하다 形 安全
- □ 어렵다 形 難
- □ 여러 번 副 屢次、多次
- □ 연휴 名 連休、連續假期
- □ 열차 名 列車
- □ 영업 名 營業
- □ 예약 名 預約
- □ 용품 名 用品
- □ 유명하다 形 有名
- □ 이메일 名 電子郵件

- □ 일기 예보 名 氣象預報
- □ 자전거 名 腳踏車
- □ 잡지 名 雜誌
- □ 정확성 名 正確性
- □ 조용하다 形 安靜
- □ 짧다 形 短
- □ 처리 名 處理
- □ 크다 副 大
- □ 테디베어 名 泰迪熊
- □ 편하다 形 舒服、方便
- □ 풍부하다 形 豐富
- □ 필요하다 形 必要、需要
- □ 회의 名 會議
- □ 효가 名 效果
- □ 휴대 전화 名 手機（=핸드폰）

2. 和飲食相關的字彙

- □ 과일 名 水果
- □ 딸기 名 草莓
- □ 레몬 名 檸檬
- □ 베이킹 소다 名 小蘇打粉
- □ 비타민 C 名 維生素C
- □ 식사 名 用餐
- □ 신선도 名 新鮮度
- □ 채소 名 蔬菜
- □ 초콜릿 名 巧克力
- □ 칼로리 名 熱量
- □ 포도 名 葡萄

3. 和場所、地點相關的字彙

- □ 가깝다 形 近
- □ 구민 회관 名 區民會館
- □ 매장 名 賣場
- □ 멀다 形 遠
- □ 박물관 名 博物館
- □ 센터 名 中心
- □ 안내 데스크 名 諮詢台
- □ 오른쪽 名 右邊
- □ 종착역 名 終點站
- □ 주변 名 週邊

4. 和動作相關的字彙

- □ 가지다 他 拿、帶、擁有
- □ 권하다 他 勸、勸説
- □ 깨지다 自 摔壞
- □ 끝나다 自 結束
- □ 나다 自 生、長、出
- □ 낫다 自 好
- □ 내리다 自 下
- □ 넘다 自 超過
- □ 담그다 他 泡
- □ 대표하다 他 代表
- □ 도와주다 他 幫忙、幫助
- □ 도착하다 自 抵達、到達
- □ 돌려주다 他 歸還
- □ 두다 他 放、保管
- □ 떠들다 自 喧嘩
- □ 떨어뜨리다 使 使掉落
- □ 떨어지다 自 掉下、落
- □ 맡기다 使 交給、託
- □ 멈추다 自 停、停止
- □ 문지르다 他 揉、摸
- □ 바꾸다 他 換
- □ 방해하다 他 妨礙
- □ 버리다 他 丟掉、倒
- □ 부탁하다 他 拜託
- □ 뿌리다 他 散
- □ 사용하다 他 使用
- □ 서다 自 立、站
- □ 시작되다 自 開始
- □ 씻다 他 洗
- □ 연락하다 他 聯絡
- □ 완전히 副 完全地
- □ 이용하다 他 利用
- □ 이해하다 他 理解
- □ 제거하다 他 清除
- □ 지나다 自 過去
- □ 통화하다 自 通話
- □ 복잡하디 形 複雜、亂
- □ 환승하다 自 換乘、轉乘

5. 和時間相關的字彙

- □ 갑자기 副 突然
- □ 곧 副 就、立刻
- □ 미리 副 事先
- □ 빠르다 形 快
- □ 예전 名 以前
- □ 이따가 副 等一會兒
- □ 천천히 副 慢慢地
- □ 모레 名 後天

6. 和人相關的字彙

- □ 단점 名 短處、缺點
- □ 불만 名 不滿
- □ 어린이 名 兒童
- □ 즐겁다 形 快樂
- □ 합창단 名 合唱團

7. 其他重要的字彙

- □ 공연 名 公演
- □ 관리 名 管理
- □ 농약 名 農藥
- □ 도구 名 道具
- □ 벌써 副 已經
- □ 복잡하다 形 複雜
- □ 서비스 名 服務
- □ 용액 名 溶液
- □ 위험하다 形 危險
- □ 유의하다 形 留意
- □ 재활용 名 可回收、再活用
- □ 진동 名 振動
- □ 집값 名 房價
- □ 친환경 名 環保
- □ 피해 名 被害、受損失
- □ 협조 名 協助
- □ 환경오염 名 環境污染

문형 색인

句型索引

ㄱ

거든요 148
게 되다 237, 249
게 하다 148
겠 22, 148, 249
고 싶다 89, 119, 186
고 싶어 하다 237
고 있다 22
고 88
고요 188
기 전에 249
기로 하다 118, 188
기(를) 바라다 250, 286
V+고 다니다 250

ㄴ

ㄴ/는 다고 하다 239
ㄴ/는데 187
ㄴ/는데요 148
ㄴ/는지 189, 140
ㄴ/은 것 같다 147, 250
ㄴ/은 것이다 88
ㄴ/은 게 249
ㄴ/은 적이 있다 188, 251
ㄴ/은 적이 없다 188, 251
ㄴ/은 지 189
ㄴ/은데 187
ㄴ/은데요 251
ㄴ/는지 모르다 240
ㄴ/는지 알다 240
ㄴ/인데 148
네요 118, 187
V는 것 118, 188
V는 + 名詞 88
Adㄴ/은 + 名詞 88, 189, 250

ㄷ

다가 229, 288
도록 287
(단위)에 (번) 250

ㄹ

ㄹ/을 것 같다 187, 250
ㄹ/을 것이다 22, 89
ㄹ/을 게요 186
ㄹ/을까요 88
ㄹ/을 때 118, 250
ㄹ/을 수 있다 89
ㄹ/을 수도 있다 188
ㄹ/을 테니까 187
ㄹ/을까요 88
ㄹ/을래요 186
V+ㄹ/을 것 250

ㅁ

마다 231
무슨 + 名詞 189

ㅂ

ㅂ/읍시다 23
A보다 B(을/를) 189

ㅇ

아/어/여 보다 118, 188, 236
아/어/여 주다(드리다) 88, 147, 186
아/어/여도 188
아/어/여도 되다 188
아/어/여서 189
아/어/여야 하다 187
아/어/여지다 186, 291
어떤 + 名詞 189
에 가다 23
에 대해서 249
에 비해 290
이/가 아니다 23
(으)니까 147, 187
(으)러 가다 89, 147, 186
(으)러 다니다 89, 186
(으)러 오다 89, 186
(으)로 89, 249
(으)려고 하다 224
(으)려고 224
(으)면 되다 148, 249
(으)면 좋겠다 250
(으)면서 139, 227
(으)세요 23, 89
(으)시 147
(이)나 233
(으)든지 233
(이)라서 189

ㅈ

지 말다 188
지 않다 22
지는 못 하다 189
지만 119, 186
지요 119, 187

國家圖書館出版品預行編目資料

新韓檢初級聽力全攻略 新版 / 裴英姬（배영희）著
-- 修訂二版 -- 臺北市：瑞蘭國際, 2024.04
312面；19×26公分 --（外語學習系列；130）
ISBN：978-626-7274-99-6（平裝）
1. CST：韓語 2. CST：能力測驗

803.289　　113004115

外語學習系列 130

新韓檢初級聽力全攻略 新版

作者｜裴英姬（배영희）
責任編輯｜潘治婷、王愿琦
校對｜裴英姬、潘治婷、王愿琦

韓語錄音｜裴英姬、梁允豪
錄音室｜采漾錄音製作有限公司
封面設計｜劉麗雪
版型設計、內文排版｜余佳憓
美術插畫｜Rebecca

瑞蘭國際出版

董事長｜張暖彗・社長兼總編輯｜王愿琦

編輯部

副總編輯｜葉仲芸・主編｜潘治婷・主編｜林昀彤
設計部主任｜陳如琪

業務部

經理｜楊米琪・主任｜林湲洵・組長｜張毓庭

出版社｜瑞蘭國際有限公司・地址｜台北市大安區安和路一段104號7樓之1
電話｜(02)2700-4625・傳真｜(02)2700-4622・訂購專線｜(02)2700-4625
劃撥帳號｜19914152 瑞蘭國際有限公司
瑞蘭國際網路書城｜www.genki-japan.com.tw

法律顧問｜海灣國際法律事務所　呂錦峯律師

總經銷｜聯合發行股份有限公司・電話｜(02)2917-8022、2917-8042
傳真｜(02)2915-6275、2915-7212・印刷｜科億印刷股份有限公司
出版日期｜2024年04月初版1刷・定價｜550元・ISBN｜978-626-7274-99-6